Was die Kiwis flüstern

Was die Kiwis flüstern

ROMAN

Deutsche Erstausgabe

Bibliografische Information der Deutschen
Nationalbibliothek: Die Deutsche Nationalbibliothek verzeichnet
diese Publikation in der Deutschen Nationalbibliografie;
detaillierte bibliografische Daten sind im Internet über http://
dnb.dnb.de abrufbar

1. Auflage
Copyright © 2017 by Lella Luca
Korrektorat: sks-heinen.de
© Covergestaltung: J. Tompkins
Bildmaterial:
© Silhouette of Kiwi: Perysty/AdobeStock.com
© Schattenfiguren: Stockerteam/AdobeStock.com
© Hintergrund: Seqoya/AdobeStock.com
Herstellung und Verlag:
BoD - Books on Demand, Norderstedt
Printed in Germany
ISBN: 9 783744821421

Kapitel 1

Warum um alles in der Welt hatte Grace dieses unerfreuliche Einschreiben überhaupt angenommen? Sie hätte wissen müssen, dass gute Nachrichten niemals in Form von senfgelben Briefumschlägen mit amtlichen Behördensiegel ins Haus flatterten. Zähneknirschend wendete sie den Brief zwischen ihren Fingern.

Grace gehörte ganz sicher nicht zu den Menschen, die sich schnell verunsichern ließen, doch dieses aufdringliche Anschreiben der Hypothekenbank, mit der Einladung zu einem persönlichen Gespräch, versprach kein gemütliches Beisammensitzen bei Torte und Kaffee, dessen war sie sich bewusst. Vielmehr forderte dieses einfältige Geschreibsel sie zu einem Duell heraus, bei dem sie nur verlieren konnte.

Grace spürte, wie sich ihr Magen verknotete. Sie sah aus dem Fenster und holte tief Atem. Die aufgehende Sonne, die hier am Fuße der Poverty Bay verschwenderisch ihre goldgelben Lichtstrahlen verschenkte, stand hoch am Himmel. Sie tauchte den Eingang zur Farm, die gewaltigen mit Farn bedeckten Berge dahinter, die unzähligen Wasserläufe, in denen sich die Sonne spiegelte, und das saftig grüne Tussok-Gras rechts und links des Weges in warmes Licht.

Eine Landschaft, wie sie bisweilen nur auf Postkarten

zu finden war. Eine Aussicht, die Grace jeden Tag aufs Neue den Atem raubte und sie spüren ließ, weshalb sie damals schweren Herzens die Entscheidung getroffen hatte, die Mandarinenplantage weiterzuführen. Nach dem plötzlichen Tod ihres Vaters vor zwei Jahren musste eine schnelle Entscheidung getroffen werden. Die Alternativen hatte man an einer Hand abzählen können: Entweder das Lebenswerk ihres Vaters wurde an die Bank veräußert, oder Grace, als einzige Erbin der Plantage, war gewillt, die Farm zu übernehmen.

Die Entscheidung war ihr keineswegs leichtgefallen, schließlich war sie zum damaligen Zeitpunkt gerade mal dreiundzwanzig gewesen und hatte ganz andere Pläne für ihre Zukunft gehabt. Sie seufzte innerlich.

Dennoch hatte sie keine Sekunde gezögert und das Erbe angetreten, wohl wissend, dass die Farm zu jener Zeit schon rote Zahlen schrieb. Sie hatte früh gelernt, auf eigenen Beinen zu stehen, und wieder einmal wurde ihr schmerzlich bewusst, dass sie ganz ohne Familie dastand. Ihre Mutter war bei einem Reitunfall ums Leben gekommen, da war sie gerade mal ein Jahr alt gewesen. Sie hatte keinerlei Erinnerung an sie und nie das Glück gehabt noch Geschwister zu haben.

Ihr Dad hatte sich wirklich Mühe gegeben, ihr eine liebevolle Kindheit zu schenken, aber eine Mutter hatte er nie ersetzen können. Mehr als einmal fragte sich Grace, ob sie sich in einer ähnlichen, misslichen Situation befände, wenn ihr Vater noch leben würde.

»Ach Dad, wärst du doch hier und würdest mir sagen, was ich tun soll«, sprach sie laut aus und spürte Verzweiflung in sich aufwallen, während ihr Blick ein zweites Mal über die Zeilen flog.

»Sie laden dich nur zu einem persönlichen Gespräch ein, Grace, mehr nicht«, versuchte sie sich, zu beruhigen, doch die Begriffe wie Abschlagszahlungen, Sollzinsen und Zwangsversteigerung schwirrten in ihrem Kopf wie ein aufgescheuchter Bienenschwarm.

»Diese elenden Halsabschneider«, stieß sie verbittert hervor und kämpfte gegen die hilflose Wut an, die sie überrollte wie ein ungebremster Eilzug.

Vielleicht sollte sie sich einen Rechtsbeistand suchen und die Bank auf Nötigung verklagen, überlegte Grace. Schließlich handelte es sich bei dieser nachdrücklichen Einladung um eine unzulässige Drohung, die sie zu einer unerwünschten Handlung zwang.

Grace verwarf den Gedanken jedoch gleich wieder, denn insgeheim wusste sie, dass sie damit niemals durchkommen würde. Fairerweise musste sie zugeben, dass die Bank nur ihre Pflicht tat. Ob sie wollte oder nicht. Sie musste den Tatsachen ins Auge sehen: Sie war pleite.

Grace hatte sich nie als Unternehmerin gesehen, geschweige als Führungskraft mit der Last der Verantwortung über zehn feste Mitarbeiter. Nicht eingerechnet die Saisonkräfte, jung und arbeitswillig, die meistens aus allen Ländern der Welt zum Arbeiten auf die Plantage kamen, um sich damit den Traum von einer Auszeit in Neuseeland zu erfüllen.

Grace wischte sich eine Träne aus dem Gesicht, die sie gar nicht bemerkt hatte. Es musste doch einen Ausweg geben. Es konnte doch nicht angehen, dass ein lächerliches Stück weißgelbes Papier nun dafür verantwortlich sein sollte, dass ihr ganzes bisheriges Engagement für die Plantage infrage gestellt und der Willkür zinsfressender Bankmaschinen ausgeliefert war.

Die geblümten Vorhänge, die Grace sich an dem Tag gekauft hatte, als sie die Übernahmeverträge bei der Bank unterschrieben hatte, regten sich im leichten Sommerwind.

Ihr Blick fiel auf das hölzerne Gartentor, dann auf die Steinmauer, welche die Farm umsäumte wie ein schützender Arm. Danach blieb er an der grünen Holzschaukel hängen, die zwischen zwei Balken hing und sich gemächlich im Wind wiegte wie eine leise Melodie.

Ein Relikt aus ihrer Kindheit. Wehmut beschlich ihr Herz.

Stundenlang hatte sie darauf geschaukelt. Mehrfach hatte Dad die Seile der Schaukel erneuern und die Scharniere nachziehen müssen. Die schmerzlichen Erinnerungen ließen Grace erneut tief aufseufzen und das Herz wurde ihr schwer.

Einen Atemzug später schwang die Tür auf und eine korpulente Frau mit weißen Haaren trat in die Küche, gefolgt von einem schwarzen, keuchenden Labrador, der sofort freudig auf Grace zustürmte und seinen Kopf zwischen ihren Beinen vergrub.

Grace bückte sich und kraulte dem Hund den Kopf. »Timoti, da bist du ja wieder, hast du einen schönen Spaziergang gemacht?« Der Hund wedelte freundlich mit dem Schwanz und leckte mit seiner feuchten Zunge über Grace' Hand, um gleich darauf nach dem Leckerli zu schnappen, das Grace aus einem Schälchen nahm und ihm entgegenhielt.

Die alte Manuka kannte Grace zu gut, um nicht zu sehen, dass sie geweint hatte. »Was ist los, schlechte Nachrichten?«, fragte sie und runzelte die Stirn, während sie einen schweren Korb mit frisch geernteten Mandarinen auf den Küchentisch wuchtete. Augenblicklich wehte ein wohltuendes Zitrusaroma durch den Raum und flüchtete durch alle Ritzen in die oberen Stockwerke.

Manuka schob die Ärmel ihres Kleides hoch und ging zur Spüle rüber, um sich die Hände zu waschen. Im nächsten Augenblick spritzte das Wasser bereits fontänenartig in alle Himmelsrichtungen. Nässe breitete sich auf dem Stoff ihres geblümten Kleides aus.

»Teufel noch mal«, fluchte Manuka, drehte den Wasserhahn wieder zu und griff nach einem Handtuch, das griffbereit neben der Spüle hing. Rasch trocknete sie ihre Hände ab. Dann warf sie einen strengen Blick auf Grace.

Grace stöhnte betreten auf. »Entschuldige, Manuka, ich weiß, darum hätte sich längst ein Klempner kümmern müssen.« Ein weiteres Detail auf ihrer endlos langen Liste längst fälliger Reparaturen.

Manuka musterte sie eindringlich und schüttelte mit dem Kopf, bevor sie sich, mit den Händen in den Hüften, vor Grace aufbaute.

»Der Wasserhahn interessiert mich nicht. Mir kannst du nichts vormachen. Es ist doch was.«

Über Grace' Gesicht stahl sich ein kleines Lächeln. Manuka war ihre wichtigste Bezugsperson und ihre beste Freundin. Mit ihren fünfundsechzig Jahren, die man ihr nicht ansah, und als gebürtige Maori hatte sie die Gabe, in Gesichtern zu lesen wie in einem Buch. Ihr konnte niemand so schnell etwas vormachen; und Grace schon gar nicht.

Wortlos reichte Grace ihr den Brief. »Ich habe einen Termin bei der Bank. Es sieht nicht gut aus.« Sie fuhr sich mit der Hand durch ihre kastanienbraunen Haare.

Manuka legte den Brief unbesehen beiseite, nahm Grace' Hände in ihre und drückte sie mütterlich zusammen. »Du wirst eine Lösung finden. Ich weiß es«, versuchte sie, zu beschwichtigen.

Grace huschte erneut ein Lächeln über das Gesicht. Dankbar betrachtete sie Manuka und genoss den warmen Druck. Für den Moment spendeten Manukas Worte ihr Trost, auch wenn sie zum jetzigen Zeitpunkt nicht im Entferntesten an einen guten Ausgang glaubte. Dafür war die Plantage einfach zu hoch verschuldet und die Bank nicht daran interessiert, einen Rettungsplan auszuarbeiten.

Manukas exotischer Duft nach Mandarinen, der sie wie eine köstliche Wolke umhüllte, und ihr warmer Blick aus den dunklen, geheimnisvollen Augen legten sich wie Balsam auf Grace' Seele und in diesem Moment wurde ihr klar: Die Farm, die Arbeiter auf der Plantage, Manukas Herzlichkeit, das alles war ihr ans Herz gewachsen wie ein unsichtbares Familienband, das es unter allen Umständen zu erhalten galt. Ein Kloß bildete sich in ihrem Hals und eine Welle der Schuldgefühle erfasste sie. Vorwürfe die sich nur gegen sie selbst richteten, weil sie es nicht geschafft hatte, die Farm auf Kurs zu bringen.

Zu Grace' Erleichterung knurrte der Labrador alarmiert und lief schwanzwedelnd zur Tür. Sie hätte die Tränen nicht länger zurückhalten können.

Draußen schien irgendetwas die Aufmerksamkeit des Hundes erregt zu haben. Das Knurren ging in lautes Bellen über und Timotis Schwanz zitterte mittlerweile wie ein mittelschweres Erdbeben.

Grace löste sich aus Manukas Händedruck und spähte über ihre Schulter zum Fenster hinaus, um zu sehen, was der Grund für Timotis Unruhe war.

Sie sah, wie ein schwarzes Auto vor dem Eingang zum Stehen kam und ein Mann, groß und schlank, mit der durchtrainierten Figur eines Sportlers, aus dem Auto stieg.

Grace drückte beide Handflächen an ihre heißen Wangen, atmete tief durch und richtete ihr Haar, indem sie eine widerspenstige Locke hinters Ohr schob. Ein letztes Mal atmete sie tief durch, dann zog sie die Tür auf.

Kapitel 2

Knirschend kam der Range Rover auf dem Kies zum Stehen. Eine warme Brise wehte von der Küste herüber, Staub wirbelte auf. Der Kühler des Motors sprang an und prasselte leise vor sich hin, nachdem der Mann am Steuer den Zündschlüssel gedreht hatte und aus dem Wagen gestiegen war.

Die Sonne spiegelte sich in den dunklen Brillengläsern des Mannes, der für einen Moment einfach so dastand und die Umgebung inspizierte.

Er war eine hochgewachsene, sportliche Gestalt, die Hände in den Hosentaschen, das kurz geschnittene tiefschwarze Haar lässig nach hinten gekämmt. Er steckte in einem dunkelroten Polohemd, das sich fließend an sein breites Kreuz schmiegte, sowie einer maßgeschneiderten Jeans. An seinem linken Handgelenk trug er eine silberne Uhr, am anderen ein schwarzes Armband aus Leder. Seine Füße steckten in modischen Sportschuhen. Trotz seiner legeren Kleidung wirkte er nicht wie ein Mann, für den Geld ein Problem darstellte.

Gelassen wanderte sein Blick über die Fassade des großen Hauses. Weißes Holz, auf dem die Jahre ihre Spuren hinterlassen hatten. Abgeschabt und ausgebleicht wirkte es allerdings nicht abstoßend. Im Gegenteil: Es war ein sehr schönes Haus. Die Nationalflagge Neuseelands flatterte an einem Fahnenmast aufgeregt im Wind wie die züngelnde Flamme einer Kerze. Die umliegenden Sträucher und Büsche raschelten, als würde sich darin ein Kiwi oder ein Kaka verstecken.

Hier draußen schien die Welt in Ordnung zu sein. Sorgen und Ängste, nicht zu existieren. Doch der Mann wusste, dass der Schein trügen konnte. Manchmal flüchtete sich das Unheil an die wundersamsten Orte und übermannte selbst den bodenständigsten Menschen wie eine plötzliche Unwetterfront.

Eine Gestalt trat auf die Veranda und sah zu ihm herüber. Es war eine Frau, dunkelhaarig und jung, das erkannte der Mann schon aus der Ferne. Vermutlich hatte sie seine Ankunft aus einem der Fenster beobachtet.

Als sie langsam auf ihn zukam, bemerkte er das freundliche Lächeln auf ihren Lippen. Es war wohlwollend und einladend. Weniger wohlwollend blickte der große schwarze Hund, der sie begleitete und nicht einen Moment von ihrer Seite wich.

»Einen wunderschönen Tag«, begrüßte sie ihn, nur noch einige Schritte von ihm entfernt und reichte ihm bereits die Hand.

Normalerweise hatte der Mann keine Angst vor Hunden, aber er würde lügen, sie zu seinen Lieblingstieren zu zählen. Sein Instinkt riet ihm, dem kläffenden Ungeheuer vorerst mit Vorsicht zu begegnen. So wie der Hund ihn anblinzelte und aus seinen dunklen Augen bedrohlich fixierte, während seine Zunge seitlich aus dem Maul hechelte, wirkte er nicht besonders menschenfreundlich.

Dennoch ließ er sich nichts anmerken, hielt der Hundebesitzerin ebenfalls die Hand hin und stellte sich vor. »Clark Walker«, sagte er, während er die Frau mit seinem

Blick festhielt und unverhohlen ihren wohlgeformten Körper bewunderte. Nicht ohne gleichzeitig ein wachsames Auge auf den Hund zu belassen.

»Grace Harper«, sagte sie freundlich und räusperte sich verlegen.

Geschmeichelt registrierte Clark, dass er sie offensichtlich nervös machte. Denn ihre eben noch helle Gesichtsfarbe wechselte in ein zartes Rosa und für einen Moment starrte sie ihn nur an.

Er kannte diese Frau nicht, dennoch war sie ihm auf Anhieb sympathisch. Sie machte einen vertrauten Eindruck. Vielleicht lag es an ihren großen, aufmerksamen schokobraunen Augen, die ihn offen musterten. Grace wirkte auf den ersten Blick ehrlich. Das gefiel ihm. Zudem war sie attraktiv, sehr attraktiv. Auch das mochte er. Er spürte vibrierende Wärme, die seine Wirbelsäule nach oben kroch.

Der Hund quittierte das Vorstellungsgeplänkel mit lautem Bellen und anschließendem Knurren in Clarks Richtung.

Grace entzog ihm ihre Hand und wandte sich mit drohendem Finger an den Hund. »Timoti, benimm dich. Abmarsch zurück zum Haus«, sagte sie streng, woraufhin der Hund umgehend aufsprang und tatsächlich zum Haus zurücklief.

Schulterzuckend wandte sie sich an Clark. »Entschuldigen Sie, Timoti nimmt es mit dem Aufpassen manchmal sehr genau.« Sie lächelte Clark   an, wobei er das Gefühl hatte, dass sie amüsiert schmunzelte. Ihre anfängliche Unsicherheit jedenfalls schien verflogen.

Hatte sie bemerkt, dass er sich nicht ganz wohl gefühlt hatte in seiner Haut, solange der Hund ihm angriffslustig gegenüber stand?

Tatsächlich konnte Clark nicht leugnen, dass er so etwas wie Erleichterung spürte, als das Tier den Rückzug antrat.

»Kann ich Ihnen irgendwie behilflich sein?«, eröffnete Grace das Gespräch erneut, während ihr Blick interessiert über den Dachgepäckträger seines Rovers glitt.

»Möglich«, meinte Clark. »Ich suche eine Unterkunft.«

»Da sind Sie hier goldrichtig«, sprudelte es angeregt aus ihr heraus, bevor sie den Blick senkte, nervös an ihrem Kleid herumzupfte und verlegen auf der Unterlippe nagte.

»Ist das so?« Er zog amüsiert eine Augenbraue hoch, während er mit ruhiger Stimme hinzufügte: »Man hat mir gesagt, dass Sie ein Zimmer mit einem fantastischen Blick auf die Poverty Bay vermieten?« Seine hellblauen Augen lächelten und suchten ihren Blick.

»Das stimmt ... äh ...«, stammelte Grace. Ihre Blicke verhakten sich ineinander, Sekunden, in der die Luft zu vibrieren schien. »Und wie es der Zufall will, ist es sogar frei«, fügte sie hinzu, nachdem sie ihre Stimme wiedergefunden hatte.

Clark war erstaunt über die knisternde Spannung, die plötzlich zwischen sie getreten war. Diese Frau hatte echtes Charisma. Er lächelte in sich hinein.

Grace' irritierter Gesichtsausdruck und ihre geröteten Wangen deuteten an, ebenso empfunden zu haben, was er geschmeichelt zur Kenntnis nahm.

Sein Mienenspiel gab jedoch nichts von seinen inneren Gefühlen preis. Geschäftsmäßig cool sagte Clark: »Großartig.« Er nickte Grace kurz zu.

»Sind Sie Neuseeländer?«, wollte sie wissen.

Ihre ungezwungene Art machte es ihm leicht, mit ihr zu plaudern, und wiederholt antwortete er mehr als bereitwillig auf ihre Frage. »Gebürtig ja. Aber dadurch, dass ich eine Firma in den Staaten führe, bin ich viel zu selten hier. Um ehrlich zu sein, bin ich seit vier Jahren das erste Mal wieder in diesem wunderschönen Land.« Er zuckte mit den Schultern, als müsste er sich dafür entschuldigen.

Tatsächlich regte sich etwas wie Wehmut in Clarks Brust, als sein Blick die magische Landschaft um die Farm herum streifte, die der in einem Bilderbuch entsprach, und er stellte sich ernsthaft die Frage, weshalb er so viele Jahre lang darauf verzichtet hatte.

»Ja, ein wunderschönes Land«, stimmte Grace ihm zu. »Ich möchte an keinem anderen Fleck der Erde leben. Was führt Sie nach so langer Zeit wieder her? Geschäfte?«, fragte sie interessiert.

Clark antwortete nicht gleich. Vielmehr betrachtete er die junge Frau. Erneut stellte er fest, wie außergewöhnlich geheimnisvoll ihre dunklen Augen strahlten. Allerdings glaubte er, einen Anflug von Traurigkeit in ihnen zu entdecken. Er war ein guter Menschenkenner, diese Frau konnte ihm nichts vormachen. Ihre Verletzlichkeit war auf den ersten Blick zu erkennen und er musste sich beherrschen, nicht mit seinen Fingerspitzen über ihre Wange zu streichen.

Es war lange her, dass Clark eine Frau so interessant gefunden hatte, dass sie länger als ein paar Minuten seine Gedanken beherrschte. Wie schaffte Grace das nur? Ein Lächeln umspielte seine Lippen und um auf ihre Frage zu antworten, erklärte er: »Mein Hobby.« Mit einer lässigen Handbewegung deutete er auf das rote Kanu, das auf dem Dach seines Rovers festgeschnallt war. »Hier auf der Nordinsel gibt es die idealen Bedingungen für aufregende Kanufahrten.«

»Die allerbesten, da haben Sie recht. Sie sind nicht der Erste, der mit einem Kanu im Gepäck auf meiner Farm erscheint und wer weiß ... vielleicht werden auch Sie nach einer durchzechten Nacht am Strand behaupten James Cook getroffen zu haben, der 1769 hier vor Anker ging und dem unsere Bucht ihren Namen verdankt«, lachte sie und deutete mit der Hand über ihre Schulter hinweg zum Farmhaus, wo Timoti auf der Veranda lag und sie argwöhnisch beäugte. »Ich schlage vor, wir gehen ins Haus und ich zeige Ihnen Ihr Zimmer«, bat sie ihn mit einer einladenden Handbewegung hinein. »Ich kann uns einen Kaffee machen, bevor Sie einchecken und sich frisch machen. Denn später wollen Sie sich doch sicher mit der Umgebung vertraut machen?«

Ja, eine kalte Dusche wäre jetzt nicht schlecht, dachte Clark schmunzelnd. Grace hatte ihm ganz schön eingeheizt. Aber davon bemerkte sie zum Glück nichts.

»Ich bin sicher, dass es mir hier sehr gefallen wird und auf Captain Cook freue ich mich auch schon riesig, und ...«, er hielt kurz inne und nickte ihr lächelnd zu. »Und ja, ein Kaffee wäre wunderbar.«

Der Hund fing an zu bellen, als Clark den Wagen umrundete und zwei Taschen aus dem Auto holte.

Nach einem letzten Blick auf die Idylle um ihn herum folgte er Grace ins Haus. Wohl wissend, dass Timoti jeden seiner Schritte aufmerksam überwachte.

Im Inneren des Hauses fühlte sich Clark auf Anhieb wohl. Sie durchquerten einen breiten Eingangsbereich, von dem mehrere Türen abgingen. Eine alte, restaurierte Kommode und ein rotes, gemütliches Sofa begrüßten die Urlaubsgäste und luden dazu ein, sich aus dem Zeitungskorb, der auf einem kleinen Beistelltisch stand, mit Infomaterial und Broschüren über Neuseeland einzudecken. Alles wirkte warm und hell, einladend und aufgeräumt.

An den Wänden hingen zahlreiche gerahmte Fotos von unbekannten Künstlern. Die Motive zeigten unberührte Strände, raue Klippen und spektakuläre Landschaften von Neuseeland sowie zahlreiche Momentaufnahmen von Vulkanlandschaften und Geysiren.

Es brauchte schon eine Menge Personal, um eine Farm dieser Größe in Schuss zu halten, kalkulierte Clark. Seinem geschulten Auge war nicht entgangen, dass sich die Feuchtigkeit durch die Hausfassade fraß und an dem Seiteneingang, der zur Veranda führte, nur eine improvisierte Holztreppe angebracht war. Ganz zu schweigen von dem katastrophalen Zustand des Dachstuhls an der linken Seite des Hauses, auf dem zahlreiche Tonziegel fehlten. Es war nur eine Frage der Zeit, bis der nächste Sturm die Reste vom Dach fegte.

Zweifellos war der Unterhalt sehr kostspielig und Clark fragte sich, ob die Mandarinenplantage, die an das Grundstück angrenzte, und die wenigen Urlaubsgäste, die sich hier raus verirrten, genug Gewinn abwarfen, um alle Fixkosten zu decken.

Er folgte Grace in die Küche, wo es innerhalb weniger Minuten nach frischem Kaffee duftete. In einer Ecke standen ein runder Holztisch und mehrere Korbsessel, in denen man gemütlich sitzen konnte.

»Setzen Sie sich doch«, forderte Grace ihn auf. Sie schenkte beiden eine Tasse Kaffee ein.

Clark setzte sich ihr gegenüber und trank einen Schluck. »Das ist jetzt genau das Richtige«, sagte er, während er zuließ, dass Timoti den Moment nutzte und seine Taschen beschnüffelte, die er im Korridor abgestellt hatte.

Durch das Küchenfenster nach hinten raus hatte man einen atemberaubenden Ausblick auf die gigantische Bergkulisse des Mount Hikurangi, der sich am Horizont abzeichnete und im flirrenden Licht der Sonne malerisch glühte. Was für eine Aussicht!

Grace folgte seinem Blick, dann schmunzelte sie wissend. Als hätte sie seine Gedanken gelesen, sagte sie: »Traumhaft, nicht wahr?«

Clark konnte ihr nur zustimmen und nickte beeindruckt. »Wie lange leben Sie schon hier?«

»Schon mein ganzes Leben«, erzählte sie. »Ich bin hier aufgewachsen. Mein Vater hat die Farm gekauft, nachdem er meine Mutter kennengelernt hatte. Da war er gerade mal so alt wie ich jetzt.« Sie hielt für einen Moment inne und hing ihren Gedanken nach.

Clark war respektvoll genug, sie nicht nach ihrem Alter zu fragen, obwohl er es zu gerne gewusst hätte. Er beäugte sie aus den Augenwinkeln. Sie war noch ziemlich jung. Er schätzte sie auf Mitte zwanzig. Zu jung, um eine Plantage zu leiten.

»Damals hatte mein Vater gerade mal vierzig Mandarinenbäume gepflanzt, auf 5 Hektar verteilt«, fuhr Grace fort. »Heute umfasst die Plantage circa 25 Hektar. Vergleichsweise wenig, wenn man es mit anderen Plantagen in dieser Region vergleicht, aber genug, um mir schlaflose Nächte zu bereiten.« Sie lächelte verlegen und senkte dann den Blick. »Nach seinem Tod habe ich beschlossen, sein Werk fortzuführen, die Farm zu erhalten.«

»War es die richtige Entscheidung?«, fragte Clark und beobachtete, wie Grace einen Moment zögerte und gedankenverloren in ihre Kaffeetasse starrte.

Er glaubte schon, sie würde verneinen, doch dann hob sie den Blick und stimmte mit einem Lächeln zu: »Auf jeden Fall! Es war das Lebenswerk meines Vaters und es erfüllt mich mit Stolz, in seine Fußstapfen zu treten. Außerdem verbinde ich Erinnerungen mit diesem Ort. Es ist mein Zuhause ...« Nach einer kurzen Pause ergänzte sie mit fester Stimme: »Und es wäre für mich das Schlimmste, jemals von hier fort zu müssen.« Sie schluckte trocken.

»Das verstehe ich sehr gut«, sagte Clark, dem nicht entgangen war, dass Grace soeben zum Ausdruck gebracht hatte, was ihr auf der Seele lag. »Aber die Farm aufzugeben, steht ja wohl nicht zur Debatte?«, fragte er, den Blick ruhig auf sie gerichtet.

Hastig wich Grace seinem Blick aus. Ohne auf seine Frage einzugehen, nahm sie die Kaffeekanne in die Hand und deutete auf seine Tasse. »Tut mir leid«, entschuldigte sie sich. »Ich bin eine schlechte Gastgeberin. Wollen Sie noch einen Kaffee?« Sie lächelte ihn an.

»Danke, ich habe noch.« Clark spürte, dass Grace versuchte, sich möglichst unbefangen zu geben, um vom Thema abzulenken. Scheinbar hatte er einen wunden Punkt getroffen. Fast bekam er ein schlechtes Gewissen, weiter nachgehakt zu haben, denn es war offensichtlich, dass Grace nicht darüber sprechen wollte.

Das anhaltende Bellen des Hundes riss ihn aus seinen Gedanken.

Eine Frau, die er bis dato nicht bemerkt hatte, stand plötzlich bei ihnen am Tisch und redete hektisch auf Grace ein. »Grace, du musst sofort kommen. Es gibt ein Problem ...«, sie verdrehte die Augen, »... zwischen Mr. Hawkins und Ray.«

In diesem Moment hörten sie schon die lauten

Stimmen zweier Männer, die sich anbrüllten, und das ohrenbetäubende Motorengeräusch einer Kreissäge.

»Das ist Manuka«, stellte Grace ihm die Frau vor, während sie sich eilig erhob. »Sie kümmert sich so herzlich um mich wie eine Mutter.«

Manuka war maorischer Abstammung. Einem Neuseeländer konnte diese Tatsache unter keinen Umständen entgehen. Sie trug die traditionellen Tätowierungen an den Lippen und dem Kinn, die aus kleinen spiralförmigen Mustern bestanden.

Sie wurden bei den Maori *Moko* genannt und waren ihre persönliche Identifikation.

Manukas weißes Haar war zu einem Zopf geflochten, ihre Augen wachsam und forschend.

»Guten Tag«, begrüßte sie Clark freundlich.

Clark erwiderte den Gruß und beobachtete Grace, wie sie ein Handy vom Küchentisch nahm, eine Taste drückte und kurz telefonierte.

»Taonga, kannst du kurz kommen ... Hilfsarbeiter Hawkins mal wieder ...«, sagte sie und in ihrer Stimme lag Entschlossenheit.

Genervt dreinschauend, legte sie das Handy zurück auf den Tisch und drehte sich seufzend zu Clark. Sie zuckte mit den Schultern.

»Tut mir leid, ich muss nachsehen, was da draußen los ist.« Sie zeigte auf Manuka. »Wenn Sie möchten, wird Manuka Ihnen das Zimmer zeigen«, bot Grace an.

»Danke, das würde mich freuen. Ich bin schon gespannt auf den Ausblick.« Clark trank seinen Kaffee aus, stellte die leere Kaffeetasse auf den Tisch und erhob sich.

Grace lächelte ihn an. »Ich wünsche Ihnen eine schöne Zeit. Falls Sie etwas brauchen, wenden Sie sich bitte an

Manuka, sie wird sich um alles kümmern.« Sie nickte ihm aufmunternd zu und machte sich auf den Weg.

»Danke, die werde ich ganz bestimmt haben«, sagte er und schaute Grace hinterher, wie sie mit schnellen und forschen Schritten die Küche verließ.

Clark war überrascht, woher Grace plötzlich diese Selbstsicherheit nahm und ermahnte sich, diese Frau nicht zu unterschätzen.

Kapitel 3

Clark griff nach seinem Gepäck und folgte Manuka die knarzende Holztreppe hinauf in das oberste Stockwerk.

Das Zimmer lag am Ende des Flures.

Manuka öffnete die schwere Tür aus Dunkelholz und deutete Clark, einzutreten.

Während er sich im Zimmer umsah, blieb Manuka abwartend im Türrahmen stehen, fast ein wenig eingeschüchtert, fand Clark.

Der Teppich war beige, die Wände im zarten Gelb gehalten. Insgesamt verbreitete sich eine sehr gemütliche Atmosphäre.

Das Zimmer selbst war geräumig, mit einem kleinen Schreibtisch und einer Sofaecke aus schwarzem Leder.

Das Bett war mit einer Patchworkdecke bezogen.

»Gefällt es Ihnen?«, fragte die Maori, wobei sie ihn kritisch betrachtete.

Sie mag mich nicht, dachte Clark und überlegte, ob es nur an der mütterlichen Fürsorge lag, die sie Grace gegenüber hegte, oder ihrer maorischen Abstammung geschuldet war, dass sie ihm mit Argwohn begegnete. Obwohl er Neuseeländer war, musste er sich eingestehen, dass er nicht viel über die Maoris wusste. Schon als Kind hatte er viel Zeit im Ausland verbracht.

Das erinnerte Clark daran, dass es lange her war, dass er

ein Museum besucht hatte und er nahm sich vor, unbedingt noch einen Abstecher in das War Memorial Museum in Auckland einzuplanen, bevor er wieder abreiste. Dort konnte man ausführlichere Informationen über die Kultur und Besiedlung der Maoris von Aotearoas oder dem *Land der weißen Wolke,* wie Neuseeland von ihnen auch genannt wurde, erfahren.

»Danke, es gefällt mir sehr gut«, antwortete Clark und erwiderte unverwandt Manukas Blick. Er meinte es ehrlich. Grace hatte nicht zu viel versprochen. Der Ausblick aus dem Fenster, das bis zum Boden reichte, war eine Sünde wert. Perlenhaft glitzerte die Sonne auf die Poverty Bay. In der Ferne trieb einsam ein kleines Boot auf dem Wasser. Weiter hinten ragten gletschergekrönte Felsriesen empor. Durch die Strahlung der Sonne schimmerte das Wasser fast türkis und die Sandstrände hatten eine goldgelbe Färbung. Überwältigt atmete er tief ein.

»Dort hinten ist das Badezimmer.« Manuka deutete auf eine weitere Tür, die dem Zimmer angrenzte. »Frühstück gibt es um acht Uhr, Mittagessen um eins.«

Die Maori-Frau war anscheinend niemand, der unnötig viele Worte verlor.

Clark bedankte sich und bemühte sich um ein Lächeln. *Immer schön freundlich bleiben.*

»Wenn Sie noch irgendetwas brauchen, Sie finden mich unten in der Küche«, ergänzte Manuka.

»Ja, danke, ich melde mich dann«, sagte Clark, aber Manuka hörte ihm bereits nicht mehr zu.

Mit einer energischen Bewegung, die er ihrem korpulenten Körper gar nicht zugetraut hätte, hatte sie sich umgedreht, schloss die Tür hinter sich und eilte die Treppe hinunter, als würde sie vor ihm flüchten.

Clark setzte sich auf das Bett. Es war weich und bequem. Erschöpft ließ er sich nach hinten fallen.

Ein zarter Lavendelduft stieg ihm in die Nase, den er nicht gleich zuordnen konnte.

Kurz darauf entdeckte er die Duftstängel auf der Kommode, über der ein Flachbildfernseher prangte.

Ja, hier ließ es sich aushalten.

Wehmütig fiel ihm ein, dass er nicht zum Vergnügen hergekommen war.

Er kramte sein Handy aus der Hosentasche und wählte die Nummer seines Bruders.

Keine fünfzig Meter entfernt grenzte die eingezäunte Plantage, und der Geruch von frisch gepflückten Mandarinen hing wie eine Dunstglocke über der Farm.

Grace liebte diese besondere Zeit im Herbst, wenn die Ernte begann, es auf der Farm von Hilfsarbeitern wimmelte wie in einem Bienenschwarm und die Mandarinen in die Bags gesammelt wurden.

Das ganze Jahr freute sie sich auf diesen Augenblick. Er hatte bis heute nichts von seiner Faszination verloren.

Glücklicherweise segnete die Sonne sie tagsüber noch mit mindestens 25 Grad. Für Mai, dem neuseeländischen Spätherbst, nicht unbedingt unüblich, aber dennoch nicht selbstverständlich. Ab Juni kehrte der Winter ein und bis dahin mussten alle Mandarinen geerntet und verschifft sein.

Sie seufzte laut bei dem Gedanken. Die Plantage befand sich im Ausnahmezustand und alles hing von einem akribisch, leistungsorientierten Zeitplan ab. Unstimmigkeiten bei den Fruit Pickers waren nicht eingeplant.

Doch der Teufel lag im Detail, das wusste sie spätestens

jetzt, als sie die johlende Menge direkt vor sich erblickte. Gegenwärtig schienen alle Arbeiter lieber dem Streit der beiden Kampfhähne beizuwohnen, anstatt die Mandarinen mit einem Klipper von den Bäumen abzuschneiden.

Grace fuhr sich nervös durch die Haare. Es war nicht das erste Mal, dass Hawkins einen Streit vom Zaun brach. Jeder wusste um sein Laster mit dem Alkohol Bescheid und seit dem Tod seiner Frau griff er immer häufiger zur Flasche.

Mit seinen Ende fünfzig war er einer der ältesten Mitarbeiter. Jahrelang war er die rechte Hand ihres Vaters gewesen und sie wusste, dass sich ihr Vater gewünscht hätte, Hawkins nicht zu kündigen.

Da es in letzter Zeit kaum noch Tage gegeben hatte, an denen Hawkins nüchtern zur Arbeit erschienen war, hatte Grace ihm kurzerhand die Leitung der Logistik entzogen und zwangsversetzt.

Sein Zuständigkeitsbereich beschränkte sich nun auf die Überprüfung der Zäune und der freien Areale rund um die Farm. Was seine Streitlust jedoch nicht im Geringsten beeinflusste, wie man bedauerlicherweise feststellen musste.

Die beiden Streithähne hatte sich ineinander verkeilt und suhlten wie zwei Wildschweine im Schlamm. Lehmbrocken flogen durch die Luft, Staub wirbelte auf.

Um sie herum hatten sich mehrere Arbeiter versammelt, die mit lautstarken Rufen und wedelnden Händen versuchten, die beiden Raufbolde anzufeuern. Sie schienen die Darbietung zu genießen, denn Grace hörte, wie ein paar Wetten abgeschlossen wurden.

Timoti bellte aufgeregt.

Nur zu gerne hätte sich der Hund ebenfalls auf den Kampfplatz gestürzt. Immer wieder sprang er nach vorne, in der Hoffnung, mitmischen zu dürfen, wurde aber rigoros von einem der Hilfsarbeiter am Halsband zurückgehalten.

Offensichtlich hatte der Mann ein Gespür für Hunde und keine Angst davor, dass sich Timotis gefletschte Zähne plötzlich gegen ihn richten könnten.

Wut stieg in Grace auf. *Das darf doch nicht wahr sein*, dachte sie, während sie auf die beiden zueilte und sich einen Weg durch die wütende Meute bahnte.

Erleichtert registrierte Grace die Motorsäge, die unweit entfernt am Boden lag und somit als potenzielle Waffe ausfiel. Die beiden Männer waren zu den Fäusten übergegangen. Einen Schwerverletzten von der Farm zu tragen, hätte ihr gerade noch gefehlt.

Grace stemmte die Hände in die Hüften und baute sich vor den beiden auf. Ihre dunklen Augen funkelten wütend. »Auseinander ihr zwei, sofort«, herrschte sie. »Habt ihr völlig den Verstand verloren?«

Zeitgleich schloss Taonga zu ihr auf. Nach dem Anruf von Grace hatte er sich umgehend auf den Weg gemacht. Der Maori bereitete dem Streit jäh ein Ende, indem er sich ohne Vorwarnung in das Handgemenge warf und die beiden wütenden Parteien dadurch auf den Boden schubste.

Beinahe hätte er sich einen Boxhieb eingefangen, als Hawkins aufstand und erneut zum Schlag ausholte. Taonga duckte sich gerade noch rechtzeitig, doch Grace konnte nicht mehr ausweichen.

Sie bekam einen Hieb gegen die rechte Gesichtshälfte und geriet ins Straucheln. Gerade noch rechtzeitig wurde Grace von den Armen eines unbeteiligten Zuschauers aufgefangen und wieder in die Senkrechte gestellt.

Für einen Moment war sie so benommen, dass sie nicht einmal Schmerzen spürte. Nur ein komisches Gefühl in der

Magengegend.

Hawkins stammelte: »Entschuldigung, das wollte ich nicht.« Ehrlich betroffen sah er sie an. Er gehörte zu der Sorte Männer, die immer erst dann ihr Gehirn einschalteten, wenn der Gegner bereits am Boden lag.

Grace, der immer noch schwummerig war, nickte nur und musterte ihn mit zusammengekniffenen Augen. Natürlich hatte Hawkins sie nicht schlagen wollen, das änderte aber nichts an der Tatsache, dass er es getan hatte und sich in dieser Sekunde zu ihrem bereits flauen Gefühl im Magen pochende Kopfschmerzen gesellten.

Sie betastete ihren Kopf und zuckte zusammen, als sie ihren Wangenknochen unter dem rechten Auge berührte. Schmerzhaft verzog sie das Gesicht. Die Schwellung war bereits deutlich zu spüren.

Wütend sah sie die beiden Kontrahenten an, die nun wie ein Häufchen Elend vor ihr standen und mit schuldbewussten Mienen auf den Boden starrten.

Ray hatte ein geschwollenes Auge, eine aufgeplatzte Lippe und atmete schwer, während Hawkins nicht so glimpflich davongekommen war. Blut quoll aus seiner gebrochenen Nase und sein Körper war übersät mit roten Flecken. Mit einem Blick auf ihre geschundenen Gesichter wandte sich Grace an Manuka, die bereits ihren Medizinkoffer geholt hatte und einen Wattebausch mit Tinktur betupfte.

»Versorge ihre Wunden und gib ihnen Arnika zum Abheilen der Schwellungen«, sagte Grace zu Manuka und schluckte selber drei der entzündungshemmenden Globuli, die sie sich aus einem Fläschchen in die Hand schüttete.

Danach wandte sich Grace erneut an die beiden Raufbolde, die sich keinen Zentimeter vom Fleck gerührt hatten und Manukas medizinische Versorgung mit gemischten Gefühlen über sich ergehen ließen.

Mit ernster Miene sagte sie: »Von euch beiden will ich heute nichts mehr sehen, geschweige einen Ton hören, und ...« Sie hielt inne und presste die Lippen zusammen. Eigentlich hatte sie vorgehabt, noch ein paar Takte mehr dazu zu sagen, doch ein plötzlicher Schwächeanfall ließ sie taumeln. *Besser ich ruhe mich einen Moment aus*, dachte sie und wandte sich zum Gehen.

Manuka legte ihr die Hand auf die Schulter. »Alles in Ordnung?«

Grace nickte. »Ja, es geht schon. Nur ein Anfall von Kopfschmerzen. Ich gehe schon mal zurück ins Haus und nehme eine Tablette.«

»Gut«, stimmte Manuka zu. »Ich komme nach, sobald ich mit den beiden Raufbrüdern hier fertig bin.«

Kurz bevor Grace die wenigen Stufen zum Haus hochgestiegen war, fühlte sie sich beobachtet und sah sich um.

Sie bemerkte, wie ein Mann mit Sonnenbrille die Farm beobachtete und fotografierte. Er saß in einer schwarze Mercedes-Limousine, die am Eingang zur Farm parkte.

Merkwürdig! Was hat das zu bedeuten?, grübelte Grace.

Als sich ihre Blicke trafen, schloss der Fahrer die Fensterscheibe, wendete hastig und raste davon.

Das war das Letzte, was Grace wahrnahm, denn plötzlich ging ein Ruck durch ihren Körper und es wurde dunkel.

Kapitel 4

Grace blinzelte, als sich ihre Augen öffneten und das helle Sonnenlicht sie blendete.

»Wassss ... was ist passiert?«, flüsterte sie, als sie schemenhaft das Gesicht von Manuka erblickte, die sich über sie beugte und ihr behutsam eine Haarsträhne aus dem Gesicht strich.

»Du warst kurz weggetreten. Zum Glück bist du weich gelandet ...« Manuka deutete auf das dichte Tussockgras, das rechts und links der Stufen zur Veranda wucherte. Danach deutete sie auf den Hund. »Und Timoti hat mich zur Hilfe geholt.«

Grace wandte den Kopf. Direkt neben ihr saß Timoti und starrte sie aus seinen großen Hundeaugen treuherzig an.

Als das Tier seinen Namen hörte, neigte es den Kopf nach unten und leckte mit seiner Zunge über ihr Gesicht.

»Du bist mein Bester«, sagte Grace dankbar und fuhr ihm mit der Hand über die Schnauze.

Energisch schob Manuka den Vierbeiner zur Seite. »Genug gesabbert. Platz, Timoti! Lass Frauchen erst mal aufstehen«, kommandierte sie streng, bevor sie ihre Hände nach Grace ausstreckte.

»Komm, ich helfe dir auf.« Beherzt griff die Maori Grace unter beide Arme und stemmte sie hoch.

Ein jäher Schmerz im Kopf ließ Grace zusammenzucken. Vermutlich eine Folge des Sturzes. Gestresst presste sie ihre Handfläche gegen den Kopf, als könnte sie dadurch den Schmerz wegdrücken.

»Du hast eine Gehirnerschütterung«, mutmaßte Manuka, der Grace' schmerzverzerrte Miene nicht entgangen war. »Damit ist nicht zu spaßen. Du solltest dich unbedingt ausruhen.« Behutsam führte sie Grace die Treppe hinauf, während sie einen wütenden Blick über die Schulter warf. Dahin zurück, wo Taonga dafür sorgte, dass die Gruppe sich langsam auflöste und alle wieder ihrer Arbeit auf der Plantage nachgingen.

»Dieser elender Hawkins kann was erleben, wenn er wieder nüchtern ist«, schimpfte Manuka und ihre dunklen Augen blitzten zornig. »Der wird nie wieder einen Tropfen Alkohol anrühren, wenn ich mit ihm fertig bin.« Sie schnaubte laut. »Ich werde ihn auf der Stelle in vier Teile teilen und sie Timoti zum Fraß vorwerfen«, sagte sie, ohne eine Miene zu verziehen.

Grace war an die ruppige und gradlinige Art von Manuka gewöhnt und der Gedanke, dass Hawkins mit Manuka aneinandergeriet und ängstlich um sein Leben bettelte, amüsierte Grace. Er ließ sie für einen Moment das flaue Gefühl vergessen, das sich in ihrem Magen regte, wenn sie daran dachte, dass sie im Gesicht garantiert aussah wie ein matschiger Himbeerkuchen. Rache war schließlich süß. Und warum sollte es Hawkins besser gehen als ihr?

Grace versuchte zu lächeln, was ihr aber nur mäßig gelang, weil ihre rechte Gesichtshälfte mittlerweile so geschwollen war, dass es um ihren Mund herum spannte. Na super, das wurde ja immer besser.

»Für heute kann ich keine weiteren Katastrophen

verkraften«, seufzte Grace und versuchte erneut ein Lächeln, um Manukas gereizte Stimmung etwas zu mildern. Erschöpft ließ sie sich in die Hollywoodschaukel plumpsen, streckte ihre Beine aus und gab sich mit den Fersen Schwung. Timoti war mit einem Satz neben ihr und kuschelte sich an sie.

»Ich werde einen Arzt rufen«, sagte Manuka.

»Nein!« Grace schüttelte mit dem Kopf. »Keinen Arzt«, sagte sie. »Ich brauche nur etwas Ruhe. Mehr nicht.«

»Gut, aber du rührst dich nicht vom Fleck«, befahl Manuka streng. »Ich koche uns einen Tee und hole eine Salbe für dein Gesicht. Ich bin gleich wieder da.«

Das brauchte Manuka ihr nicht zweimal sagen. Grace seufzte. Ihr tat jeder einzelne Muskel weh. So wie sie sich im Moment fühlte, war nicht mal daran zu denken, sich überhaupt je wieder vom Fleck zu rühren, geschweige mit diesem Quasimodogesicht unter Menschen zu trauen.

Grace konnte einen erneuten Seufzer nicht unterdrücken. Wie so oft in den letzten Tagen fragte sie sich, wie sie das alles schaffen sollte. Die Arbeit und die Verantwortung waren einfach zu viel für sie. Ihr wuchs alles über den Kopf.

Dass es nicht leicht sein würde, als Frau eine Farm zu führen, war Grace natürlich bewusst gewesen, als sie sich entschieden hatte, die Farm nicht zu verkaufen. Doch was es letztendlich für sie bedeutete, wurde ihr erst jetzt so richtig klar, wo sie müde und erschöpft an ihre Grenzen kam.

Schlagartig drängte sich der unerfreuliche Besuch bei der Bank in ihr Bewusstsein. Wie lange würde die Plantage noch liquide sein, wie lange würde sie sich noch über Wasser halten können? Sie wusste es nicht. Grace kam sich vor wie eine Ertrinkende mit der panischen Gewissheit, dass irgendwann die Luft knapp würde. Und dann ging sie unter, sank herab auf den Meeresboden. Tot. Vergessen. Alles war vorbei. Alles, wofür sie die letzten zwei Jahre gekämpft und geschuftet hatte, verloren.

Ich muss unbedingt mit der Bank sprechen. Es gab im Moment nichts Wichtigeres. Wenn es Grace gelang, einen weiteren Kredit zu erhalten, würde es mit der nächsten Ernte womöglich wieder bergauf gehen.

Ihr Vater hatte immer gesagt: Man muss auf alles vorbereitet sein. Es gibt für alles eine Lösung. Grace sah ihn vor sich, wie er Tag für Tag morgens in der Küche saß, seinen Kaffee trank und mit Vorarbeiter Taonga die anfallenden Arbeiten und den Tagesablauf rund um die Farm durchsprach. Weder ein maroder Zaun, noch vertrocknete Äste an den Mandarinenbäumen, geschweige ein defekter Wasserhahn konnten ihn in Unruhe versetzen. Er liebte diese Farm, sie war alles für ihn.

Mühsam schüttelte Grace die traurigen Gedanken an ihren Vater ab. Sie schluckte. Was sollte sie denn jetzt tun?

»Nicht so viel grübeln, davon bekommt man Falten«, sagte Manuka, als hätte sie Grace' Gedanken gelesen. Sie brachte ein Tablett mit frischem Tee und und setzte sich neben sie auf die Schaukel, um ihr ein wenig Gesellschaft zu leisten.

»Jetzt werden wir erst mal deine Prellung behandeln«, erklärte sie und holte Grace damit in die Gegenwart zurück.

»Tu, was du nicht lassen kannst.« Grace nickte lächelnd und hielt Manuka die geschwollene Gesichtshälfte hin. Sie wusste um die heilenden Salben der Maoris und vertraute ihr.

Achtsam verteilte Manuka die Salbe.

Als sie fertig war, lächelte sie Grace aufmunternd zu.

»Glaub mir, morgen wird man kaum noch etwas davon sehen.«

»Danke«, erwiderte Grace, während sie an dem köstlichen Tee nippte, der nach Ingwer und Orange schmeckte. Das tat gut. Sie atmete tief durch, lehnte sich gegen die Rückenlehne und spürte die Wärme, die sich in ihr ausbreitete. Die Herbstsonne spendete ebenfalls wohlige Wärme und Grace reckte ihr Gesicht den Strahlen entgegen. Sie schaute zum Horizont ins Leere und lauschte dem Rauschen des Windes in den Gräsern.

Manuka musterte Grace aufmerksam aus ihren schokoladenbraunen Augen und ihr entging nicht, dass Grace sich erneut in sorgenvollen Gedanken verlor.

»Es wird bestimmt eine Lösung geben«, versuchte sie, Grace zu trösten, nahm ihre Hand und drückte sie sanft. »Aber jetzt jagen wir deine bedrückenden Gedanken erst einmal zum Teufel. Dein Kopf braucht Ruhe«, sagte sie streng und duldete keinen Widerspruch.

Grace spürte, wie ihre Augen feucht wurden, musste aber dennoch lächeln. Manuka hatte recht. Sie sollte sich nicht schon wieder den Kopf zerbrechen und über Probleme nachdenken, geschweige darüber sprechen. Sie beschloss, das Thema zu wechseln, und wischte sich über die Augen.

»Gefällt unserem Gast sein Zimmer?«, fragte Grace, während sich das Bild von Clark vor ihr inneres Auge schob.

Manuka nickte. »Ich denke schon, schließlich ist es das schönste Zimmer, das wir haben. Er schien zufrieden.«

»Er ist ziemlich heiß, findest du nicht?«, rutschten Grace die Worte raus und sie errötete wie ein Teenager.

Der Gedanke an Clark und wie er sie aus seinen hellblauen Augen angesehen hatte, jagte ihr einen warmen Schauer über den Rücken.

Manuka zuckte mit den Schultern. »Weiß nicht.« Mit Männern konnte sie seltsamerweise wenig anfangen, im Gegenteil zu Grace, die sich schon seit Jahren nach einem Ehemann sehnte. Vor allem abends, wenn die Arbeit getan war, wünschte sie sich manchmal einen Mann an ihrer Seite.

Es hatte noch nicht viele in ihrem Leben gegeben und so saß Grace oft alleine vor dem Fernseher oder auf der Veranda, wenn die Nacht vor verschlossener Tür lauerte, und trank ein Gläschen Wein, bis ihr irgendwann die Augen zufielen.

Tag für Tag, Monat für Monat.

Und plötzlich, wie aus dem Nichts, tauchte dieser attraktive Mann auf und löste ein sehnsuchtsvolles Gefühl in ihrem Herzen aus.

Ich sollte mehr unter Menschen gehen, dachte Grace. Leider bekam sie dafür nur selten Zeit. Die Plantage benötigte ihre volle Aufmerksamkeit. Rund um die Uhr. Hinzu kam die Abgeschiedenheit. Sie hatte ja nicht einmal Nachbarn!

Da war nur Manuka, ihre einzige Freundin und Vertraute, und die Arbeiter auf der Plantage, mit denen sie allerdings eine ausschließlich berufliche Beziehung pflegte.

Wenn Grace sich tagsüber in die Arbeit stürzte, ließ sich die Einsamkeit leicht verdrängen. Sie stieß einen tiefen Seufzer aus.

Clark war genau der Typ Mann, für den Grace ins Schwärmen geriet, ihr Verstand aber wusste, dass dieser Mann niemals für das Leben auf einer Farm geeignet war. Sie sollte ihn sich schleunigst aus dem Kopf schlagen.

Als sich allmählich die Dunkelheit über das Anwesen legte

wie ein einsames Versprechen, kam Clark aus seinem Zimmer. Im Haus war es still. Er horchte. War Grace schon hereingekommen oder arbeitete sie noch draußen auf der Plantage?

Clark beschloss, nach ihr zu sehen.

Den ganzen Tag hatte er telefoniert, nun sehnte er sich nach etwas Abwechslung. Er wollte entspannen und wenigstens für ein paar Stunden seine Geschäfte und seine Arbeit vergessen. Der Abend schrie nach einem Absacker.

Ob Grace wohl einen guten Wein im Haus hatte? Er liebte Rotwein.

Clark entdeckte Grace auf der Veranda. Sie lag in der Hollywoodschaukel und schlief. Timoti lag vor ihr auf dem Boden ausgestreckt und bewachte sie. Er knurrte leise, als Clark sich näherte, machte jedoch keine Anstalten, sich aufzurichten.

Er betrachtete Grace einen Moment. Sie sah blass und erschöpft aus. Nur mit Selbstbeherrschung widerstand Clark dem Wunsch, ihr über die sinnlichen Lippen zu streichen. Ein ungewöhnliches Gefühl stieg in ihm auf, eins, das er schon ziemlich lange nicht mehr gefühlt hatte.

Dann erst fiel ihm die leichte Schwellung auf, die sich unter ihrem rechten Auge leicht bläulich färbte.

Ein Schatten huschte über sein Gesicht.

Was war denn mit Grace passiert? Er machte sich ernsthaft Sorgen.

Gerade als Clark beschlossen hatte, Grace nicht zu stören, öffnete sie die Augen und blinzelte ihn verwirrt an.

»Wie spät ist es?«, fragte sie erschrocken.

Clark warf ihr ein Lächeln zu. »Kurz vor acht«, sagte er nach einem Blick auf seine Uhr.

»Du meine Güte.« Grace richtete sich abrupt auf. Sie

hatte eigentlich nicht vorgehabt, zu schlafen. Es gab zu viel zu tun, als dass ihr ein erholsames Nickerchen vergönnt gewesen wäre.

Durch die ruckartige Bewegung durchzuckte sie ein leichter Schmerz. Ihr Kopf brummte, als hätte sie einen schrecklichen Kater, und schlagartig fiel ihr wieder ein, was passiert war. Vorsichtig untersuchte Grace ihre Wange. Die Schwellung war tatsächlich etwas zurückgegangen, trotzdem war die Stelle noch sehr druckempfindlich.

Gequält verzog sie das Gesicht. Na super, dachte sie. Da hatte sich nach langer Dürreperiode mal wieder ein attraktiver Mann auf die Farm verirrt, und sie sah aus wie ein weich geklopftes Hüftsteak. Wo waren ihre Scheuklappen?

»Tut mir leid, ich wollte Sie nicht wecken«, sagte Clark mit gesenkter Stimme, dem nicht entgangen war, dass Grace sich überrumpelt fühlte. Er deutete auf ihre Prellung. »Was ist passiert?«

Grace versuchte zu lächeln. »Ach, nur ein Versehen.« Sie winkte ab. »Ich bin zwischen die Fronten zweier prügelnder Streithammel geraten. Selbst schuld.« Sie zuckte mit den Achseln. »Aber dank Manuka geht es mir schon wieder viel besser.« Sie vermied den Augenkontakt, während sie Timoti streichelte, der begeistert wedelnd aufgesprungen war und selig seinen Sabber an ihren Beinen abwischte.

»Ich wollte Sie wirklich nicht stören«, wiederholte Clark und sein Herz klopfte unvermittelt schneller, als er sah, wie Grace schüchtern auf ihrer Lippe kaute. Plötzlich kam er sich seltsam fehl am Platz vor. Was tat er eigentlich hier? Die Veranda gehörte zu Grace' persönlichem Bereich. Er fühlte sich wie ein Eindringling.

»Sie stören nicht«, versicherte Grace. Verlegen fuhr sie

sich durch die Haare, während sie gleichzeitig versuchte, ihre Nervosität in den Griff zu bekommen.

Clark fragte sich, ob Grace in der Gegenwart von Männern immer so nervös wurde oder es womöglich nur seiner Person zuzuschreiben war, was ihm zugegeben schmeicheln würde.

Sie räusperte sich. »Du meine Güte, ich bin so ein schlechter Gastgeber ... haben Sie Hunger?«, erkundigte sich Grace, deren knurrender Magen sie daran erinnerte, dass sie heute noch nichts gesessen hatte.

»Machen Sie sich um mich keine Sorgen. Ich komme klar«, erklärte Clark lächelnd, den Blick fest auf sie gerichtet.

Grace errötete, bevor sie Timoti zärtlich zur Seite schob und sich behutsam erhob. Sie war etwas wackelig auf den Beinen und stützte sich an der Tischkante ab. Clark bemerkte ein leichtes Zittern in ihren Armen.

»Alles in Ordnung ...? Soll ich Ihnen helfen?«, fragte er besorgt und lächelte charmant.

Grace schüttelte mit dem Kopf. »Geht schon wieder, danke. Es ist nur der Kreislauf. Ich habe einfach zu lange geschlafen.« Sie lächelte schüchtern, wobei ihr erneut die Röte in die Wangen schoss.

Clark trat trotzdem einen Schritt auf sie zu, damit er sie im Notfall stützen konnte. Der Geruch von frischer Landluft vermischt mit einem süßlichen Parfüm stieg ihm in die Nase und er würde lügen zu behaupten, dass dieser Duft nicht seinen Jagdinstinkt erweckte. Verflixt, diese Frau sollte ihn nicht nervös machen!

Verlegen trat Grace einen Schritt zurück und kniff die Augen zusammen. »Ich mache mich nur kurz frisch und gebe Manuka Bescheid, sie soll uns ein Abendessen zubereiten.«

»Bloß keine Umstände«, wehrte Clark ab.

Sie schüttelte mit dem Kopf. »Das machen Sie nicht. Im Gegenteil.« Ihr Gesicht hellte sich merklich auf. »Sie sind unser Gast und ich muss nicht alleine essen.«

Clark grinste schief. »Wenn das so ist ... nehme ich die Einladung natürlich gerne an.« Tatsächlich hatte er ziemlichen Hunger, da er seit einem flüchtigen Frühstück nichts mehr zwischen die Zähne bekommen hatte. Er nahm ihr gegenüber Platz.

»Ich bin gleich wieder da«, sagte sie und ihr Blick wanderte zu Timoti, der sie aus erwartungsvollen Augen anblickte. »Du bleibst hier sitzen und rührst dich nicht vom Fleck«, drohte sie dem Hund spielerisch mit dem Zeigefinger, bevor sie sich mit einem verschmitzten Lächeln an Clark wandte. »Es wäre super nett, wenn Sie in der Zwischenzeit ein Auge auf Timoti werfen könnten ...« Ihr Blick fand den seinen und verweilte einen Moment darin.

»Leider hat er manchmal die schreckliche Angewohnheit, einem Tier hinterherzujagen, wenn er es in den Büschen rascheln hört«, bat sie und hatte es plötzlich sehr eilig. Abrupt drehte sie sich um und verschwand im Haus.

Clark grinste schief. *Ja, eine hervorragende Idee*, dachte er. Fragte sich nur, wer hier auf wen aufpasste. Timoti hatte sich bereits in Wachhundposition vor ihn gehockt und ließ ihn nicht aus den Augen.

Wenn Clark nicht alles täuschte, blickte er aber jetzt freundlicher drein. Es bestand also doch noch die Hoffnung, dass sie Freunde wurden.

Mit einem tiefen Seufzen blickte Grace in den Spiegel über dem Waschbecken und hätte fast laut aufgeschrien. Ihre braunen Haare waren zerzaust, ihre

Wimperntusche verschmiert und auch der übrige Rest ihres Erscheinungsbildes sah nicht gesellschaftsfähig aus.

Die Prellung war zwar nicht so groß wie angenommen, aber dennoch schillerte ein blaurotes Oval unter ihrem rechten Auge wie die Verzierung auf einer Obsttorte.

Chucky, die Mörderpuppe ist nichts dagegen.

Grace blieb jedoch nicht die Zeit für ein gründliches Aufbereiten ihres scheußlichen Allgemeinzustandes. Ein schnelles Beautyprogramm musste reichen.

Auf der Veranda saß ein Mann, für den manche Frauen töten würden, und Grace durfte nicht riskieren, dass er ihr davonlief. Alleine bei dem Gedanken an ihn reagierte ihr Körper und sie spürte eine Hitzewelle, die sie überrollte.

Grace, verdammt noch mal, reiß dich zusammen, schimpfte sie ihrem Spiegelbild entgegen und spritzte kaltes Wasser in ihr Gesicht. *Nur weil es lange her ist, dass du einen Mann interessant gefunden hast, benimmst du dich wie ein aufgescheuchtes Huhn. Entspann dich!*

In ihrem Zimmer tauschte sie ihre durchgeschwitzten Klamotten gegen eine Jeans, eine rote Bluse und Schuhe mit Absatz aus. Danach bändigte sie ihr schulterlanges Haar und ließ es offen.

Knapp zehn Minuten später kam Grace zurückgeeilt.

»Manuka zaubert uns schnell eine Kleinigkeit«, teilte sie Clark mit. Sie lächelte ihn an, wobei ihre Augen fröhlich blitzten. »Kommen Sie ...«, forderte sie ihn auf.

»Großartig!« Timoti und er standen gleichzeitig auf und sahen sie erwartungsvoll an.

»Wir setzen uns auf die hintere Terrasse. Sie liegt direkt am Meer. Da ist es gemütlicher und sie können den Ausblick genießen. Glauben Sie mir, das dürfen Sie sich nicht entgehen lassen.«

»Sehr gerne.« Der Vorschlag gefiel ihm und auch Timoti wedelte zustimmend mit dem Schwanz.

»Möchten Sie etwas trinken? Ich habe einen guten Rotwein«, fragte sie, während sie das Wohnzimmer durchquerten. Ohne seine Antwort abzuwarten, öffnete Grace einen Schrank und holte eine Flasche hervor.

»Ein Glas Wein wäre wunderbar.« Clark lächelte.

»Gerne.« Sie holte zwei Gläser aus einer Glasvitrine, nahm eine Karaffe Wasser vom Tisch und stellte alles zusammen auf ein Tablett.

»Ich hoffe, Sie mögen echten neuseeländischen Wein der Sorte Pinot Noir.«

»Es gibt keinen besseren«, erwiderte Clark, obwohl er noch nie einen Wein dieser Marke getrunken hatte.

»Lassen Sie mich das nehmen«, sagte er und griff nach dem Tablett. Dabei berührten sich ihre Hände und für einen Moment entstand ein knisterndes Schweigen, in dem sie sich nur musterten.

Grace fand zuerst ihre Fassung wieder. »Folgen Sie mir«, forderte sie und marschierte zügig die Stufen an der hinteren Veranda hinunter.

Clark folgte ihr über einen feinen Kiesweg, vorbei an schützenden Flax-Hecken. Kurz darauf saßen sie an einem kleinen runden Tisch in gemütlichen Korbsesseln mit Blick auf einen menschenleeren Strand unmittelbar neben den Felsklippen der Landzunge.

Die Aussicht war atemberaubend.

Der Abend erreichte seinen Höhepunkt, als Manuka ihnen Bratkartoffeln, gemischtem Salat und duftenden Steaks servierte. Clark merkte, wie ausgehungert er war, und griff großzügig zu.

Nachdem sie sich satt gegessen hatten, lauschten sie dem Brandungsgedonner des Pazifiks, ein Glas Wein in der Hand und plauderten bei Kerzenschein, als würden sie sich schon seit Ewigkeiten kennen. Was nicht nur daran lag, dass beide offene Persönlichkeiten waren, denen es leichtfiel, auf andere Menschen zuzugehen, sondern dass zwischen ihnen etwas knisterte, das beide spürten, aber nicht zu benennen wagten.

Grace berichtete ihm von dem Vorfall mit Hawkins, während Clark aufmerksam zuhörte. Er musste sich eingestehen, dass Grace ihn sehr interessierte. In seinen Augen war sie eine willensstarke Frau, die wusste, was sie wollte, und das faszinierte ihn. Hinzu kam ihre atemberaubende Ausstrahlung.

Sein Blick wanderte über ihren Oberkörper, der seinen Blicken für den Rest des Abends nun leider verborgen bleiben sollte, da Grace soeben ihre Stola enger zog, weil sie fröstelte. Bloß bei der Vorstellung, was sich darunter verbarg, wurde ihm heiß und kalt.

Timoti war langsam etwas zutraulicher geworden, strich um seine Beine und suchte nach heruntergefallenen Essensresten.

»Was machen Sie beruflich?«, fragte Grace gerade.

»Ich bin Geschäftsmann.«

»Dann sind Sie sicher sehr beschäftigt.« Sie nickte viel wissend.

»Das kann man wohl sagen.« Er verzog das Gesicht, weil ihm einfiel, dass er nicht zum Spaß hier war. Er griff über den Tisch nach dem Wein und schenkte ihnen nach. Eine leichte Brise vom Meer wehte zu ihnen hinauf.

»Ja, die viele Arbeit kann einen manchmal regelrecht ersticken.« Grace seufzte laut und sah gedankenverloren in den Schein der flackernden Kerze. »Ich weiß nicht, wann ich das letzte Mal Urlaub gemacht habe.« Sie verzog das Gesicht.

»Manchmal muss man sich die Zeit einfach nehmen«, stellte Clark fest.

Sie seufzte erneut. »Vielleicht haben Sie recht.« Sie nahm einen Schluck Wein.

»Aber ich gebe zu, dass es einem schwerfällt. Man glaubt, dass alles drunter und drüber geht, sobald man die Zügel aus der Hand gibt. Man möchte stets die Kontrolle behalten.«

»Wollen Sie das immer ... die Kontrolle behalten?«, fragte Grace und sah ihn aufmerksam an.

»Ja, schon, Sie nicht?« Clark sah sie durchdringend an. »Kontrolle hilft, uns vor unliebsamen Überraschungen zu schützen. Im Umkehrschluss bedeutet das natürlich auch, dass sie uns daran hindert, unseren Gefühlen freien Lauf zu lassen.« Er schaute erst auf sein Glas Wein, dann wieder zu Grace. »Das kann auf Dauer zu Problemen führen, besonders dann, wenn man ständig vorgibt, alles im Griff zu haben, obwohl es gar nicht so ist«, fügte er hinzu und lächelte Grace an.

Clark sah, wie Grace errötete. Sie schluckte und es sah aus, als wollte sie etwas antworten, entschied sich dann doch anders.

Inzwischen war es stockdunkel, nur der Mond und die Sterne leuchteten hell am Nachthimmel. Hier und da erspähte Clark sogar eine Wolke. Der Wind brachte den Geruch von Salz mit sich.

»Werden Sie morgen eine Tour mit Ihrem Kanu unternehmen?«, wechselte Grace das Thema und goss sich ein Glas Mineralwasser ein. »Ich habe gehört, dass diese

Touren nicht ganz ungefährlich sein sollen.«

»Ich kann es kaum erwarten!« Clark grinste und tatsächlich spürte er bereits diesen Abenteuerdrang, der ihn schon als Kind erfasst hatte, und sein Puls peitschte in die Höhe, wenn er an die Stromschnellen dachte, durch die er mit dem Kanu paddeln würde.

»Ich würde zu gerne mitkommen.« Grace klang träumerisch, als wäre es nur eine wirre Fantasie.

»Wieso tun Sie es dann nicht? Über Ihre Gesellschaft würde ich mich sehr freuen. Ich treffe mich mit Freunden, wir sind also nicht alleine«, erklärte er, um ihr Mut zu machen, dass im Notfall genug Retter vor Ort waren. Sein Blick ruhte auf ihr.

»Das ist nett von Ihnen, aber das geht nicht. Wir stecken mitten in der Mandarinenernte.« Sie sah Clark schulterzuckend an.

»Verstehe. Schade.« Und aus seinem Mund sprach ehrliches Bedauern. Er war sich sicher, dass es nur eine Ausrede war und Grace sehr gerne mitgekommen wäre.

»Vielleicht ein andermal.« Verlegen senkte Grace den Blick.

»Ja«, sagte Clark und prostete ihr zu. »Vielleicht ein anderes Mal.«

Kapitel 5

Am nächsten Morgen wachte Grace sehr früh auf. Der erste Gedanke, der ihr in den Kopf schoss, war Clark, ein Mann, der aus heiterem Himmel auf ihre Farm geschneit war und sie komplett umgehauen hatte. Und ... nein, sie errötete und verbot sich weitere plötzliche Anwandlungen ihres verwirrten Gehirns, welches ihr spontan nette Grußbotschaften in Form nicht jugendfreier Bilder sendete.

Clark und sie ... daran würde sie in ihren erotischsten Träumen nicht denken. Sie holte tief Luft. Die Hitzewelle, die soeben durch ihren Körper schoss, ignorierte sie.

Sie hatten sich ja nicht mal geküsst.

Der zweite Gedanke war die Flasche Wein, die sie angesichts ihrer Prellung und der Tabletten lieber nicht hätte trinken dürfen. Aber erstaunlicherweise spürte sie nur einen leichten, pochenden Schmerz hinter den Schläfen, ansonsten fühlte sie sich gut.

Grace schaute in den Spiegel. Die Prellung auf ihrem Wangenknochen war fast vollständig verschwunden und abermals dankte sie im Geiste Manuka, dass diese in der Heilkunst der Maori so bewandert war.

Nach dem Duschen erwischte Grace sich dabei, wie sie einige Spritzer von der sündhaft teuren Parfümcreme auf ihren Armen und dem Dekolleté verrieb, welches sie sonst nur bei besonderen Anlässen benutzte, doch plötzlich hielt sie inne. Sie hatte einen Termin bei der Bank und kein Rendezvous. *Wie doof kann man sein?*

Tadelnd schüttelte Grace mit dem Kopf und lächelte ihrem Spiegelbild zu. Sie war definitiv durcheinander. Beherzt griff sie nach einem Handtuch und rubbelte die Creme wieder ab.

Schlagartig war ihre gute Laune wie weggeblasen. Für diesen unerfreulichen Termin war die teure Creme definitiv die reinste Verschwendung. Den impotenten Bankfuzzis gönnte sie keinen Ausflug ins Duftparadies einer Frau, nicht mal den kleinsten Hauch, höchstens einen stinkenden Pups.

Wütend schmiss Grace das Handtuch in den Wäschekorb und begnügte sich damit, etwas Mascara und Lippenstift aufzutragen.

In der Küche, wo Manuka bereits den Frühstückstisch gedeckt und frischen Kaffee gekocht hatte, duftete es nach Eiern und Speck.

Timoti schaute kurz von seinem Körbchen auf, als Grace eintrat, ließ seinen Kopf aber gleich wieder auf die Kante zurückfallen. Er hatte jetzt wirklich keine Zeit für Frauchen. Er beobachtete, wie Manuka das Pferdefleisch für ihn in Stücke schnitt.

»Ich hab keinen Hunger«, sagte Grace und packte den Brief von der Bank und ein paar weitere Utensilien zusammen, die sie in ihre Handtasche verschwinden ließ.

»Bitte, nur ein Häppchen. Du musst essen.« Manuka hielt ihr eine Gabel unter die Nase, auf der ein Brocken Rührei aufgespießt war.

Eigentlich Grace' Leibspeise, aber heute würde sie keinen Bissen runter kriegen. Der Termin bei der Bank lag ihr wie ein Stein im Magen.

»Danke, mir ist schon schlecht«, sagte Grace spöttelnd,

nahm aber Manuka zuliebe die Gabel in den Mund. Sie wollte die Maori nicht beleidigen, schließlich hatte sie es nur gut gemeint und sich viel Mühe gegeben.

Manuka drückte liebevoll ihre Hand. »Es wird sich alles zum Positiven wenden«, versuchte Manuka zu trösten.

»Das hoffe ich.« Grace nickte. »Das hoffe ich für uns alle.« Hastig kippte sie einen Kaffee hinunter, nahm ihre Handtasche und ging aus dem Haus.

Draußen war es um diese Zeit noch etwas vernebelt, eine kühle Brise wehte, aber die ersten Sonnenstrahlen eroberten bereits den Morgen. Um diese Zeit war es noch ruhig auf der Farm, aber bereits in einer Stunde würde es hier von Hilfsarbeitern wimmeln.

Grace' alter Transporter, der neben dem Haus unter einem Vordach parkte, war rostig und verbeult, aber er erfüllte seinen Zweck und erwies sich nun schon seit fünfzehn Jahren als äußerst zuverlässig.

Sie hatte den Wagen sehr lieb gewonnen, nicht zuletzt, weil er ihrem Vater gehörte. Wie alles, was sie von ihm geerbt hatte, verbanden sich auch mit dem Brummi etliche Erinnerungen an ihn, die sie sentimental stimmten.

Der Geruch im Inneren des Autos war vertraut. Es war dieselbe Vertrautheit, die sie auch erfüllte, wenn sie durch die Flure des Hauses lief, auf der Plantage zwischen den Mandarinenbäumen kniete oder sein Büro im ersten Stock betrat. Der schwarze Ledersessel, der aufgeräumte Schreibtisch – alles war genauso, wie ihr Vater es hinterlassen hatte.

Grace vermisste ihn. Auch er hatte Zeiten durchgemacht, in denen das Überleben der Plantage auf der Kippe stand, doch der Glaube hatte ihn nie verlassen. Grace schwor sich, genauso wie er damals an der Gewissheit festzuhalten, dass sich alles zum Guten wenden wird.

Grace startete den röchelnden Motor und fuhr langsam vom Hof. Eine Katze saß auf dem Zaun neben dem großen Eingangstor, das einmal sehr majestätisch ausgesehen, mittlerweile allerdings einiges seiner ursprünglichen Ausstrahlung verloren hatte. Es war verwachsen und schief, als wäre ein Sturm darüber gefegt.

Bevor sie auf die Straße bog, warf Grace einen letzten Blick zurück und betrachtete nachdenklich die Farm.

Das ausgedörrte Gras, das sich wogend in der Brise neigte, die schwarz getigerte Katze, die nun lauernd auf der Suche nach Beute durch das bewachsene Dickicht streifte, die wunderschöne Küste mit ihren vielen vulkanischen Klippen ... Grace schluckte trocken. Das alles wollte sie nicht verlieren. Um keinen Preis. Sie würde kämpfen müssen wie eine Kriegerin.

Obwohl es für Grace einen Umweg bedeutete, entschied sie sich für den Weg entlang der Küste, dessen gewundene Straßen sich zwischen den farnbedeckten Bergen hindurchschlängelte und seitlich von einem Fluss begleitet wurde.

Kaum ein paar Minuten später brach die Sonne durch die Wolken und die Temperatur stieg schnell an. Grace lachte freudlos auf, als sie darüber nachdachte, das genau dieses beinahe mediterrane Klima hier auf der Nordinsel Neuseelands wie geschaffen für Gemüseanbau und Weinberge war, die es hier zur Genüge gab – nur ihre Farm bald nicht mehr dazuzählen würde.

Je näher Grace der Innenstadt kam, desto schneller schlug ihr Herz. Sie lenkte den Transporter auf einen der Haltestreifen vor dem Bankgebäude und wartete, bis sich ihr Herzschlag etwas beruhigt hatte.

Das könnte den Bankfuzzis so passen, dass ich mir die Blöße gebe und vor ihren Augen einen Herzinfarkt erleide, dachte sie aufgebracht und ihr Kampfgeist war geweckt. *Nicht mit mir, meine Herren.* Sie atmete tief durch, straffte ihre Schultern und stieg aus dem Auto.

Mechanisch steuerte sie auf einen großen Gebäudekomplex ganz in weiß zu. *Nein, ich werde mich nicht kleinkriegen lassen.*

Unwillkürlich schnappte sie nach Luft, als sie durch die Drehtür des Bankgebäudes trat. Ihre komplette Zukunft schien von diesem Termin abzuhängen.

Wenn sie keinen Aufschub durchboxte und keine Aufstockung des Kreditrahmens erzielte ... war sie geliefert.

»Guten Morgen, Miss Harper ...?«

Ein blank gewienertes Muttersöhnchen in einem schlecht sitzenden blauen Anzug kam auf Grace zugeeilt und sah sie mit großen Augen an.

»Wo waren Sie denn gestern? Wir haben Sie vermisst.«

Etwas in Grace' Magen zog sich zu einem harten Knoten zusammen und schickte Übelkeit nach oben. Eins stand fest, noch ein falsches Wort von diesem Typen und Grace würde dem Bankangestellten vor die Füße kotzen.

Clark hatte verschlafen. Der Wecker musste mehrfach geklingelt haben, doch scheinbar hatte er ihn nicht gehört. Das ärgerte ihn, wollte er doch längst mit dem Kanu aufgebrochen sein.

Nun sprang er förmlich aus dem Bett, schnappte das Handy vom Nachttisch, zog im Gehen frische Sachen aus seinem Koffer und hüpfte unter die Dusche.

Seine Erinnerungen wanderten zu dem gestrigen Abend und zu Grace. In Amerika wimmelte es von schönen

Frauen und als ein Mann von dreißig Jahren hatte er viele davon gesehen. Aber Grace war eine echte Schönheit. Ihre gefühlvollen großen braunen Augen, die vor Lebensfreude blitzten, ihre kleinen Grübchen in den Mundwinkeln, wenn sie ihr hinreißendes Lächeln zeigte, das jeden in seinen Bann zog ... ihre geröteten Wangen ... wenn sie verlegen auf ihren Lippen kaute ... Clark zog scharf die Luft ein. Sein Herzschlag setzte einen Moment aus, als ihn eine Welle der Zärtlichkeit überrollte, die er für diese Frau fühlte. Grace war echt heiß. Blut rauschte in seinen Ohren.

Nachdenklich schüttelte Clark mit dem Kopf. Bislang hatte er nie so für eine Frau empfunden und mühsam versuchte er, das Gefühl zu unterdrücken, das sich in seinem Unterleib regte.

Verdammt, irgendwie war jetzt nicht der Zeitpunkt für eine Frau an seiner Seite. Gut, dass er unter der Dusche stand und sich sofort abkühlen konnte.

Das Klingeln des Handys riss Clark aus seinen Gedanken. Rasch spülte er die letzten Schaumreste aus dem Haar, wickelte ein Handtuch um seinen nassen Körper und nahm das Handy von der Ablage.

Flüchtig warf er einen Blick auf das Display. Es war sein Bruder. Er verdrehte die Augen und nahm das Gespräch an.

»Was gibt's?«, fragte er, während er sich abtrocknete und in eine bequeme Jeans schlüpfte.

»Ich habe schon mehrfach versucht, dich anzurufen, du Idiot«, schimpfte sein Bruder. »Wieso bist du nicht rangegangen?«

»Ich habe geschlafen«, verteidigte sich Clark und kämmte flüchtig sein Haar.

»Du verschläfst noch dein ganzes Leben, wenn du so

weitermachst.«

»Was ist so dringend, dass ich nicht mal in Ruhe duschen kann?«, unterbrach Clark ihn barsch. Er hatte jetzt wirklich keine Lust, sich Vorwürfe anzuhören.

»Nichts Besonderes«, behauptete sein Bruder. »Wollte mich bloß erkundigen, wie es bisher so läuft.«

»Alles im Grünen«, meinte Clark. »Es läuft alles nach Plan.«

»Das freut mich zu hören, kleiner Bruder. Mach doch nachher mal einen Abstecher in mein Büro, dann kannst du mir Bericht erstatten.«

»Keine Zeit. Ich mache heute meine geplante Tour mit dem Kanu.« Clark prüfte die Länge seiner Bartstoppeln und entschied sich für eine Nassrasur. »Da musst du wohl ein paar Tage warten.«

Und selbst wenn nicht, wäre mir heute nicht danach, meinem Bruder einen Besuch abzustatten, fügte er im Stillen hinzu und schäumte den Rasierschaum auf.

»Du und dein dämliches Hobby.« Am anderen Ende der Leitung hörte man ein Stöhnen.

»Im Gegensatz zu dir habe ich eines. Immerhin verbringe ich meine Zeit nicht damit, Leute abzuzocken«, verteidigte sich Clark.

Sein Bruder nahm es gelassen. »Das ist auch ein Hobby. Kann sogar Spaß machen, wenn man es richtig angeht.«

»Das glaube ich dir aufs Wort«, spottete Clark und sah das überhebliche Lächeln seines Bruders förmlich vor sich.

Clark öffnete ein Fenster, eine salzige Brise strömte in das Zimmer. Gierig saugte er die frische Luft ein und dachte an den bevorstehenden Ritt über das Wasser.

»Dann kommst du eben erst gegen Abend«, sagte sein Bruder schließlich. »Hauptsache, du kommst.«

»Ich schaue vorbei, wenn ich wieder da bin«, warf Clark ein. Doch sein Bruder hatte bereits aufgelegt.

»Frühstück steht auf dem Tisch«, erklärte Manuka, als Clark die Treppe hinunterkam und sie sich im Flur begegneten.

Sie eilte mit ihm in die Küche und suchte in einer Schublade nach einem Schlüssel, den sie dem Maori Taonga in die Hand drückte. Er war ihnen gefolgt und stand abwartend im Türrahmen. »Wiedersehen macht Freude«, sagte sie zu dem jungen Mann und lächelte ihn an.

»Geht klar, Mutter«, sagte Taonga und grinste. Der Deckel zur Obstbox stand offen, sodass Taonga zwei Kiwis stibitzen konnte, die er in seiner Hosentasche verschwinden ließ.

Manuka schlug ihm spielerisch tadelnd auf die Finger.

Clark musterte ihn aufmerksam und schüttelte innerlich mit dem Kopf. Wenn Taonga tatsächlich der Sohn von Manuka war, war Clark ein Chinese.

Zwischen den beiden war nicht die geringste Ähnlichkeit festzustellen. Manuka und Taonga waren unterschiedlich wie Tag und Nacht. Abgesehen von den pechschwarzen Haaren und den unübersehbaren Mokos am ganzen Körper hatte Taonga auffällig helle Haut, während Manukas Hautfarbe exotisch und dunkel schimmerte, wie sie für reinblütige Maori eher typisch war. Natürlich gab es durch den Einfluss der Europäer unter ihnen auch hellhäutigere Maori, aber Taongas markante blaue Augen fielen völlig aus dem Rahmen und passten nicht in das charakteristische Bild.

Unwillkürlich drängte sich Clark der Verdacht auf, dass, wenn Manuka tatsächlich die leibliche Mutter von Taonga war, der Vater ein Pakeha sein musste, wie die Neuseeländer bei den Maori genannt wurden.

Doch letztendlich kann es mir egal sein, wer mit wem hier verwandtschaftliche Beziehungen pflegt, dachte Clark und setzte sich an den Tisch, auf dem ihn ein leckeres, englisches Frühstück anlächelte.

Aus dem Augenwinkel nahm Clark wahr, dass Taonga ihn abschätzend musterte. *Egal*, dachte Clark und maß dem keine weitere Bedeutung bei. Er hatte einen Bärenhunger. »Das riecht aber gut«, lobte er und griff herzhaft zu.

»Steh hier nicht so rum, geh zurück an die Arbeit«, sagte Manuka streng und gab ihrem Sohn einen leichten Schubs.

»Reg dich nicht auf, bin schon weg«, antwortete Taonga gereizt. Er zog ein oranges Tuch aus seiner Hosentasche und band es sich um den rechten Arm. Ein Erkennungszeichen dafür, dass er ein Angestellter der Farm war. Damit war er verschwunden.

»Haben Sie gut geschlafen?«, wandte sich Manuka jetzt an Clark.

»Sehr gut, danke.«

»Freut mich zu hören.« Sie lächelte ihn freundlich an.

»Wo ist denn Miss Harper?«, fragte Clark, bemüht, seine Frage beiläufig klingen zu lassen.

»Sie hat etwas in der Stadt zu erledigen. Sie müssen leider alleine frühstücken.« Manuka schenkte ihm Kaffee ein und stellte ein Kännchen Milch und eine Schälchen Zucker auf den Tisch.

»Oh, verstehe«, erwiderte Clark und ließ sich seine Enttäuschung nicht anmerken. »Und die anderen Gäste?«

»Im Augenblick sind nur Sie unser offizieller Gast. Die anderen Zimmer sind alle an Hilfsarbeiter vermietet, die in der Umgebung nichts anderes gefunden haben.« Sie zuckte mit den Schultern. »Die Farm liegt einfach zu weit vom Schuss.«

Es rumpelte und Timoti schob seine Schnauze durch die Tür. Schnuppernd streckte er die Nase in die Luft und tapste mit nassen Pfoten zielstrebig zu seinem Fressnapf, wo er leckeres Futter vermutete. Doch der war leer.

Verärgert bellte er den leeren Napf an, um im nächsten Moment an Manuka hochzuspringen und ihr seine Enttäuschung mitzuteilen.

»Oh nein, wage es nicht, du Dreckspatz«, rief Manuka aufgebracht. »Wo hast du dich denn schon wieder rumgetrieben.« Sie griff Timoti am Halsband und bugsierte ihn vor die Tür. »Raus mit dir.«

Er hinterließ eine Spur von dunklen, schlammigen Abdrücken.

»Dieser Hund bringt mich noch zur Verzweiflung«, schimpfte sie, während sie einen Lappen aus dem Schrank holte, um die Schweinerei aufzuwischen.

Unwillkürlich grinste Clark in sich hinein, während er sich erneut Kaffee nachgoss und einen großen Schluck trank. Der Hund hatte Charakter, das imponierte ihm. Langsam entwickelte er Sympathie für diesen Vierbeiner.

»Sie brechen heute mit ihrem Kanu zum Nationalpark auf?«, fragte Manuka, nachdem sie die Küche wieder hergerichtet hatte.

Clark sah sie überrascht an. Manuka wirkte verwirrend redselig an diesem Morgen. Gestern noch hatte er ein ganz anderes Bild von ihr wahrgenommen.

»Ja, das hatte ich vor. Eigentlich wollte ich schon längst unterwegs sein«, erwiderte Clark kauend. Die Eier und der Speck schmeckten vorzüglich. Manuka war eine gute Köchin. Sie hatte das Ei mit Kräutern veredelt, die Clark noch nie probiert hatte. Sehr einfallsreich!

»Wo geht's denn hin?«, wollte Manuka wissen.

»Den Whanganui River runter«, erklärte Clark.

»Da haben Sie aber einige Stunden Fahrt vor sich«, merkte Manuka an und füllte einige Flaschen mit frisch gepresstem Mandarinensaft, die sie sorgfältig verschloss und in einen Korb stellte.

»Richtig«, bestätigte Clark. »Aber es lohnt sich.«

»Dann wünsche ich Ihnen viel Spaß«, sagte Manuka, schnappte sich den Korb und verschwand nach draußen, nicht ohne vorher alle Schränke und die Speisekammer abzuschließen.

Glaubte die Maori wirklich, er würde über die Lebensmittel herfallen? Sah er so abgemagert aus? Clark schüttelte belustigt den Kopf. Er wurde aus dieser Frau einfach nicht schlau.

Hastig schlang Clark den letzten Rest Rührei herunter und spülte mit dem letzten Schluck Kaffee nach. Obwohl er es eilig hatte, wusch er noch schnell das Geschirr, bevor er sich auch auf den Weg machte.

Draußen vor dem Haus und auf der Plantage herrschte bereits emsige Betriebsamkeit.

Clark beobachtete zwei Männer, wie sie leere Kisten von einem Transporter luden und sie auf die Plantage brachten. Der Ältere von ihnen musste Hawkins sein, denn er hatte etliche Blessuren im Gesicht.

Clark merkte, wie Wut in ihm aufkeimte. Bei dem Gedanken daran, dass dieser Mann Grace geschlagen hatte, verspürte er nicht wenig Lust, ihm ebenfalls eins zu verpassen. Er konnte sich gerade noch beherrschen.

Die Arbeit der Mandarinenpflücker musste ein anstrengender, nicht sonderlich gut bezahlter Job sein, mutmaßte Clark auf dem Weg zu seinem Auto. Aber er war überzeugt, dass Grace eine gute Arbeitgeberin war und für ein gutes Arbeitsklima sorgte. Aufmerksam nahm Clark alle Eindrücke in sich auf.

Auf der Rückbank des Rovers lag bereits seine gesamte Ausrüstung bereit. Unter anderem ein Neoprenanzug, eine Schwimmweste sowie ein Kopfschutz, den man bei einer Kanutour stets tragen sollte. Manche Strömungen, das wusste Clark aus Erfahrung, waren sehr gefährlich. Aus dem Wasser ragten hin und wieder große Steine. Nicht auszudenken, was passierte, wenn das Kanu kenterte und er mit dem Kopf aufschlug.

Clark setzte sich ans Steuer, atmete tief durch und rieb sich die Hände. Er freute sich auf die bevorstehende Kanutour wie ein kleines Kind auf die Bescherung am Weihnachtstag. Meist fehlte ihm die Zeit, um seinem Hobby nachzugehen, weshalb es immer etwas Besonderes blieb.

Nur eine winzige Kleinigkeit trübte seine Vorfreude.

Er hätte Grace gerne noch gesehen.

Kapitel 6

Als Grace das Bankgebäude verließ, war sie noch deprimierter als vorher. Dieser ungehobelte Schlipsträger hatte es doch tatsächlich gewagt, ihr mitzuteilen, dass sie den wichtigen Stichtag in Sachen Kreditvergabe leider versäumt hatte.

Pah! Wütend kickte Grace mit ihrem Fuß nach einem imaginären Stein. Angeblich sollte der Termin schon vor zwei Wochen gewesen sein, doch da sie auf die Briefe von der Bank nicht reagiert hatte, waren sie davon ausgegangen, dass sie nicht an einer weiteren Zusammenarbeit mit ihnen interessiert war.

So eine Unverschämtheit. Was für Briefe?, fragte sie sich, während sie verzweifelt darüber nachdachte, wo die vielen Mahnbriefe abgeblieben waren, die die Bank ihr angeblich geschickt hatte. Sie konnte sich an keine erinnern. Nur an dieses Einschreiben von gestern. Sonst nichts.

Zugegeben, da sie auf der Plantage alle Hände voll zu tun hatte, lag die Post mehrere Tage lang ungeöffnet auf ihrem Schreibtisch herum. Aber früher oder später warf sie dann doch einen flüchtigen Blick drauf. So sehr sie sich auch anstrengte, sie konnte sich an kein Schreiben von der Bank erinnern.

Aber selbst wenn ... welches dumme Huhn hatte denn nichts Besseres zu tun, als sich ohne Umschweife auf eine

Nachricht von der Bank zu stürzen, wenn man wusste, dass sowieso nur Hiobsbotschaften drinstanden? Sie jedenfalls nicht.

Zerknirscht warf sie einen Blick zurück auf das Bankgebäude. Mal ehrlich, war das ein Grund, ihr gleich den Kredit zu kündigen? Die zinsfressenden Bankmonster lebten schließlich von Kunden wie sie. Konnte man da nicht ein bisschen entgegenkommender sein?

»Ha, ha!« Grace lachte hysterisch auf. Vier Wochen ... eine Galgenfrist von lächerlichen vier Wochen. Mehr Zeit räumte ihr die Bank nicht ein, um die Kreditschulden zu begleichen.

Wie großmütig von der Bank, dachte Grace sarkastisch und schluckte ihre Tränen runter, die sich langsam einen Weg nach oben bahnten.

Sie hatte auf einen weiteren Kredit gehofft, und nicht im Traum damit gerechnet, dass sie ihr stattdessen den Geldhahn abdrehen würden.

Das konnte nur ein Albtraum sein und Grace brauchte einige Minuten, um diese Entscheidung in ihrer vollen Tragweite zu erfassen. Sie war nicht nur pleite, sondern total am Ende. Entweder es regnete augenblicklich Geldscheine vom Himmel oder die Bank würde sich die Farm unter den Nagel reißen.

Grace musste sich eingestehen, dass ihr Glück sie verlassen hatte, und ihr Magen zog sich schmerzhaft zusammen.

»Aasgeier, verdammte ...«, fluchte Grace und wischte ihre Tränen fort, die nun doch nicht mehr aufzuhalten waren. In der Bank hatte sie darauf verzichtet, dem schlipstragenden Bankfuzzi Unverschämtheiten ins Gesicht zu klatschen. Sie hatte schließlich ihren Stolz.

Nun ärgerte sie sich darüber. Stolz hin oder her. Es hätte gutgetan, ihrem Ärger Luft zu machen.

Grace schloss die Augen. Schon wieder pochten Kopfschmerzen, ein pulsierender Schmerz hinter ihren Schläfen. Das durfte doch alles nicht wahr sein.

Sie hatte keine Ahnung, wie es nun weitergehen sollte. Ihre letzten Hoffnungen waren im Keim erstickt worden. Sie fühlte sich hilflos und alleine.

Auf dem Weg zum Transporter suchte sie nach einer Lösung, ein Schlupfloch, durch das sie sich aus ihrer aussichtslosen Lage befreien konnte.

Die Zeit wird die Antwort bringen. Das hatte ihr Vater immer behauptet. Wenn er doch nur hier wäre ... er wüsste, was zu tun war. Und wie immer, wenn sie an ihn dachte, spürte sie einen dicken Kloß im Hals und schluckte traurig.

Die letzten Tage vor seinem Herztod hatte ihr Vater stundenlang am Küchentisch gesessen, den Kopf angestrengt auf die Arme gestützt und nachdenklich ins Leere gestarrt. Und mittlerweile fragte sich Grace, ob es nicht vielleicht die Sorgen waren, die ihn umgebracht hatten, und der Gedanke versetzte ihr einen schmerzhaften Stich. Ihr wurde schwindelig. *Einmal kräftig durchatmen*, dachte sie und sah sich um.

Der Transporter kam in Sicht. Aber Grace konnte sich jetzt nicht ins Auto setzen, dafür war sie noch viel zu aufgewühlt. Unmöglich, sich in diesem Zustand auf den Verkehr zu konzentrieren. Sie beschloss erst mal, tief durchzuatmen, und schaute sich um.

Der Morgen war noch jung, auf den Bürgersteigen waren noch nicht viele Menschen unterwegs. Eine der wenigen Eigenschaften, auf die die Neuseeländer nicht stolz sein konnten, war ihre Bequemlichkeit. Die schöne Landschaft, das weite Land, die gelassene Mentalität verleiteten einen dazu, eher zu entspannen, als stressigen Ehrgeiz zu entwickeln. Fleißige Migranten wurden händeringend gesucht.

Im Café kaufte Grace einen Kaffee und ein belegtes Brötchen. Damit ging sie rüber zu den freien Tischen und wählte eine Ecke am Fenster, wo sie sich auf eine Bank setzte. Sie wollte alleine sein mit ihrem Schmerz. Sie alleine trug die Schuld daran, wenn nun alles den Bach runterging und das würde sie sich nie verzeihen.

Als einige Minuten später ihr Handy klingelte, hatte sie noch nicht einmal von ihrem Brötchen abgebissen. Wenn sie gestresst war, hatte sie keinen Hunger. Nicht gerade die besten Aussichten, um wieder zu Kräften zu kommen.

Wie in Trance drückte Grace auf die Taste. »Hallo?!«

Grace erwartete Taongas Stimme zu hören, der sich erkundigte, wo sie so lange blieb, denn heute mussten die Frachtpapiere für die Verschiffung der Mandarinen nach Europa unterschrieben werden. Doch es war eine andere männliche Stimme, die sie überschwänglich begrüßte.

»Grace, wie schön, mal wieder deine Stimme zu hören!«

Oh nein! Der hatte ihr gerade noch gefehlt. Sie verdrehte die Augen.

»Jeremy, wie geht's?«, fragte sie gekünstelt.

»Wie es mir geht?«, entgegnete er gut gelaunt. »Die Frage ist doch vielmehr, wie geht es dir?«

»Macht das einen Unterschied?« Grace fuhr gedankenverloren mit dem Finger über den Rand der Kaffeetasse. »Keine Sorge, alles bestens«, log sie dann. Sie hatte sich gerade ein wenig beruhigt und wollte nicht erneut in der Wunde bohren.

»Freut mich zu hören, Babe.«

Seine gute Laune ging ihr auf die Nerven. Sie sah sein Gesicht förmlich vor sich. Jungenhaft und spitzbübisch.

»Und bei dir?«, erkundigte sie sich höflich.

»Läuft wie geschmiert!«

Typisch Jeremy. Ihr langjähriger Schulfreund, der eine Weinplantage in der Nähe von Waikato besaß, war immer gut gelaunt und stets heiter. Für ihren Geschmack sogar etwas zu heiter, sodass seine ständige Lebensfreude und geradezu kindliche Art einem irgendwann auf die Nerven gingen. In seinem Leben schien alles unbeschwert und interessant zu laufen wie auf einem Spielplatz, auf dem man sich austoben konnte und einem jeder Sandkuchen gelang.

Ungern gestand Grace sich ein, dass sie neidisch auf ihn war.

»Wo bist du gerade? Auf der Plantage?«, vermutete Jeremy neugierig wie immer.

»Nein, ich sitze in einem Café in Gisborne.« Grace wusste in dem Moment, als sie die Worte ausgesprochen hatte, dass es ein Fehler gewesen war, Jeremy zu verraten, wo sie sich gerade aufhielt, und biss sich auf die Lippen. »Ich bin eigentlich schon auf dem Sprung und wollte gleich los«, versuchte sie, die Situation zu retten. »Auf der Farm erwarten sie mich schon.«

»Das trifft sich gut«, meinte Jeremy und seine Stimme klang ehrlich erfreut. »Ich bin zufällig auch in der Nähe von Gisborne, keine fünfzehn Minuten von dir. Wie wäre es mit einem Kaffee? Komm schon, sei kein Frosch. Wir haben uns lange nicht gesehen.«

Ja, genau vier Tage ist es her.

Grace rutschte auf ihrem Sitz hin und her. Sie war eigentlich nicht in der Stimmung, Small Talk zu betreiben, doch da sie wusste, dass Jeremy sich nur schwer abwimmeln ließ, gab sie schließlich nach.

Wenn sie sich heute nicht mit ihm traf, dann würde er sie morgen und jeden weiteren Tag erneut belästigen, immer wieder, bis sie einwilligte. Dieser Mann konnte penetranter sein als ein Nebelhorn und einen damit zur Weißglut bringen.

»Einverstanden«, stöhnte Grace lustlos, was Jeremy gekonnt ignorierte. *Er hört bloß, was er hören will.*

»Legendär!«, freute er sich. »Dann bis gleich, Babyyyyy ... wie gesagt, ich fliegeeeeee ...«, verabschiedete er sich übertrieben heiter und legte auf.

Erschöpft fuhr Grace sich durch die Haare. Jeremy würde ihr ansehen, dass sie Sorgen hatte. Er wird mich mit Fragen löchern, so wie er es immer tut, schoss es Grace durch den Kopf. Jeremy kannte sie einfach viel zu gut.

Ich hätte ihm absagen sollen, ärgerte sie sich nun doch, während sie an die Fensterscheibe gelehnt beobachtete, wie draußen zwei Schulkinder, ihren wippenden Ranzen auf dem Rücken, lachend über das Kopfsteinpflaster hüpften. Sie sahen in ihren bunten Kleidern aus wie zwei verzauberte Kaninchen. Grace seufzte laut auf. Für die Kinder war die Welt noch in Ordnung, und wehmütig wünschte sich Grace, noch einmal Kind sein zu dürfen.

Abermals stiegen ihr die Tränen in die Augen, doch diesmal wischte Grace sie nicht fort.

Clark hatte für die Strecke von Gisborne zum Whanganui-Nationalpark ungefähr sechs Stunden Fahrt eingeplant und war gut in der Zeit. Der Nationalpark befand sich im Zentrum der Nordinsel und der Weg führte in über gut ausgebaute Straßen den Highway entlang. Der 290

Kilometer lange Fluss, auf dem seine Freunde und er die Tour starten wollten, entsprang den Hängen des Mount Tongariro des gleichnamigen Nationalparks und mündete in die Tasmanische See.

Die letzten Stunden durchquerte er sattgrüne Wäldern, passierte tief eingeschnittene Täler und fuhr an kristallklaren Bächen und Seen vorbei. Die Gegend um den Nationalpark herum war dünn besiedelt und lag abseits von Städten und Geschäften.

Jedes Jahr strömten zahlreiche Touristen in den Nationalpark, um die unberührte Wildnis des Regenwaldes als Wanderer, Kanufahrer oder Ornithologe zu erkunden.

Clark hatte schon viel Gutes über den River gehört, den viele Touristen für einen abenteuerlustigen Einblick in spannende Paddeltouren aussuchten. Doch auch für Profis war er geeignet. Die Wildwasserschwierigkeitsskala wurde mit zwei bis drei bewertet und versprach eine Menge Spaß. Clark konnte es kaum erwarten.

Schon aus der Ferne konnte Clark die Flusslandschaften mit ihren steilen, grünen Hängen und die messerscharfen Gebirgsketten ausmachen, die um das Zentrum des Nationalparks emporragten.

Je näher er dem Park kam, desto mehr stieg die Vorfreude in ihm. Der Anblick war friedlich, beruhigend. Clark war ein Naturliebhaber, nicht umsonst freute es ihn jedes Mal aufs Neue, wenn er nach Neuseeland zurückkehren konnte. Als Geschäftsmann war er viel in Europa und Amerika unterwegs, bei seinen Reisen vermisste er sein Heimatland sehnsüchtig.

Clark stellte den Wagen auf einem Touristenparkplatz ab und folgte der ausgeschilderten Route zu ihrem Startpunkt, der am Flussarm des Taumarunui lag. Gedämpft vernahm er bereits das Rauschen der Stromschnellen.

Das beängstigende Geräusch strotzte der friedvollen Idylle, die das viele Grün, die Sträucher und Bäume suggerierten. Je näher Clark dem Fluss kam, desto eindringlicher wurde das Rauschen, bis es schließlich an das ohrenbetäubende Plätschern eines Wasserfalls erinnerte.

Zwar galt der Fluss allgemein als anfängerfreundlich, dennoch gab es zahlreiche gefährliche Stromschnellen, vor denen nachdrücklich gewarnt wurde.

Clark konnten sie keine Angst einjagen. Dazu war er mittlerweile viel zu geübt und wusste, wie man ein Kanu oder Schlauchboot unfallfrei durch stürmische Gewässer beförderte. Er sehnte sich förmlich nach der Herausforderung, genoss das Adrenalin, das ihn dann durchströmte.

Am Quartier angekommen, hielt er Ausschau nach seinen Kumpels Paul und Lex, die ihn auf die Tour begleiten würden. Gemeinsam hatten sie schon unvergessliche Abenteuer auf den unterschiedlichsten Gewässern Neuseelands gemeistert. Sie vertrauten einander und konnten sich blind auf den anderen verlassen. Die Möglichkeit, auf der Tour ernsthaft in Gefahr zu geraten, war demnach äußerst gering.

Einige Familien hatten sich tatendurstig versammelt und trugen bereits Schwimmwesten. Ihre Habseligkeiten verstauten sie in Fässern, die anschließend von den Rangern in den Kanus festgemacht wurden. Eine Tour dauerte meist mehrere Tage, da war es unabdinglich, Nahrungsmittel und frische Kleidung mitzunehmen. Auch Zelte und Schlafsäcke befanden sich in den Fässern.

Clark und seine Freunde hatten allerdings beschlossen, nicht länger als drei Tage unterwegs zu sein, weshalb sie selbst nur das Nötigste einpacken wollten.

Während Clark auf der Suche nach seinen Freunden an den wartenden Menschen vorbeieilte, konnte er ihre Nervosität spüren, als wäre es seine eigene.

Plötzlich berührte ihn eine Hand an der Schulter und ließ ihn erschrocken zusammenzucken.

»Hey, Clark, alter Hase, wie geht's?«

Clark wandte sich um.

Vor ihm stand Paul, ein breites Grinsen im Gesicht. Paul war ein unglaublich großer und muskulöser Mann, seine Gesichtszüge waren spitz und markant. Seine Erscheinung wirkte einschüchternd. Ein Koloss auf zwei Beinen, dem nichts und niemand Angst einjagen konnte. Er war immer auf Achse, erklomm jede Bergspitze, erkundete Vulkane und hin und wieder trafen sich die beiden zu einer gemeinsamen Wildwassertour. Sein Geld verdiente er als Tourenführer für Wildwasserraftings und Vulkanwanderungen.

Manchmal beneidete Clark seinen Freund um diese Arbeit. Es musste schön sein, ständig in der freien Natur unterwegs zu sein und irgendwann jede Ecke von diesem wunderbaren Land erkundet zu haben.

»Lange nicht gesehen«, bemerkte Clark, den es freute, seinen alten Kumpel wiederzusehen.

»Das kann man wohl sagen. Immer treibst du dich in der Welt herum, nie bist du zu Hause.«

»Es gibt immer viel zu tun«, erklärte er. »Wo ist denn Lex?«

»Der musste noch einmal kurz für kleine Kanufahrer«, antwortete Paul. »Müsste aber gleich hier sein. Dann kann es losgehen.«

»Und ... wie siehts aus, Kumpel ...?« Paul sah seinen Freund durchdringend an, bevor er ein großes, leeres, wasserdichtes Fass vom Ufer holte, die von dem Park für die Wassertouren bereitgestellt wurden, um die Zelte und Schlafsäcke darin zu verstauen. »Gibt es mittlerweile eine Frau in deinem Leben, oder bist du immer noch eingefleischter Single?«, fragte er und stellte das Fass vor ihnen ab. Er grinste schief.

Clark musste schlucken, weil sich augenblicklich Grace' bezauberndes Lächeln vor sein inneres Auge schob und er sich vorstellte, wie schön es wäre, wenn sie jetzt hier bei ihm wäre.

»Du wirst ja ganz rot«, stellte Paul vergnügt fest. »So kenn ich dich ja gar nicht. Demnach liege ich also gar nicht mal verkehrt.« Er kratzte sich vergnüglich am Kinn. »Du hast jemanden kennengelernt.« Er stieß Clark freundschaftlich gegen die Schulter. »Komm schon, erzähl doch mal. Liebst du sie?«

»Mhm« war alles, was Clark dazu sagte. Er hatte keine Lust, mit Paul über seine Gefühle für diese Frau zu sprechen. Er wusste ja selbst nicht mal, was gerade in ihm vorging.

Zwei Minuten später erschien Lex gut gelaunt und voller Energie. Im Gegensatz zu Paul war er eine eher schmächtige und kleine Gestalt. Seine Augen leuchteten aufgeregt. Lex war niemand, der sich in den Vordergrund drängte und blieb meist lieber für sich. Clark fand seine ruhige Art sehr angenehm, er gab sich immer gelassen und sorgte für Ausgewogenheit.

»Hallo Clark, schön dich zu sehen«, sagte Lex und guckte von einem zum anderen. »Hab ich was verpasst, oder warum steht ihr da wie zwei Pinguine mit Schnappatmung?« Er legte seine Isomatte und den Rucksack auf den Boden.

»Nö, du hast nichts verpasst«, meinte Paul lachend. »Clark hat nur keine Lust, uns von seiner neuen Flamme zu erzählen«, sagte er und begann, das Fass mit seinen persönlichen Sachen zu füllen. »Aber vielleicht kriegst du ja was aus ihm raus.«

»Schluss ihr beiden«, sagte Clark. »Wir sind hier, um Abenteuer zu erleben, und nicht, um über Frauen zu diskutieren«, sagte er und beendete das Verhör, indem er sich ebenfalls eins der Fässer holte und es zum Auto rollte.

Gemeinsam holten sie das große Kanu von Clarks Autodach und trugen es hinunter zum Fluss, wo viele andere bereits zu einer Tour aufgebrochen waren.

»Spürt ihr auch das Abenteuer, den Wahnsinn?«, sagte Paul, nachdem sie die Fässer festgeschnürt, wasserdichte Kleidung übergezogen und ihre Schwimmwesten angelegt hatten. Clark verstand genau, was er meinte. Wie er das Wasser doch vermisst hatte!

Nacheinander hievten sich die drei in das Boot, das vollkommen ruhig auf dem Wasser trieb.

Clark setzte sich ganz nach vorne, das Paddel in der Hand fest umklammert. Paul, der Stärkste von ihnen, der sich obendrein schon mehrfach als zuverlässiger Lenker erwiesen hatte, nahm hinten Platz. Paul fungierte als Navigator, dessen Aufgabe es war, den Fluss zu »lesen« und mögliche Gefahren frühzeitig auszumachen.

»Der Fluss ist niedrig«, bemerkte Paul. »Es hat seit Tagen nicht geregnet.«

Das war die ideale Voraussetzung zum sicheren Paddeln, freute sich Clark.

»Seid ihr alle bereit?«, fragte er und blickte den Fluss hinauf, der sich in unzähligen Schleifen durch tief geschnittene Täler wand.

»Wir sind bereit!«, garantierten Lex und Paul wie aus einem Mund.

Kapitel 7

Obwohl Grace sich fest vorgenommen hatte, Jeremy gegenüber nichts von ihren Sorgen anmerken zu lassen, wurde sie schnell eines Besseren belehrt.

Die Traurigkeit überwältigte sie, sobald Jeremy das Café betrat und ihr betrübtes Gesicht betrachtete.

Der Kloß in ihrem Hals schnürte ihr die Luft ab und die Tränen brannten in ihren Augen.

Mit gerunzelter Stirn sah Jeremy sie an. »Dir geht es aber gar nicht gut, Babe«, bemerkte er und seine Stimme klang ehrlich besorgt. Er hängte seine Jacke über den Stuhl und setzte sich ihr gegenüber. »Raus mit der Sprache, was bedrückt dich?« Seine Miene verdüsterte sich. »Du weißt, du kannst mir alles erzählen.«

Grace blickte schniefend in seine Richtung und begegnete seinem tröstenden Blick. Die ersten Tränen kullerten ihre Wange hinab, aber dafür schämte sie sich nicht. Jeremy war einer ihrer ältesten Freunde. Er hatte sie schon im Kindergarten heulen sehen und das letzte Mal auf der Beerdigung ihres Vaters.

»Babe ... was ist denn passiert, um Gottes willen?« Jeremy sprang auf und setzte sich neben sie auf die Bank. Zärtlich strich er ihr eine Haarsträhne aus dem Gesicht. »Ich bin ja da.« Er nahm sie tröstend in den Arm und drückte ihr Gesicht gegen seinen Körper.

Diese liebevolle Geste war eindeutig zu viel für Grace. Es war, als hätte sie die ganze Zeit nur darauf gewartet, dass jemand sie in den Arm nahm. Wie ein durchbrochener Staudamm stürzten die Tränen aus ihr heraus und gingen in hemmungsloses Weinen über.

Dankbar nahm sie seine Umarmung an. Kuschelte sich an seine harte Brust, spürte die Wärme und Kraft, die von ihm ausgingen, und genoss den Moment, sich einfach nur fallen zu lassen, sich geborgen zu fühlen.

Nachdem sie sich etwas beruhigt hatte, sprudelte alles aus ihr heraus.

Grace erzählte Jeremy, was sie bei der Bank erlebt hatte und wie ernst es um die Farm bestellt war. Es tat gut, sich alles von der Seele zu reden.

Jeremy hörte aufmerksam zu und drückte sie hin und wieder sanft gegen seine harte Brust. Er roch gut. Irgendwas mit Moschus.

»Wenn ich nicht in drei Wochen hundertachtzigtausend auftreibe, kommt die Farm in die Zwangsversteigerung. Dann verliere ich alles, die Farm ... mein Zuhause ...«, erneut wurde Grace von einem Heulkrampf geschüttelt. »Woher soll ich so schnell so viel Geld auftreiben. Ich habe das Geld nicht.« Sie spürte Panik in sich aufsteigen und schnappte nach Luft. »Mein Dad würde sich im Grab umdrehen, wenn er das wüsste. Ich bin eine Versagerin ...«, schluchzte sie. Verzweifelt sah sie zu Jeremy auf. »Eine dumme, ignorante Versagerin«, wiederholte sie und ihre Stimme triefte vor Bitterkeit. »Wie konnte ich nur so arrogant sein und glauben, ich könnte eine Mandarinenplantage leiten?« Sie schniefte erneut und wischte ihre Nase an Jeremys Hemd trocken.

»Schsch ... beruhige dich, alles wird gut«, flüsterte Jeremy und strich ihr liebevoll über das Haar.

Doch Grace war weit davon entfernt, sich zu beruhigen. Im Gegenteil, sie hatte sich bereits für einen neuen Gefühlsausbruch gewappnet und legte los. »Ich habe es nicht anders verdient«, sagte sie und nickte sich zur Bestätigung selbst zu. »Ich bin zu blöd mich an Mahnbriefe von der Bank zu erinnern, obwohl sie super wichtig waren. Ich habe mich weder um die Einnahmen gekümmert, noch die Ausgaben im Blick gehabt, verstehst du ... nichts wird gut, ich habe es nicht anders verdient.« Sie blinzelte Jeremy wütend an, als wäre er derjenige, der die schlechte Buchführung zu verantworten hatte. »Ich habe ... ich bin ...«

»... einfach nur aufgewühlt und durcheinander«, beendete Jeremy ihren Satz und wiegte sie leicht in seinem Arm wie ein kleines Kind, das man in den Schlaf tröstete.

»Komm schon, Babe, es reicht ... mach dich nicht fertig. Selbst wenn es jetzt noch nicht danach aussieht, glaub mir, wir werden eine Lösung finden«, sagte Jeremy und küsste sie zärtlich auf den Kopf, während er mit einer Zweifingergeste zwei Espresso bei der Kellnerin bestellte, die schon zum dritten Mal auffällig neugierig an ihrem Tisch vorbeiflaniert war. Offensichtlich vermutete sie, dass sich vor ihren Augen ein Beziehungsdrama abspielte und wollte nichts verpassen.

»Wir?« Grace blickte skeptisch zu ihm auf. Nur zu gerne würde sie ihm glauben, dass es noch einen Ausweg aus diesem Albtraum gab. Aber wie sollte der aussehen?

»Ja wir«, betonte Jeremy und lächelte sie an. »Du glaubst doch nicht ernsthaft, dass ich dich jetzt mit deinem Kummer alleine lasse, nachdem ich nun weiß, in welchem Chaos du gerade versinkst.« Er schob seine Finger unter ihr

Kinn und hob es an. »Lächle mal.«

Grace atmete tief durch und blinzelte Jeremy an. Und das erste Mal an diesem Tag erschien tatsächlich ein Lächeln auf ihrem Gesicht. An der Stelle auf seinem Hemd, wo sie sich an seine Brust geschmiegt hatte, war ein großer, feuchter Fleck zu sehen. Sie strich mit der Handfläche darüber.

»Jetzt habe ich dein ganzes Hemd nass geheult«, sagte sie belustigt und ihre Blicke verhakten ineinander.

Jeremy lächelte und sah sie angespannt an. Eine Spur zu angespannt, für Grace' Geschmack, denn plötzlich fühlte sie eine seltsame Unruhe zwischen ihnen.

Langsam näherten sich Jeremys Lippen und nach kurzem Zögern küsste er sie. Erst sanft, dann pressten sich seine Lippen eindringlicher auf ihren Mund.

Grace fühlte sich völlig überrumpelt, ihr Herz klopfte heftig. Und obwohl Jeremy keine leidenschaftlichen Gefühle in ihr auslöste, erwiderte sie seinen Kuss und schmiegte sich eng an ihn. Sie war viel zu sehr in Aufruhr, als dass sie einen klaren Gedanken fassen konnte. Das Gefühl begehrt und umsorgt zu werden, ließ sie all ihre Probleme für einen Augenblick vergessen.

»Du weißt, dass ich dich liebe, Grace«, hauchte Jeremy, bevor er sich erneut zu ihr runterbeugte und eine Spur von Küssen auf ihrem Hals hinterließ.

Grace seufzte tief. Ja, sie wusste um seine Zuneigung für sie. Daraus hatte Jeremy nie ein Geheimnis gemacht. Seit der Highschool hatte er mehrmals heftig um sie geworben, aber nie ihr Herz erobern können.

Grace hatte feste Prinzipien. Sie gehörte nicht zu den Menschen, die mit jemandem zusammen waren, für den sie keine prickelnde Leidenschaft empfand, den sie nicht von ganzem Herzen liebte.

Nicht umsonst hatte sie Jeremys Werben stets entgegengewirkt und ihm nie einen Anlass gegeben, auf Gefühle von ihrer Seite zu hoffen.

Die Freundschaft zwischen ihnen war rein platonisch. Eine Freundschaft, die auf Respekt und langjähriger Vertrautheit basierte.

Doch nun war sie verunsichert. Grace spürte, dass es an der Zeit war, aus ihrem Dornröschenschlaf zu erwachen. Den sprichwörtlichen Märchenprinzen gab es nicht und die Anzahl der heiratswütigen, reifen Männer, die Grace' Leidenschaft entflammten, konnte man an einer Hand abzählen. Welcher gutaussehende Mann wollte schon den Rest seines Lebens auf einer Farm bei Gisborne verbringen, weit weg vom pulsierenden Leben der Großstadt?

Erneut lagen Jeremys Lippen auf den ihren, seine Hände glitten über ihren Rücken und weckten Verlangen in ihr. Verlangen nach Zärtlichkeit und Wärme. Viel zu lange hatte sie diese nicht gespürt und es erregte sie.

Jeremys Begierde nahm zu.

Hart und ungeduldig presste er seine Lippen auf ihren Mund und Grace wehrte sich nicht dagegen.

»Hier, Ihre Espressos«, sagte die Kellnerin betont laut und das Klirren der Tassen, die sie nicht gerade vorsichtig auf den Tisch stellte, katapultierte sie wieder in die Realität zurück.

Als wären sie bei etwas Verbotenem erwischt worden, zuckten beide gleichzeitig zusammen.

Sanft löste Grace sich aus Jeremys Umarmung und setzte sich aufrecht hin, während Jeremys verhangener Blick weiterhin auf ihr verweilte.

»Grace ...«, hauchte er und seine Finger strichen zärtlich

über ihre Wange.

Grace spürte, wie ihr die Röte ins Gesicht stieg. Sie versuchte, ihn zu ignorieren, indem sie ein wenig von ihm abrückte. Nervös ordnete sie ihr Haar und sammelte ihre Papiertaschentücher ein. *Besser, ich beende das hier*, dachte Grace, bevor sie sich noch zu etwas hinreißen ließ, was sie später bereute.

»Ich muss jetzt los ... auf der Farm wundern die sich bestimmt schon, wo ich so lange bleibe«, sagte sie betont locker und lächelte Jeremy schüchtern an, bevor sie auf ihr Handy blickte. »Sag ich doch, fünf Anrufe in Abwesenheit«, stieß sie fast erleichtert aus. Sie gab sich einen Ruck, trank ihren kalten Espresso mit einem Schluck und stand eilig auf.

Jeremy erhob sich ebenfalls von seinem Sitz, um Grace durchzulassen, und blieb dann direkt vor ihr stehen.

»Danke, dass du mir zugehört hast«, sagte Grace leise und streifte Jeremy flüchtig über den Arm. »Du bist ein wahrer Freund.«

Jeremy musterte sie mit einem trägen Blick. »Ich kann dich nach Hause bringen, wenn du willst«, schlug er vor und sah sie erwartungsvoll an.

»Danke, das ist lieb von dir, aber mein Transporter steht draußen, und während der Erntezeit brauchen wir jedes Fahrzeug.« Sie schenkte ihm ein unverbindliches Lächeln, das nicht verriet, wie aufgewühlt sie innerlich war.

Bevor sie nach ihrer Handtasche greifen konnte, schlossen sich Jeremys Finger um ihr Handgelenk.

»Grace ...« Sein Blick versank in ihren braunen Augen, sein Kiefer war angespannt. »Du weißt, was ich für dich empfinde. Ein einziges Wort von dir und deine Probleme sind gelöst.«

Grace schluckte trocken und starrte ihn nur an. Sollte

das etwa ein Heiratsantrag gewesen sein?

Als Grace sah, wie sein Blick zu ihren Lippen wanderte, löste sie sich rasch aus der Umklammerung und sammelte ihre ganze Kraft für ein Lächeln. Sie wollte sich nicht erneut zu einem Kuss hinreißen lassen.

»Ich muss jetzt wirklich«, sagte sie und eilte aus dem Café.

Einen Augenblick später fuhr sie davon, zurück in ein Leben, das schon sehr bald der Vergangenheit angehören würde, wenn sie keine Lösung fand.

Nachdem Clark, Paul und Lex schon länger nicht mehr unterwegs gewesen waren, brauchte es seine Zeit, bis sie sich wieder an die Strömung gewöhnten. Das Boot geriet gleich am Anfang mehrfach ins Schwanken, sodass sie ihr Gewicht verlagern mussten, um nicht zu kentern.

Wasser schwappte ins Boot und nach nur wenigen Minuten waren Clarks Füße klitschnass. Das Wasser war eiskalt.

»Sachte, Männer, sachte!«, beruhigte Clark seine Freunde und zwang sich, gleichmäßig zu atmen.

Er war aufgeregt, sein Puls beschleunigte sich. Der Whanganui River bedeutete »großer Fluss«, und machte seinem Namen alle Ehre. Jedes Mal aufs Neue war es nervenzermürbend, sich mit Paul und Lex auf das unruhige Gewässer zu wagen.

Clark hielt Ausschau nach den besten Stellen zum Durchfahren einer Stromschnelle und trieb gleichzeitig das Kanu mit seiner Armkraft voran. Schon jetzt spürte er jede Anstrengung, Schweißperlen traten ihm auf die Stirn. Er atmete tief aus. Seine Kondition war am Boden. Er sollte definitiv mehr Sport treiben, stellte er fest. Spätestens heute Abend würden seine Arme und Beine die Strapazen bereuen. Ein heftiger Muskelkater war unvermeidbar.

In unmittelbarer Entfernung machten sie eine kleine Gruppe in einem rostbraunen Kanu aus, die sich mit der Lenkung herumärgerte und den Dreh einfach nicht herausbekam. Im Zickzack versuchten sie, vorwärtszukommen, dann wieder drehte sich das Kanu im Kreis, als würden sie auf einem Karussell gleiten. Im Großen und Ganzen kamen sie kaum von der Stelle.

Nach einer Weile gewöhnten sich Clark und seine Kumpels an die Strömung und behielten das Boot im Griff. Der Fluss meinte es gut mit ihnen und garantierte eine ruhige Fahrt.

Nach kurzer Zeit überholten die Freunde die schwankenden Kanus. Den abgekämpften Gesichtern darin war anzusehen, dass sie es bitter bereuten, nicht lieber wandern gegangen zu sein.

Das Boot passierte eine Stelle, an der die Strömungsbedingungen optimal waren, und die Freunde konnten sich eine Weile einfach nur treiben lassen.

Clark ließ den Blick schweifen. Die Gegend um sie herum war atemberaubend und der sprunghafte Wechsel der unberührten Landschaft bemerkenswert. Während an der einen Seite steile Berghänge in den Himmel gipfelten, bildeten der dichte Regenwald und riesige Bergwiesen auf der anderen Seite ein eindrucksvolles Panorama.

Nur das Rauschen einiger entfernter Wasserfälle störte die Stille und hypnotisierte Clarks Seele.

Wieder einmal schob sich das zauberhafte Gesicht von Grace vor sein inneres Auge und er war selbst erschrocken darüber, mit welcher Heftigkeit sein Körper auf sie reagierte.

Während sein Verstand ihn daran erinnerte, dass es keine gute Idee war, sich zu dieser Frau hingezogen zu fühlen, meldete sich sein Begehren zu Wort. Seine Haut kribbelte, und er spürte das Pulsieren zwischen seinen Beinen fast so hartnäckig wie das Adrenalin, das durch seinen Körper rauschte.

»Hey, Kumpel ... träumst du oder was, guck nach vorne, jetzt wird es spannend«, brüllte Lex gegen das Tosen des Flusses an.

Clark fühlte sich ertappt, war aber sofort wieder klar im Kopf. Die Lust, die er soeben noch für Grace gespürt hatte, wurde von der Erregung des bevorstehenden Nervenkitzels abgelöst. Die erste Stromschnelle kam in Sicht und gleichzeitig sah er aus den Augenwinkeln eine heftige Welle auf das Boot zurasen.

Clark konnte seine Vorfreude kaum im Zaum halten. Nun begann der größte Spaß.

Jeder wusste aus Erfahrung, was zu tun war.

Clark navigierte seine Freunde in das »V« der Strömung, das sich im Flusslauf abzeichnete.

Wenn einem dies gelang, konnte man sich ohne Probleme von der Strömung tragen lassen.

Gelassen brachten sie das Kanu in Position, doch sie hatten die Strömung unterschätzt.

Clark fluchte.

»Achtung!«, schrie er, doch da riss das Wasser sie auch schon mit sich. Verzweifelt versuchten sie, gegen die Strömung anzupaddeln, doch die Welle erwischte sie von vorne. Es war hoffnungslos, gegen die Natur anzukämpfen. Die Kontrolle über das Boot verloren, rasten sie auf eine Felswand zu.

Clark fluchte, hinter ihm hielten Lex und Paul die Luft

an.

Innerhalb von Sekunden klatschte das Boot gegen das Gestein, drehte sich um seine eigene Achse, um dann erneut gegen den Felsen geschmettert zu werden. Wasser schwappte ins Innere, alle bekamen eine Dusche ab. Dann war alles vorbei und es herrschte die sprichwörtliche Ruhe nach dem Sturm.

Das Boot hatte dem Aufprall standgehalten.

»Puh!«, stieß Clark erleichtert aus, nachdem er festgestellt hatte, dass keinem von ihnen etwas passiert war. »Das ist ja noch einmal gut gegangen.«

Sie verharrten einen Atemzug lang, dann stießen sie sich von der Felswand ab und brachten das Boot zurück auf den Lauf des Flusses, dem sie anschließend folgten.

Es dämmerte bereits, der Himmel über ihnen färbte sich orange, und die erste Nebelsuppe kroch hinter der blassen Wolkendecke hervor.

»Wie sieht es aus, Jungs?«, wandte sich Clark mit atemloser Stimme an die beiden Männer in seinem Rücken. »Braucht ihr auch eine Pause oder kanns weitergehen? Wir sollten vor Einbruch der Dunkelheit an unserem Rastplatz ankommen.«

Paul und Lex brauchten nicht lange zu überlegen. Der Tatendrang war ihnen ins Gesicht geschrieben.

»Volle Kraft voraus«, brüllten sie fast gleichzeitig und johlten geräuschvoll.

»Aber diesmal bitte mit etwas mehr Konzentration da vorne im Führerhaus … keine Ausflüge in die Welt der schmutzigen Männerfantasien«, fügte Paul feixend hinzu und Clark konnte sein unverschämtes Grinsen förmlich im Rücken spüren.

Bei der langjährigen Freundschaft, die sie untereinander

verband, konnte man nichts verheimlichen.

Clark lächelte in sich hinein und fragte sich ernsthaft, ob er jemals zu alt für diese Art von Abenteuer werden konnte.

Kapitel 8

Grace spürte, dass etwas anders war, noch bevor sie durch das Eingangstor auf die Plantage fuhr.

Sie brauchte nicht lange nach dem Grund für dieses plötzliche Empfinden zu suchen.

Da stand sie wieder, unübersehbar, die schwarze Limousine, deren Fahrer ihr erst letztens aufgelauert hatte.

Der Wagen parkte ein paar Meter von der Veranda entfernt und wirkte merkwürdig fehl am Platz. Die Scheiben waren getönt, die edlen Felgen funkelten im Sonnenlicht. Der Lack des Fahrzeuges schimmerte makellos sauber.

„Das ist ja mal eine Überraschung", murmelte sie, während sie ihren Transporter unter dem Vordach parkte und ausstieg. *Nun werde ich den unbekannten Fotografen doch mal persönlich kennenlernen.* Wenig begeistert warf sie im Vorbeigehen ein kritisches Auge auf die superteure Nobelkarosse.

Als Grace sich der Haustür näherte, schlug diese bereits auf und Manuka stürmte auf sie zu.

»Grace, na endlich!«, schrie sie. Die Haushälterin wirkte aufgeregt. »Wo bist du denn so lange gewesen? Wir warten bereits seit einer Ewigkeit auf dich.«

Täuschte sich sie sich oder schwang da unterschwellig ein Vorwurf in Manukas Stimme mit?

Grace warf ihr einen skeptischen Blick zu. »Was ist

denn los?«, wollte sie wissen, obwohl sie sich schon denken konnte, dass es um den Fahrer der Limousine ging.

»Da ist Besuch für dich, ein Mann«, sagte Manuka. »Sehr gut gekleidet. Ich kenne ihn nicht, aber er macht einen einflussreichen Eindruck.« Sie beugte sich zu Grace hinunter. »Er trägt einen Siegelring mit rotem Stein an seiner rechten Hand, und an seinem linken Handgelenk funkelt eine goldene Uhr«, flüsterte sie ihr ehrfürchtig ins Ohr, als würde es sich bei dem Besucher um den Papst persönlich handeln.

»Hat er gesagt, was er möchte?«

»Nein.« Manuka schüttelte den Kopf. »Er wollte nur mit dir sprechen.«

Krampfhaft schluckte Grace. In ihr stieg das ungute Gefühl hoch, dass sich hier die nächste Katastrophe ankündigte wie ein Wirbelsturm, der unerwartet hinter einer Bergkuppe erschien.

»Jetzt bin ich ja da«, beruhigte Grace sie in bemerkenswert normalem Ton. »Wo ist er?«

»Er wartet auf der Veranda hinterm Haus.«

Grace fluchte innerlich. Wider einmal bestätigte sich, dass es dumm und fahrlässig von ihr gewesen war, sich so lange in Gisborne aufzuhalten. Aus Erfahrung wusste sie, dass man das Anwesen nie länger als eine Stunde aus den Augen lassen durfte, ansonsten versank alles im Chaos.

»Also gut.« Grace holte ihren Handspiegel aus der Tasche, richtete flüchtig ihr Haar und puderte ihre vom Weinen rot geränderten Augen. Zusätzlich klopfte sie ihr Kleid glatt, damit sie wenigstens halbwegs ordentlich aussah. Dann zwängte sie sich an Manuka vorbei ins Haus. »Dann wollen wir unseren Supergast mal kennenlernen«, sagte sie ironisch und trat auf die Veranda.

Ihr ungutes Gefühl verstärkte sich, je näher sie auf den Unbekannten zuging.

Ein Mann, schätzungsweise Mitte dreißig, saß im Korbsessel, die Beine lässig übereinandergeschlagen und diktierte etwas in einer Fremdsprache in sein Handy, die sich wie Chinesisch anhörte. Als er Grace näher kommen sah, legte er sein Mobiltelefon beiseite und blickte mit mürrischer Miene zu Grace auf.

»Sie haben mich lange warten lassen«, sagte er und seine stahlblauen Augen funkelten sie vorwurfsvoll an.

»Ich kann mich nicht erinnern, dass wir einen Termin hatten«, entgegnete Grace betont kühl, froh darüber, dass es ihr bei so viel Unverschämtheit nicht die Sprache verschlug. Der Typ hatte ja nicht mehr alle Birnen im Kronleuchter. Er war ihr vom ersten Augenblick an unsympathisch.

Der ungehobelte Kerl trug einen maßgeschneiderten schwarzen Anzug, darunter ein weißes Hemd und eine blutrote Krawatte. Sehr elegant und teuer, fand Grace. Sein Haar war kurz geschnitten und durchgegelt, die Augenbrauen konzentriert gekrümmt. Grace verdrehte innerlich die Augen. Er verkörperte die Persönlichkeit Mann, die Grace auf den Tod nicht ausstehen konnte.

Offensichtlich hatte Manuka ihm von dem teuren schottischen Whisky ihres Vaters etwas angeboten, denn er drehte ein Glas, in dem die goldene Flüssigkeit schimmerte, die an Bernstein erinnerte, in seiner Handfläche. Grace sah den roten Siegelring an seinem Finger, von dem Manuka gesprochen hatte und der ein Vermögen gekostet haben musste. *Heilige Scheiße*, dachte Grace. *Der Typ stinkt vor Geld.*

»Guten Tag«, begrüßte Grace ihn dennoch freundlich lächelnd. Schließlich wollte sie ihm keinen Grund liefern, an ihrer Gastfreundschaft zu zweifeln. »Grace Harper«, stellte sie sich vor und streckte ihm die Hand aus.

»Ich weiß«, sagte er in einem nüchternen Ton. Er erhob sich, griff nach ihrer Hand und nickte ihr kurz zu. Sein Händedruck war fest und strahlte Autorität aus.

Zu ihrer Verwunderung starrte er Grace bloß an, hielt es aber nicht für nötig, sich selbst vorzustellen. Sein Blick glitt über ihren Körper, versank für einen Moment in ihren braunen Augen und ein Schatten der Herablassung huschte über sein Gesicht, den Grace schon fast als Beleidigung empfand.

Bevor er sich wieder setzte, zog er aus der Innentasche seines Jacketts eine goldfarbene Visitenkarte hervor und reichte sie Grace, ohne eine Miene zu verziehen.

Selbst die Karte symbolisierte Reichtum. Grace kam der Verdacht, dass sie mit echter Goldfarbe überzogen war, so wie die funkelte. Aus den Augenwinkeln überflog sie die Daten und merkte sich nur schnell seinen Namen. Larry S. Carthy. Das reichte, um mit ihm auf zivilisierte Weise zu kommunizieren.

Der Mann lehnte sich überheblich zurück und um seine Mundwinkel zuckte ein snobistisches Lächeln. »Können wir jetzt endlich zur Sache kommen, meine Zeit ist kostbar«, sagte er mit tiefer Stimme.

Grace verdrehte die Augen. So viel Arschloch war ihr selten begegnet.

Larry Carthy hatte etwas erschreckend Einschüchterndes an sich. Vielleicht lag es an den ernsten Gesichtszügen, womöglich aber auch an seiner überlegenen Erscheinung. Es war unverkennbar, dass dieser Mann es gewöhnt war, Befehle zu erteilen und für seinen Willen zu kämpfen.

Je mehr er sie anstarrte, desto unsicherer wurde Grace,

und das ärgerte sie. *Tatsächlich wäre es besser, wir würden ohne Umschweife zur Sache kommen*, dachte sie. Umso schneller verschwand dieser eingebildete Lackaffe wieder.

Grace zog sich einen Stuhl heran und nahm ihm gegenüber Platz. Eine Windböe kam auf und brachte den Duft von Meer mit sich.

»Was kann ich für Sie tun?«, fragte sie, bemüht, die Unsicherheit in ihrer Stimme zu verbergen.

Der Mann nippte einen Schluck von dem Whisky, ohne sie dabei aus den Augen zu lassen. Dann stellte er das Glas auf den Tisch und nahm eine Zigarre aus der Innentasche seines Jacketts.

Geduldig wartete Grace, bis er sich die Zigarre angezündet und ein paar Züge inhaliert hatte. Er paffte den Rauch zwar nicht direkt in ihre Richtung, aber dennoch waberte eine Rauchwolke über den Tisch.

Grace wedelte mit der Hand, um nicht husten zu müssen. Genervt blickte sie ihn an. *Ungehobelter Mistkerl!*

»Ich will ganz offen mit Ihnen sein«, nickte Larry Carthy nach einer gefühlten Ewigkeit. »Ich bin hier, weil ich mit Ihnen ins Geschäft kommen möchte.«

»So etwas Ähnliches habe ich mir fast gedacht«, antwortete sie und konnte nicht verhindern, dass ihre Stimme schnippisch klang.

»Gewiss.« Es war diese Selbstverständlichkeit, mit der er dieses Wort aussprach, die es so arrogant und aufgeblasen klingen ließ. Grace fand den Mann immer mehr zum Kotzen und hätte das Gespräch gerne an diesem Punkt beendet. Aber ihre Neugier, zu erfahren, was er genau von ihr wollte, hielt sie davon ab.

»Um was für ein Geschäft handelt es sich denn?«, wollte sie wissen.

Wie zu erwarten, nahm er sich Zeit für die Antwort. Grace sah ihm eindringlich in seine eisblauen Augen und ein Schauder überlief sie. Betreten wandte sie den Blick ab.

»Mir gefällt Ihre Plantage«, sagte Larry Carthy und ließ den Blick über das Haus und den Garten schweifen. »Ein schönes Fleckchen Land haben Sie hier«, lobte er anerkennend.

Grace verbuchte das als ein Kompliment. Sollte sich hinter dieser arroganten Fassade tatsächlich ein Liebhaber für Natur verstecken? Wohl kaum. Sie mahnte sich zur Vorsicht, wahrscheinlich führte der Kerl etwas im Schilde.

»Dem kann ich nur zustimmen«, nickte sie und ließ ihren Blick ebenfalls kurz schweifen. Obwohl sie diesen Sommer nicht die Zeit gefunden hatte, sich um den Garten zu kümmern, sah er gepflegt aus. Manuka hatte hin und wieder Taonga für die Gartenarbeit abgestellt. Der Rasen war gemäht, die Rosen- und Topfgewächse winterfest verpackt.

Dann konzentrierte sie sich wieder auf ihr Gegenüber und blickte ihn neugierig an. *Worauf zielt das alles ab?*, fragte sie sich gerade, als er auch schon die Bombe platzen ließ.

»Könnten Sie sich vorstellen, das Anwesen zu verkaufen?«

»W...wie bitte?«, stotterte Grace perplex und verschluckte sich fast. Bis jetzt hatte sie kaum Zeit gefunden, darüber nachzudenken, wie es weitergehen sollte.

Eigentlich hatte sie sich nach dem Gespräch mit Jeremy ernsthaft vorgenommen, dessen Angebot anzunehmen und sich von ihm helfen zu lassen, auch wenn sie noch nicht genau wusste, wie diese Hilfe konkret aussehen sollte. Sie hatte da so eine Ahnung, die sie allerdings in die hinterste Ecke ihres Unterbewusstseins verdrängte.

Grace wusste nur eins: Sie würde um diese Farm kämpfen, das war sie ihrem Vater und sich selbst schuldig, nach allem, was sie beide für diese Plantage geopfert hatten.

»Die Farm steht nicht zum Verkauf!«, sagte sie deshalb mit fester Stimme.

»Sie meinen sicher, sie steht noch nicht zum Verkauf. Aber wenn Sie erfahren, wie viel ich Ihnen dafür biete, werden Sie es sich bestimmt noch einmal anders überlegen.«

Grace wollte sein Angebot eigentlich gar nicht hören.

Larry Carthy steckte seine Zigarre in den Mundwinkel und fingerte einen gefalteten Zettel aus der Innentasche heraus. Flink faltete er das Papier auseinander und schob es zu Grace herüber, damit sie einen Blick darauf werfen konnte.

»Was ist das? Ein Vertrag?« Grace klang skeptisch.

»Ja …«, bestätigte der Mann. »… um genau zu sein, handelt es sich um einen Kaufvertrag.« Er grinste selbstgefällig.

Die Schrift war klein, doch eine Zahl war am unteren Ende fett hervorgehoben:

Eins Komma zwei Millionen Dollar.

Grace blieb der Mund offen stehen. »Wie bitte?« Fassungslos starrte sie auf das Blatt Papier. Sollte das ein dummer Scherz sein?

»Meinen Sie das wirklich ernst?« Ihr Mund war staubtrocken.

»Sehe ich aus, als würde ich Witze reißen?« Sein Blick bohrte sich in ihren.

Nein, sicher nicht. Grace würde es wundern, wenn er überhaupt wusste, wie das Wort Humor geschrieben wurde.

Eins Komma zwei Millionen Dollar.

Diese Zahl wollte Grace einfach nicht aus dem Kopf

gehen. Es war eine gigantische Summe, keine Frage, alle Probleme wären mit einem Schlag wie weggeblasen.

Dennoch zwang sich Grace, nicht den Kopf zu verlieren. Sie atmete tief durch. Sie konnte und durfte das Angebot nicht annehmen. Hatte sie nicht eben beschlossen, die Farm zu retten?

»Das kann ich nicht tun.« Entschlossen schüttelte sie den Kopf und schob den Vertrag nachdrücklich von sich.

»Wieso nicht?« Larry Carthy schien ehrlich verwundert. »Das ist eine Menge Kohle.«

»Ich weiß.« Sie nickte.

»Wie können Sie da widerstehen?«

»Ich liebe die Plantage. Das Haus ist mein Zuhause und meine Existenz«, erklärte sie. »Ich erwarte nicht, dass Sie das verstehen.« Sie lächelte ihn schüchtern an.

Er ließ den Einwand nicht gelten. »Das kann ich tatsächlich nicht nachvollziehen.« Verspielt schob er den Zettel mit dem Finger hin und her. Er starrte sie direkt an und Grace wurde mulmig zumute. Carthy hatte die abgezockte Visage eines Pokerspielers.

»Vielleicht wollen Sie es sich ja noch einmal überlegen?« Seine Stimme klang jetzt lockend, als er ihr tief in die Augen sah. »Mit diesem Geld könnten sie ein sorgenfreies Leben führen.« Er nahm einen tiefen Zug aus seiner Zigarre. »Sie können mir doch nicht ernsthaft erzählen, dass so eine schöne Frau wie sie ...«, bei diesen Worten glitt sein Blick lüstern über ihren Körper, bevor er fortfuhr, »... auf der Farm versauern will, wo tagtäglich nichts anderes als harte Arbeit auf sie wartet. Sie sind jung. Sie müssen das Leben genießen.«

Grace atmete tief durch. Seine Argumente waren nicht von der Hand zu weisen und sie erwischte sich dabei, dass

Zweifel an ihr nagten. War sie im Begriff, einen Fehler zu begehen? Was, wenn sie es nicht schaffte, die Plantage profitabel zu halten? Von der Bank erhielt sie keinen Kredit mehr, sie war im Grunde pleite.

Sie biss die Zähne zusammen. Larry Carthys Angebot kam zweifelsohne zum richtigen Zeitpunkt und wäre ihr rettendes Hintertürchen, durch das sie flüchten konnte. Dennoch sträubte sich alles in Grace gegen diesen Deal.

Sie schüttelte rasch mit dem Kopf.

Mit einem Mann wie diesem sollte man keine Geschäfte machen, mahnte ihre innere Stimme. Larry Carthy war anzusehen, dass er ein unfairer Spieler war. Wer wusste schon, welche Leichen er im Keller begraben hatte. Grace war einfach zu unerfahren in solchen Dingen, um ihm die Stirn bieten zu können, sollte er bei dem Geschäft einen Hintergedanken verfolgen. Womöglich hatte er seine weiteren Schritte sorgfältig geplant. Ihm war alles zuzutrauen. Sogar ein Verbrechen.

Mit einem flauen Gefühl im Magen schaute Grace ihn an. »Ich danke Ihnen für das Angebot, aber leider werde ich es nicht annehmen«, teilte sie ihm mit fester Stimme mit.

Larry Carthy schien die Antwort nicht zu gefallen. Dennoch wirkte er nicht verzweifelt oder enttäuscht.

Vermutlich hat er längst einen Plan B.

Wie der wohl aussehen mochte? Grace hatte das dumpfe Gefühl, dass sie das noch früh genug erfahren würde. Wie eine Flutwelle überrollte Grace die nackte Panik. Plötzlich wünschte sie sich nichts sehnlicher, als dass sie diesem Kerl nie begegnet wäre und dass er endlich verschwand.

»Also gut.« Der Mann erhob sich. »Ich sehe ein, dass wir auf diese Weise nicht weiterkommen.« Er zerknüllte das Papier achtlos in seiner Hand und steckte ihn in die Hosentasche. Dann trank er das Whiskyglas in einem Zug leer. Er bedachte Grace mit einem einschüchternden Blick, bevor er das Glas scheppernd auf die Tischplatte knallte, dass Grace schon glaubte, es würde zerschellen.

»Glauben Sie mir«, sagte er ruhig, während er an ihr vorbeiging. »Sie verkaufen! Früher oder später werden Sie sich bei mir melden. Sie wissen es bloß noch nicht.«

Seine Schritte polterten über die Veranda.

Erst als sie draußen seinen Wagen anspringen hörte, bemerkte sie, dass ihre Hände zitterten wie die einer alten, gebrechlichen Frau.

Larry Carthy würde nicht lockerlassen.

Grace lief eine Gänsehaut den Rücken hinunter.

Kapitel 8

Nach einer knappen Stunde erreichten Clark und seine Freunde ihren gewünschten Rastplatz an einem sichelförmigen Sandstrand.

Endlich, dachte Clark erleichtert. Allmählich bekam er Blasen an den Händen. Das letzte Stück hatten sie noch mal richtig Speed geben müssen, denn die Sonne ging bereits unter und in einer knappen Stunde würde die Dunkelheit sie verschlucken. Dann war es gefährlich, noch auf dem Wasser zu sein.

Stolz, nicht ein einziges Mal gekentert zu sein, stiegen sie aus dem Boot.

Vielen anderen Kanufahrern schien es nicht so gut ergangen zu sein, was die durchnässte Kleidung vermuten ließ, die auf einer Leine zum Trocknen aufgehängt war. Ein junges Paar schien sogar den Tränen nahe, da ihre Fässer überflutet waren und sie nun mit nassem Klopapier und feuchter Wechselkleidung dastanden.

Die Männer schlugen ihr Nachtlager an einem einsamen Platz zwischen schützenden Flax-Hecken und dem atemberaubenden Blick auf das dunkle Wasser des Fjords auf.

Während Clark das Aufbauen der Zelte übernahm, schlug Lex sich in die Büsche, um Holz für die offene Feuerstelle zu suchen. Paul kümmerte sich indessen um das Abendessen.

Nach typischer Kiwi-Art gab es neuseeländisches Barbecue, das aus saftigen Holzfällersteaks und Backkartoffeln mit Kräuterbutter bestand, nicht zu vergessen das obligatorische Bier in Dosen.

Satt und zufrieden lehnte Clark sich, mit einem Bier in der Hand, an einen Baumstamm und ließ sich von dem Feuer wärmen. Er beobachtete die letzten sich spiegelnden Strahlen der Abendsonne auf der Wasseroberfläche und genoss den Frieden, den man in der unberührten Natur spürte, wenn man sich weit weg von jeglichem Großstadtrummel befand.

In ihm breitete sich ein warmes Gefühl aus. Konnte es einem besser gehen? Plötzlich verspürte er eine nicht zu erklärende Sehnsucht nach einem ruhigen Punkt in seinem Leben. Den Wunsch nach einer Familie, Kindern ... mit Grace an seiner Seite ... er merkte, wie sich bei dieser Vorstellung sein Pulsschlag beschleunigte.

Völliger Quatsch, rügte Clark sich. Energisch versuchte er, diesen völlig unsinnigen Gedanken zu verscheuchen. Wurde er etwa sentimental? Er genoss seine Freiheit. Tun und lassen zu können, was er wollte, war einer der Gründe, warum er Single war. Romantik lag ihm nicht. Familie schon gar nicht.

Bevor Clark sich ein neues Bier besorgte, zog er sein Mobiltelefon aus einem der Fässer, wickelte es aus der wasserfesten Plastikfolie und schaltete es ein.

Noch im selben Moment wünschte er sich, er hätte es nicht getan. Über fünfzig neue Nachrichten waren während seiner Abwesenheit eingegangen. Allein zwanzig davon waren von seinem Bruder. Er hatte mehrfach versucht, ihn anzurufen, gleichzeitig hatte er Clark mit Textnachrichten bombardiert, die von Mal zu Mal ungeduldiger und zunehmend wütender wurden.

Clark beschloss, zurückzurufen. Aus Erfahrung wusste er, dass sein Bruder keine Ruhe geben würde, bevor er sich bei ihm gemeldet hatte. Im Gegenteil, sein Bruder brachte es fertig, sogar einen Suchtrupp auf sie anzusetzen, der mit Hubschraubern den ganzen Nationalpark nach ihm und seinen Kumpels absuchte.

»Entschuldigt mich kurz«, wandte Clark sich an seine Freunde und suchte sich abseits ein ruhiges Plätzchen zum Telefonieren. Der Empfang war hier nicht gerade der beste, aber er musste es probieren.

Er wählte die Schnellauswahltaste und lauschte dem darauffolgenden Tuten, das nicht lange anhielt. Offensichtlich hatte sein Bruder das Telefon bereits in der Hand gehalten. Das wäre typisch für ihn. Clark traute ihm sogar zu, dass er schon den ganzen Tag mit ungeduldiger Miene neben dem Hörer auf diesen Anruf gewartet hatte.

»Na endlich!«, beschwerte er sich dann auch sofort, ohne sich mit einer Begrüßung aufzuhalten. Er klang gereizt.

»Du wusstest doch, dass ich mit dem Kanu unterwegs bin«, verteidigte sich Clark.

»Du solltest heute in meinem Büro vorbeischauen. Schon vergessen? Dir ist schon klar, dass du Wichtigeres zu tun hast, als mit deinen Kumpels abzuhängen, oder?« Wenn etwas im Business nicht so lief, wie er sich das wünschte, hatte er immer dieses unterschwellige Brodeln in seiner Stimme.

»Darum werde ich mich kümmern, wenn ich zurück bin«, versprach Clark, um ihn milde zu stimmen. »Ich brauchte bloß eine Auszeit; konnte vor lauter Arbeit kaum noch Luft holen.«

»Auszeit ... die kann ich mir nicht leisten«, betonte sein

Bruder verächtlich und lachte gekünstelt. »Wer bitte soll denn dann die Geschäfte leiten? Es reicht ja wohl, wenn sich einer aus unserer Firma, die wir übrigens gemeinsam leiten, falls du dich vage erinnerst, aus der Verantwortung stiehlt. Wenn jeder nur an sich denkt, können wir die Firma gleich an die Obdachlosenhilfe verscherbeln«, schnauzte er und holte tief Luft.

Clark war froh, den hochroten Kopf seines Bruders nicht sehen zu müssen, und grinste in sich hinein.

»Dir würden ein paar Tage Urlaub allerdings auch mal ganz guttun, in denen du etwas Zeit für dich hast«, warf er dann ein.

»Zeit für mich?« Sein Bruder lachte höhnisch. »Im Grab vielleicht.«

Mit den Augen rollend beschloss Clark, es dabei zu belassen.

»Wann genau bist du wieder zurück auf der Plantage?«, erkundigte sich sein Bruder.

»Übermorgen. Wir wollen noch bis nach Mangapapa vorpreschen und uns flussabwärts bis zur »Bridge to Nowhere«, tragen lassen und wenn alles glattläuft, werden wir dort übermorgen früh von einem Jetboot abgeholt, das uns wieder zum Ausgangspunkt zurückbringt. Danach fahre ich gleich zurück.«

»Wird aber auch Zeit. Melde dich umgehend bei mir, sobald du wieder da bist.«

»Keine Sorge, kleines Brüderchen. Dein Herzinfarkt ist unbegründet. Ich habe alles im Griff und genau geplant.«

»Du sollst mich nicht *Kleiner* nennen!«, schimpfte sein Bruder. »Vergiss nicht, ich bin der Ältere von uns beiden.«

»Und wenn schon!«

Clark vernahm ein schlürfendes Geräusch.

»Trinkst du etwa Whisky? Womit hast du dir den denn verdient?«, fragte Clark angriffslustig.

»Jetzt auch noch frech werden, oder was?«, rüffelte sein Bruder. »Während du lieber mit den Delfinen schwimmst, musste ich ja deine Arbeit erledigen.«

»Wie meinst du das?« Clark runzelte die Stirn.

»Ich habe der Kleinen schon mal einen spontanen Besuch abgestattet. Angeklopft, was so geht, sozusagen. Die Fronten klären, wie du es immer ausdrückst.«

»Und ...?« Clark schluckte trocken. Sein Bruder war nicht gerade der Feinfühligste, wenn es um die Gewinnung potenzieller Verhandlungspartner ging.   Normalerweise übernahm Clark diese Rolle. Ihm vertrauten die Kunden.

»Sieht schlecht aus«, meinte sein Bruder auch prompt. »Die Kleine ist ein harter Brocken. Wir müssen zu härteren Mitteln greifen.«

Wie vermutet, bekam Grace in dieser Nacht kein Auge zu. Aufgewühlt von den Ereignissen wälzte sie sich von einer Seite auf die andere. Eine frische Brise wehte durch das geöffnete Fenster ins Schlafzimmer, dennoch rann ihr der klebrige Schweiß aus sämtlichen Poren.

Sie beschloss, dass es keinen Sinn hatte, noch länger auf den Schlaf zu warten, und setzte sich auf. Barfuß tapste sie hinaus in den Hausflur.

In den Gängen roch es nach altem Holz und dem vertrauten Zitrusaroma der Mandarinen. Grace liebte diesen Duft. Es war der heimelige Duft ihres Zuhauses, mit dem sie so viele Erinnerungen verband.

Hinter den verschlossenen Türen schliefen einige der Saisonarbeiter einen tiefen, friedlichen Schlaf; und am Ende des Ganges bewohnte Manuka ein geräumiges Zimmer.

Dann huschte die Stille in ihr Bewusstsein. Seltsam. Obwohl Grace des Öfteren nachts auf den Beinen war, kam ihr diese friedhofsähnliche Ruhe das erste Mal seit dem Tod ihres Vaters wieder merkwürdig vor. Die ersten Wochen nach seiner Beerdigung hatte sie diese Stille oft gespürt. Immer dann, wenn die Traurigkeit sie einhüllte wie eine dunkle Decke.

Erst als Grace die untere Treppenstufe erreichte, konnte sie sich diese Wahrnehmung erklären.

Der Grund war Clark Walker. Mit seinem Erscheinen war ihr das große Haus belebt vorgekommen, als wäre es aus einem Dornröschenschlaf erwacht. Für einen kurzen Moment hatte sie sich wieder lebendig gefühlt. Heute, da er nicht da war, fühlte sie nur diese unendliche Leere in ihrem Körper. Es war ihre innere Stille, die nach oben drängte. Die Stille der Einsamkeit.

Grace knipste das Licht in der Küche an und griff nach einer ungeöffneten Flasche Wein. Sie schenkte sich rötliche Flüssigkeit in ein bauchiges Glas und nahm einen kräftigen Schluck, in der Hoffnung, der Alkohol würde sie müde machen.

Mit dem Glas in der Hand verließ sie die Küche und ging auf die Veranda.

Timoti tauchte neben ihr auf, als Grace nach draußen trat, und verschwand hinter einem Busch. Ein kühler Wind zerrte an ihrem Pyjama. Die Herbstnächte waren immer besonders märchenhaft, wenn auch schon sehr kalt.

Wie in einem Gruselfilm waberten die Nebelschwaden im Mondschein vor den dunklen Schatten der Berggipfel. Die Wolken, welche die Sterne verbargen, wirkten wie verwunschene Schneeriesen.

Grace entfuhr ein tiefer sehnsüchtiger Seufzer und

sie merkte einen Stich im Herzen. Wie gerne hätte sie in diesem Moment einen Mann an ihrer Seite, der sie in seine Arme nahm, sie tröstete und mit ihr dieses Wolkenspiel betrachtete. Sie vermisste die Nähe, sie vermisste begehrt zu werden. Ihre Sehnsüchte waren schon viel zu lange unerfüllt geblieben.

Liegt es an mir?, überlegte sie nun. Hatte sie nicht den Mut, in ihrem Leben etwas zu wagen? Oder lag es an ihrer Arbeit, die jede Stunde des Tages schluckte und ihr keine Zeit für Vergnügen und Erfüllungen von Träumen ließ?

Das Bild von Clark tauchte vor ihr auf und für einen Moment gab sie sich der Illusion hin, dass er derjenige wäre, der sie schützend an die Hand nahm und ihr versicherte, sie brauchte sich keine Sorgen zu machen. Ihr Mut zusprach, alles würde sich zum Guten wenden.

Grace bildete sich ein, die Wärme seines Körpers wirklich zu spüren, und ihr Herz pochte wild. Das Gefühl war so schön, dass sie gar nicht merkte, wie sich langsam die Nachtkälte durch ihren Pyjama fraß.

Erst als ein Schaudern ihre Muskeln erzittern ließ, merkte sie, dass sie völlig durchgefroren war. Fröstelnd rieb sie sich die Hände. *Besser ich gehe ins warme Haus zurück, bevor ich mich noch erkälte.*

»Timoti, hierher«, rief Grace nun. Aber Timoti dachte gar nicht daran. Er hatte etwas gewittert und schnüffelte einer Spur hinterher.

Grace griff nach der Wolldecke, die über einem Stuhl lag, und wickelte sich darin ein. Dann lehnte sie sich an den Türrahmen und kostete von dem Wein, der prickelnd auf ihrer Zunge zerging.

Wie sollte es nun weitergehen? Sollte sie Jeremy tatsächlich um Hilfe bitten? Er war schon immer vernarrt ihn sie gewesen, aber ernsthaft hatten sie nie was miteinander gehabt. Sie waren zu verschieden. Es gab kaum Gemeinsamkeiten. Nicht, dass sie ihn nicht mochte, aber mehr als Freundschaft hatte sie nie für ihn empfunden, auch wenn sie sich immer bemüht hatte, offen ihm gegenüber zu sein und mehr in ihm zu sehen.

Heftiges Fauchen und Jaulen rissen sie aus ihren Gedanken. Im nächsten Augenblick kam Timoti auch schon aus dem Unterholz gefegt. Eine Katze mit gesträubtem Fell kam ihm hinterhergesaust. Ihre grünen Augen funkelten im Mondlicht, bevor sie fauchend die entgegengesetzte Richtung einschlug.

»Du sollst keine Katzen jagen!«, schimpfte Grace. »Irgendwann kratzen die dir noch mal ein Auge aus. Los jetzt, ab ins Haus!«

Langsam schlenderte Grace zurück ins Schlafzimmer und kletterte in das kalte Bett, wo sie noch die nächste halbe Stunde an die Decke starrte.

Irgendwann schlief sie dann doch ein und träumte unruhig. Vor ihrem geistigen Auge erschien fortwährend Larry Carthy, sein pompöser Ring schimmerte wie das leuchtend rote Auge eines Dämons. Sie zappelte im Schlaf, wand sich, als könnte sie sich aus dem Albtraum wie von einem Seil, das sie fesselte, befreien.

Erstaunlicherweise wechselte bald der Traum und, auch wenn sie sich am nächsten Morgen nicht mehr daran erinnerte, erschien Clarks Gesicht. Er saß auf einem Kanu und lächelte ihr zu. Sie fühlte sich verstanden und seinem Blick verfallen.

Kapitel 10

Nach einem erfüllten Kurztrip fuhr Clark die unbefestigte Straße hinunter, die abseits der Touristenroute durch ein kleines Waldstück führte und die malerische Küste streifte. Im Meer spiegelte sich die Mittagssonne.

Die Freunde hatten sich mit dem Versprechen verabschiedet, dieses Abenteuer schnellstmöglich zu wiederholen und bereits einen Termin im Frühjahr nächsten Jahres vereinbart.

Guter Laune beschloss Clark, aus dem Auto mit der Firma zu telefonieren. Doch sein Bruder war schneller, so brauchte Clark den Anruf nur noch entgegenzunehmen.

»Hi Brüderchen«, meldete er sich über die Freisprechanlage.

»Bist du endlich zurück auf der Plantage?« Wie immer kam sein Bruder gleich zum Punkt.

»Ich bin auf dem Weg«, bestätigte Clark und konnte sich ein Grinsen nicht verkneifen.

»Dann ist der Urlaub offiziell vorbei und du kannst dich endlich an die Arbeit machen?« Er klang hoffnungsvoll.

»Meinetwegen.« Clark sah ein, dass er viel Zeit verloren hatte, aber die Spritztour auf dem River hatte ihm gutgetan.

»Gut. Dann kommen wir gleich zum Geschäftlichen. Sieh zu, dass du mir so schnell wie möglich alle notwendigen Informationen beschaffst. Ich will alles über diese Frau wissen. Lebt sie in einer Beziehung? Mit wem geht sie ins Bett? Wem vertraut sie sich an und wie sehen ihre Finanzen aus? Einfach alles, verstehst du, jede winzige Kleinigkeit kann uns weiterhelfen.«

Clark hatte Mühe, seinen Wagen in der Spur zu halten. Bei der Frage, mit wem Grace ihr Liebesleben teilte, spielte seine Fantasie verrückt. Sie sich in figurbetonter Reizwäsche vorzustellen, ließ seinen Puls augenblicklich höherschlagen.

»Grace ist keine Frau, die einfach so aus dem Nähkästchen plaudert. Sie scheint mir eher der verschlossene Typ zu sein«, warf Clark ein, nachdem er sich wieder einigermaßen beruhigt hatte.

»Dann lad sie zum Essen ein«, schlug sein Bruder vor. »Gewinne ihr Vertrauen. Sie ist ziemlich sexy, so schlimm kann es also nicht sein.«

Sie ist mehr als sexy. Sie ist atemberaubend.

»Ich weiß nicht«, gab Clark zu bedenken. »Sie ist wirklich reizend und ein sehr netter Mensch. Ich fühle mich nicht wohl dabei.«

»Hat deine Mutter ein Weichei großgezogen oder was?!«

»Lass gefälligst Mutter aus dem Spiel ...«

»Es geht hier um verdammt viel Kohle, falls du es noch nicht bemerkt hast«, warf Clarks Bruder insistierend ein. »Dafür muss man ein paar Opfer bringen. Glaubst du etwa, ich würde sonst in maßgeschneiderten Anzügen rumlaufen und superteure Autos sammeln, wenn ich so gefühlsbesoffen wie du drauf wäre?« Er holte tief Luft. »Wir sind Geschäftsleute, Mann, so läuft das Spiel nun mal.«

»Ich bin es bloß leid, immer die Drecksarbeit zu machen. Und es gibt noch andere Dinge im Leben, die wichtiger sind als Geld und Statussymbole.«

»Ha ... schon klar.« Sein Bruder klang amüsiert und gelangweilt zugleich. »Weiber zum Beispiel. Und Alkohol.«

»Das meinte ich zwar nicht, aber ...«

»Bis jetzt hat es dich nie gestört, wie wir unsere Kohle verdienen. Also spiel mir jetzt nicht den Moralapostel«, unterbrach sein Bruder ihn genervt. »Lass deinen Charme spielen und lad die Trulla zum Essen ein! Der Rest kommt schon von selbst.«

»Sie ist gewiss keine Trulla ...«, fuhr Clark seinen Bruder an, weil ihn die abfällige Bemerkung über Grace maßlos ärgerte.

»Passt schon, Kleiner ...«, meinte sein Bruder gelassen.

Clark wollte noch etwas erwidern, doch da hatte Larry Carthy den Hörer schon auf die Gabel geknallt.

Seit dem frühen Morgen half Grace bei der Mandarinenernte. Es tat gut, sich an der frischen Luft zu bewegen. Die körperliche Arbeit lenkte sie für eine kurze Zeit von ihren Sorgen ab.

Wiederholt wurde ihr bewusst, wie anstrengend die Arbeit des *mandarin pickings* war.

Obwohl sie Handschuhe trug, damit die empfindliche Schale der Mandarinen nicht verletzt wurde und später im verdorbenen Zustand das ganze Lot verdarb, spürte sie ihre Hände kaum noch. Doch zu sehen, wie die Hilfsarbeiter sich abmühten, gab Grace den nötigen Ansporn, weiterzumachen. Die Blöße schon nach ein paar Minuten erschöpft das Feld zu räumen, wollte sie sich nicht geben.

Sie gab erst auf, als sie es geschafft hatte, eins von den großen Bins bis zum Rand zu füllen, was immerhin ungefähr hundertachtzig Kilogramm entsprach. Stolz auf ihre Leistung streifte sie die Handschuhe ab und wischte sich den Schweiß von der Stirn. Die Herbstsonne strahlte brütend warm vom wolkenlosen Himmel. Kein Lüftchen wehte.

Grace taten alle Knochen weh. Ihre Kleidung war völlig durchgeschwitzt und sie beschloss, noch schnell unter die Dusche zu springen, bevor sie sich mit Manuka für die Planung des bevorstehenden Erntefestes zusammensetzen wollte.

Sie sah zum Eingang der Farm. Ein paar Arbeiter balancierten auf den Lastwagen, um die ersten Bags ordentlich zu verladen, die bereits Ende der Woche zum Hafen transportiert werden mussten.

Es war seit jeher Tradition, dass sie am Ende der Mandarinenlese ein Barbecue ausrichteten, um allen fleißigen Händen zu danken, die dazu beigetragen hatten, die Ernte einzuholen. Und trotz der Sorgen, die sie belasteten, wollte sie nicht auf dieses Fest verzichten.

Grace huschte ins Haus, holte frische Sachen aus ihrem Zimmer und verschwand im Bad.

Kaum stand Grace unter der Dusche, schob Timoti seine Schnauze durch die Tür und legte sich in voller Größe auf den Badvorleger vor der Duschkabine, als wollte er sagen: Nach dir bin ich dran.

Im Haus war es still, doch just in dem Augenblick, als Clark seine Reisetasche im Flur abstellte, kam Timoti die Treppe hinunter auf ihn zugesprungen und begrüßte ihn schwanzwedelnd. *Den Zeitpunkt, wo wir beide endgültige Freundschaft geschlossen haben, scheine ich irgendwie verpasst zu haben*, dachte er schmunzelnd. Er beugte sich runter und kraulte den Hund sanft über das Fell, bevor dieser durch die offene Haustür entwischte.

Auf dem Weg nach oben kam er an einem Zimmer vorbei, dessen Tür einen Spalt breit offen stand. Gedankenlos blickte er hinein und erstarrte augenblicklich.

Nur ein Handtuch um ihren Oberkörper geschlungen, stand Grace vor dem dampfenden Spiegel und frottierte sich ihr Haar. Sie summte ein leises Lied, während sich ihre Hüften im Rhythmus bewegten. Aus dem Bad duftete es nach Rosenblüten und Honig.

Clark schluckte. Da, wo das Handtuch ihre Haut nicht bedeckte, erhaschte er einen Blick auf ihre nackten Schultern, sah den Ansatz von ihrem cremefarbenen festen Po und bestaunte die langen Beine.

Seine Haut fühlte sich plötzlich heiß an und anstatt sich nicht eine Sekunde länger als nötig, dieser Qual auszusetzen, konnte er den Blick nicht von ihr nehmen.

Grace verteilte Körpercreme auf ihren Oberarmen und fing an, sie sorgfältig auf der Haut zu verreiben. Clark kämpfte gegen den Impuls, einzutreten und das Eincremen für sie zu übernehmen. Er wollte jeden Millimeter ihrer seidenweichen Haut spüren, mit der Handfläche über ihre Schulterblätter streichen. Sie da berühren, wo der zarte Halsansatz in ihren Nacken überging, ihr Zärtlichkeiten ins Ohr flüstern ...

In dem Moment, als er endlich wieder klar denken konnte und ihm bewusst wurde, dass er sich wie ein verdammter Spanner verhielt, trafen sich ihre Blicke.

Zu spät! Ertappt fuhr Clark zusammen.

Grace blickte zu ihm hin und wurde feuerrot.

»Entschuldigung ... ich bin wieder da«, stieß Clark heiser hervor und versuchte zu lächeln.

Oh nein! Sein Unterkiefer mahlte. *Was fasel ich denn da für einen Blödsinn?* Er schluckte trocken. Zweifellos war das hier das Peinlichste, was ihm seit Langem passiert war.

Obwohl es in seiner Schulzeit eine Art Sport bei den Jungs gewesen war, den Mädchen in den Umkleidekabinen aufzulauern, hatte er sich nie zu so etwas hinreißen lassen. Und jetzt, wo er längst aus dem Alter raus war, machte er sich zum Gespött.

Grace nickte verstört, griff rasch nach einem weiteren Badehandtuch, das über dem Becken hing, und hielt es als Schutz vor ihren Körper.

Innerlich wütend auf sich streckte er die Hand nach dem Türgriff aus. »Schön, Sie wiederzusehen«, murmelte er. Ihrem Blick ausweichend, zog er rasch die Tür ins Schloss und lehnte sich tief durchatmend dagegen.

Oh Gott, Grace muss denken, dass ich ein totaler Idiot bin.

»Manuka hat einen leckeren Gemüseeintopf gezaubert. Sie sind herzlich eingeladen. In einer Viertelstunde unten in der Küche«, hörte er Grace plötzlich durch die geschlossene Tür hinter ihm her rufen.

»Ja, danke, sehr gerne«, rief Clark zurück, während er grübelte, wie er Grace je wieder unter die Augen treten konnte, ohne rot zu werden. Das Bild ihres halb nackten Körpers hatte sich unwiderruflich in sein Hirn gebrannt.

Heilige Scheiße! Was war das da eben? Einen kurzen Moment dachte Grace, ihr Herzschlag würde aussetzen, als sie Clark in der Tür hatte stehen sehen.

Ihr war der neugierige Blick nicht entgangen, mit dem er sie gemustert hatte. Sie hatte die Hitze in seinen Augen gesehen und das Knistern in der Luft förmlich gespürt.

Geschmeichelt musste sie sich eingestehen, dass sie dieses Anstarren nicht einen Moment lang als unangenehm empfunden hatte.

Sie war nicht hässlich, das wusste sie. Aber sie war auch nicht eine dieser Frauen, deren Bodymaße dem eines Fotomodells entsprachen. Sie hatte mindestens zwei Kilo zu viel auf den Hüften, und ihr Busen könnte auch etwas größer sein. Dennoch war sie sich bewusst, dass viele Männer einen Blick riskierten, wenn sie durch die Stadt spazierte. Umso mehr musste sie feststellen, dass es ein völlig anderes Gefühl war, von einem Mann begehrt zu werden, den sie selber als verdammt attraktiv einstufte. Es war berauschend. Es schmeichelte ihr.

Wenn Clark mich noch länger mit seinen Blicken ausgezogen hätte, wäre ich vielleicht in Versuchung geraten und hätte mein Handtuch fallen lassen, dachte sie belustigt und kicherte wie ein Schulmädchen.

Die anfängliche Verärgerung über sich selbst, weil sie Tür nicht richtig hinter sich verschlossen hatte, verflog wie ein fallendes Blatt im Herbstwind.

Während Grace versuchte, ihren wilden Herzschlag zu beruhigen, föhnte sie ihr Haar trocken und verteilte etwas Make-up auf ihrem Gesicht. Sie entschied sich noch einmal um und tauschte Jeans und Bluse, die sie bereits rausgelegt hatte, gegen ein luftiges blaues Sommerkleid. Zufrieden mit ihrem Äußeren nickte sie sich aufmunternd zu. Keine zwei Minuten später eilte sie aufgeregt die Treppe hinunter und gab Manuka in der Küche Bescheid, noch ein weiteres Gedeck aufzulegen.

»Die Suppe hat wunderbar geschmeckt«, sagte Clark, nachdem er Grace auf die Terrasse gefolgt war und sich seufzend an die Rückenlehne eines der Korbsessel sinken ließ. »Ein gutes Essen hatte ich auch bitter nötig. Die ganzen Tage nur Steaks und Trockenfleisch ist auf Dauer keine ausgewogene Ernährung. Ich habe auf der Tour bestimmt einige Kilo abgenommen«, lachte er und strich sich über den Bauch.

»Ja, Manuka ist eine spitzen Köchin. Aus wenigen Kleinigkeiten zaubert sie ein schmackhaftes Menü«, stimmte Grace ihm lächelnd zu. »Und auch sonst ist sie die gute Seele des Hauses. Ich wüsste nicht, was ich ohne sie anfangen würde.«

Clark saß genau auf dem Stuhl, auf dem gestern Larry Carthy gesessen hatte, und die Erinnerung an seine kalte Ausstrahlung, die an eine dunkle, nicht zu durchdringende Nebelwand erinnerte, ließ ein Schauder über ihren Körper streifen.

Zum Glück ließ sich dieses Bild nur allzu schnell verdrängen, als sie nun Clarks schönes, markantes Gesicht vor sich erblickte. Er schien diesem Ort ein besonderes Strahlen zu verleihen und sie spürte die Wärme, die von ihm ausging.

»Und ... was haben Sie heute noch mit dem Tag vor?«, fragte Grace interessiert, während sie ihn aufmerksam musterte.

»Ich bin ziemlich erschöpft«, antwortete Clark und fuhr sich mit der Hand über das Gesicht. »Ich glaube, ich werde zuerst meine Mails checken und ein paar Telefonate führen, mal sehen, was sich alles angesammelt hat.«

»Möchten Sie vorher noch einen Kaffee?«

»Das wäre wunderbar.«

»Cappuccino, Espresso ...?«

»Einen Espresso bitte, vielleicht werde ich davon munterer.«

Grace nickte und kehrte kurz darauf mit zwei Tassen

zurück.

Clark bedankte sich und lehnte sich entspannt zurück.

»Nun erzählen Sie doch mal, ich bin neugierig«, bat Grace. »Wie war Ihre Rivertour?«

»Abgesehen von den unzähligen Blasen an den Händen und dem schmerzhaften Muskelkater in den Oberarmen war es fantastisch. Zu spüren, wie einem der Wind ins Gesicht peitscht, wie die Wassertropfen auf der Haut abperlen und sich die Klänge der Natur, in das Brausen des Windes mischen ...« Er hielt einen Moment bedächtig inne. »Das kann man nicht in Worte fassen, das muss man erleben«, schwärmte er und sein Gesicht strahlte wie das eines kleinen Jungen, der seine erste Achterbahnfahrt erlebt hatte.

»Klingt nach einem unvergesslichen Erlebnis«, meinte Grace. Sie konnte ihn so gut verstehen.

Wehmütig schloss sie für einen Moment die Augen und lauschte den Wellen, die gegen die Sandbank schwappten, und den kreischenden Möwen, die ihre Kreise am Himmel zogen. Die Natur Neuseelands war einzigartig und voller Wunder. Vor Dankbarkeit, in diesem paradiesischen Land leben zu dürfen, wurde ihr warm ums Herz. Nirgendwo anders würde sie sich je zu Hause fühlen.

»Ja, ein unvergessliches Erlebnis«, stimmte Clark ihr zu und sah sie aufmerksam an. »Ich wünschte, ich würde noch viel mehr Zeit für mein Hobby finden.«

»Das werden Sie sicher«, mutmaße Grace. »Sie werden ja nicht ewig Geschäftsmann bleiben, oder?« Sie wusste selbst nicht so genau, weshalb sie diese Frage stellte.

Clark zuckte die Schultern. »Keine Ahnung. Ehrlich gesagt habe ich mir darüber noch keine Gedanken gemacht. Das Leben ist voller Chancen und Möglichkeiten, alle führen sie einen woanders hin. Mal sehen, welche ich noch ergreifen werde und wohin es mich dann treibt.«

Grace, die erkannte, dass ihr eigenes Leben momentan nicht im Geringsten so interessant verlief, sah betreten zu Boden. Sie wusste nicht, was sie erwidern sollte.

Glücklicherweise wechselte Clark das Thema. »Ich habe übrigens beschlossen, noch ein paar Tage länger zu bleiben, wenn das für Sie okay ist?«

»Wie schön«, brachte Grace so begeistert über die Lippen, dass es ihr im Nachhinein peinlich war. »Dann gefällt es Ihnen?«, schob sie schnell hinterher, um von ihrer Hitzewallung abzulenken, die sie überrollte wie ein Zug.

»Absolut. Es ist sehr schön hier.« Er bedachte sie mit einem charmanten Lächeln, welches ihre Knie weich werden ließ.

»Das freut mich zu hören«, entgegnete sie. »Wir werden Ihren Aufenthalt so angenehm wie möglich machen.« Sie biss sich auf die Lippen und wurde rot. *Diese Floskel konnte man auch missverstehen*, ging ihr durch den Kopf.

Zum Glück kam Timoti soeben in den Garten gestürmt und rettete die Situation. Laut winselnd und schwanzwedelnd machte er Grace darauf aufmerksam, dass er nichts gegen einen langen Spaziergang einzuwenden hätte.

Grace kraulte ihm die Ohren. »Ist ja gut, Stinker, ich komme schon.«

Clark erhob sich von seinem Sessel. »Danke für den Espresso. Ich werde mich dann auch mal an die Arbeit machen.«

Grace griff nach den Espressotassen und folgte Clark und dem Hund.

In der Tür drehte sich Clark noch einmal um. Nervös

nestelte er an seinem Polokragen herum und sah sie an. »Da wäre noch etwas ...«

»Ja ...?« Grace sah ihn gespannt an.

»Ich ... ich möchte Sie gerne zum Essen einladen! Wie sieht es übermorgen aus? Ich kenne da ein hervorragendes Restaurant, direkt an der Küste nicht weit von Gisborne entfernt.« Er lächelte sie schüchtern an und wenn Grace sich nicht täuschte, sah sie, wie Röte in seine Wangen schoss.

Das war ungewöhnlich für Clark Walker, fand sie, da sie ihn bisher als überaus selbstbewusst und forschen Mann kennengelernt hatte. *Wie sympathisch dieser Clark doch ist!*

Doch Grace war nicht weniger scheu. Einige Sekunden schaute sie ihn sprachlos an. Wie lange war es her, dass ein Mann sie um ein Date gebeten hatte?

Viel zu lange, dachte sie.

Grace wusste nicht einmal mehr, wie man angemessen reagierte. Nun färbten sich ihre Wangen purpurn.

Verstohlen sah sie wieder zu ihm und traf auf Clarks intensiven Blick, der auf ihr ruhte. Sie erkannte Hoffnung darin.

Geschieht das gerade wirklich, ist das die Realität?

Nervös fiel ihr auf, dass sie noch immer nicht geantwortet hatte. Grace öffnete den Mund, doch die Worte pressten sich nur stammelnd und zusammenhanglos heraus: »Na ... natürlich ... klar ... ja, das würde mich freuen ... selbstverständlich ... äh ... Restaurant klingt gut.« Sie sah ihn an wie ein verwirrter Kiwi, der im falschen Bau gelandet war. Ihr Herz schlug unangenehm schnell. *Vulkankrater, tu dich auf und verschlucke mich auf der Stelle!*

»Großartig!« Seine Freude war ehrlich. »Ich freue mich.« Seine blauen Augen fixierten sie intensiv.

Ihr blieb kurz die Luft weg, bevor sie ein angestrengtes Lächeln hervorbrachte. »Ich freue mich auch«, nuschelte sie und das war keineswegs gelogen. Es kribbelte in ihrem Bauch.

Er bittet mich um ein Date. Und der Typ ist eine Sünde wert. Was will frau mehr?

Kapitel 11

Kein Wölkchen trübte den strahlend blauen Herbsthimmel und die Sonnestrahlen schenkten dem Tag ein goldenes Licht.

Wenigstens das Wetter meint es gut mit uns, dachte Grace erleichtert, als sie aus dem Fenster sah und den ersten Lastwagen erblickte, der voll beladen mit Mandarinen-Bins zur Abfahrt bereit stand. Dadurch würden sich die Einbußen bei der Ernte dieses Jahr auf die üblichen Mengen verdorbener Früchte beschränken. Mit Schaudern dachte sie an letzten Herbst zurück, als sie fast ein Drittel der Erträge abschreiben mussten, weil wochenlange Regenfälle die Plantage in ein Schwimmbad verwandelt hatten und sich dadurch ein Pilz an den Früchten ansiedelte.

Grace schmunzelte, als sie sah, wie Timoti draußen aufgeregt zwischen Taonga und Hawkins hin und her sprang, die damit beschäftigt waren, die fertigen Bins ordentlich zu verschließen, bevor sie auf den Laster geladen wurden. Der Hund machte sich einen Spaß daraus, heruntergefallenen Mandarinen hinterherzujagen und sie dann mit der Nase anzustupsen.

Inspiriert durch das Bild kreiselnder Mandarinen bekam Grace plötzlich Lust auf frisch gepressten Saft und griff nach ein paar angestoßenen Früchten aus dem Sammelkorb. Nachdem sie die Schalen entfernt hatte, schmiss sie die

Mandarinen in den Plastikbehälter der Saftpresse und stellte die Maschine an.

Gedankenverloren wartete sie, dass der Saft aus dem Gerät in die Auffangflasche darunter tropfte.

Noch immer beschäftigte sie Clarks plötzliche Einladung, die ihr Herz höherschlagen ließ. Sie war voller Ungeduld und Anspannung. Sie mochte Clark. Er war sympathisch, intelligent und aufregend, als schlummerten hinter seinem schönen Erscheinungsbild zahlreiche Geheimnisse, die es zu lüften galt.

Er hatte die Welt bereist und konnte ihr Geschichten erzählen, die sie noch nie gehört hatte. Das faszinierte sie.

Doch noch viel mehr freute Grace sich darüber, dass er sie zu beachten schien. Wie er sie immer ansah ... mit seinen wahnsinnig blauen Augen, seinem spitzbübischen Grinsen ... sie seufzte laut auf. Zweifelsohne war Clark ein Mann, der Frauenherzen verwirren konnte.

Es schmeichelte ihr, dass er in ihr mehr zu sehen schien, als eine einsame Plantagenbesitzerin, abgeschottet von der Außenwelt.

Jedenfalls hoffte Grace, dass er so fühlte. Oder täuschte sie sich womöglich und machte sich etwas vor? Was, wenn er bloß eine Gesellschaft für den Abend brauchte? Wenn er in ihr nur einen Urlaubsflirt sah?

Daran wollte Grace nicht denken und wenn sie ehrlich war, schätzte sie ihn auch nicht so ein. Clark war nicht der Mann, der mit jeder Frau, die ihm zufällig über den Weg lief, den Abend in einem Restaurant verbrachte, nur um nicht alleine zu sein. Er könnte jede haben. Die Frauen würden sich darum reißen, von ihm ausgeführt zu werden.

Die Saftpresse piepte und holte Grace, die noch immer in ihre Überlegungen versunken war, zurück in die Wirklichkeit. Sie zog die Flasche mit dem gepressten Saft hervor, entnahm den leeren Behälter aus der Presse, schüttete die Obstreste in die Biotonne und hielt ihn unter den Spülhahn, um ihn auszuspülen. Sie beschloss, sich nicht länger den Kopf zu zerbrechen und sich einfach auf den Abend mit Clark Walker zu freuen.

Gut gelaunt drehte sie den Wasserhahn auf.

Erst in dem Moment, als das Wasser gurgelnd durch das Rohr gepumpt wurde, fiel ihr wieder ein, dass der Hahn defekt war. Geistesgegenwärtig sprang Grace zurück, doch es war bereits zu spät. Der Wasserstrahl traf sie im oberen Brustbereich und ihr schönes Sommerkleid war augenblicklich klitschnass.

»Verdammter Mist!«, fluchte sie zwischen zusammengebissenen Zähnen. Wieso hatte sie nicht längst einen Installateur bestellt, der sich um den Schaden kümmerte? Sie verdrehte die Augen.

Die Dusche vorhin hätte ich mir sparen können, nahm sie es mit Humor.

Interessiert schaute Grace auf, als sie das Brummen eines herannahenden Fahrzeugs vernahm, das die Auffahrt entlangfuhr und neben dem Laster parkte.

»Nanu?«, fragte sich Grace verwundert, da sie keinen Besuch erwartete. Kurz überlegte sie, ob sie sich noch rasch etwas Frisches überziehen sollte, doch ein Blick aus dem Fenster verriet ihr, dass es nur Jeremy war, der sie aufsuchte. Ihr Jugendfreund hatte sie schon in den unmöglichsten Outfits gesehen. Also kein Grund, in Panik zu verfallen.

Jeremy war bereits ausgestiegen und tauschte ein paar Worte mit Taonga und Hawkins, als Grace ihm auf den Stufen der Veranda entgegenkam.

»Jeremy, was tust du denn hier?«, begrüßte sie ihn

freundlich.

»Graaaaace ... Babeeee ...!«, betonte er lang gezogen, als er selbstbewussten Schrittes auf sie zu eilte. »Wie schön, dich zu sehen. Ich war gerade geschäftlich in der Nähe und da dachte ich, schau doch mal auf einen Sprung vorbei und guck, was die kleine Grace so macht.« Er lachte über seinen eigenen Scherz, wobei er seine strahlend weißen Zähne entblößte.

So, so, dachte Grace und schmunzelte innerlich.

Er schaut einfach mal vorbei. Es fiel ihr schwer, das zu glauben, verfolgte Jeremy doch meist einen Hintergedanken. Glaubte er etwa, ihr etwas vormachen zu können?

Grace kannte Jeremy schon seit Ewigkeiten und zu seinen nervigsten Charaktereigenschaften zählte unter anderem seine penetrante Neugierde.

Herauszufinden, was gerade in seinem Kopf vorging, erwies sich häufig als schwierig. Zudem handelte er oft planlos, was ihm schon die ein oder andere verzwickte Situation eingebracht hatte.

Er lachte sie an. Seine Augen blinzelten schelmisch und durchbohrten sie regelrecht.

Oh nein, diesen gierigen Blick kenne ich nur zu gut, dachte sie, als Jeremy sich weiter gefährlich nahe auf sie zubewegte. Sie schluckte krampfhaft.

»Wie geht es dir denn, Babe ... hast du dich wieder beruhigt? Du warst ja letztens total aufgewühlt«, erkundigte sich Jeremy. »Ich habe mir echt Sorgen gemacht.«

Er trug ein hellblaues Holzfällerhemd, unter dem sich seine harte Brust abzeichnete, ausgeblichene Jeans und Cowboystiefel.

Grace wäre blind wie ein Maulwurf, wenn sie nicht sehen würde, dass hier geballte Männlichkeit in Form eines attraktiven Farmers vor ihr stand.

Für so ein testosterongesteuertes Exemplar würde so manche Frau ihren Ehemann oder Freund verlassen.

Nur Grace nicht.

Sie dachte daran, wie sie sich im Café geküsst hatten. *Ein Anfall emotionaler Schwäche.* Das würde nicht wieder vorkommen.

Jeremy hatte ihr in der Stunde größter Not beigestanden, und dafür war sie ihm auch auf ewig dankbar, aber wieder einmal wurde ihr bewusst, dass sie nicht den Hauch eines Kribbelns spürte, wenn er sie ansah. Keine Hitzewelle durchflutete ihren Körper, nicht eine Hautzelle reagierte auf ihn und sendete die Botschaft des Verlangens aus. Jeremy war ein netter Kerl und sie war froh, ihn als Freund zu haben. Aber mehr war da nicht.

»Danke, geht schon wieder.« Sie lächelte ihn an.

Sein jungenhaftes Grinsen hielt an, als er sich zu ihr hin beugte, um sie küssen, doch Grace reagierte schnell und drehte den Kopf zur Seite, sodass seine Lippen nur ihre Wange streiften.

»Hi ...«, lächelte sie und räusperte sich. »Wie schön, dich zu sehen.«

»Was ist denn mit dir passiert? Hast du vergessen, dir vor dem Duschgang deine Klamotten vom Leib zu reißen, Babe. Ich kann dir da gerne behilflich sein ...« Er grinste anzüglich.

»Nein, nein«, winkte sie amüsiert ab. »Dieser defekte Wasserhahn in meiner Küche bringt mich noch um den Verstand.«

»Was ist denn damit?«

»Sobald ich ihn andrehe, spritzt das Wasser in alle Himmelsrichtungen. Leider vergesse ich das hin und wieder.« Sie deutete an sich herunter. »Wie du unschwer sehen kannst ...« Sie gluckste verlegen.

»Da hast du aber Glück, dass dein Retter bereits vor dir steht. Jeremy, zu Ihren Diensten!« Er zog seinen albernen Lederhut vom Kopf, ging zur Heckklappe seines SUVs und holte einen eisernen Werkzeugkoffer heraus.

»Du brauchst das jetzt nicht tun«, sagte Grace. »Ich kann einen Handwerker rufen, ich bin nur noch nicht dazu gekommen ...«

»Das mache ich doch mit links, Babe. Ein Kinderspiel.« Jeremy folgte ihr in die Küche. Der Fußboden schimmerte nass.

»Das sieht mir ja ganz nach einem richtigen Malheur aus«, bemerkte Jeremy. »Zum Glück wurde niemand verletzt«, scherzte er.

»Du sagst es.« Sie lächelte ihn an.

Er stellte seinen Werkzeugkoffer auf die Theke und öffnete ihn. Sich die Hände reibend hielt er nach einer Rohrzange Ausschau. »Na, wo haben wir sie denn?«

»Kann ich dir irgendwie helfen?« Grace kam sich nutzlos vor, wie sie da hinter ihm im Türrahmen stand.

»Geht schon«, versicherte er. »Aber ein Kaffee wäre toll!«

»Klar.« Sie ging zur Kaffeemaschine und stellte eine Tasse darunter. Inzwischen hatte Jeremy die Rohrzange gefunden und setzte sie am unteren Ende des Wasserhahns an. Anschließend schraubte er den Chromverschluss ab.

»Ein Wasserhahn spritzt nicht von heute auf Morgen in alle Richtungen«, erklärte er. »Meistens zeichnet sich so etwas lange im Vorhinein ab.«

»Und woran liegt das?«, wollte Grace wissen.

»Vermutlich ist das Sieb verstopft. Oder der Perlator ist

hinüber. Ich vermute Ersteres.«

Grace, die nicht viel von solchen Dingen verstand, nickte nur.

Nur wenige Minuten später erhob sich Jeremy wieder, klopfte sich die Kleidung glatt und schloss den Werkzeugkoffer. »So, wie neu!«, meinte er zufrieden. Zur Probe ließ er Wasser laufen.

»Vielen lieben Dank, Jeremy«, freute sich Grace. Sie konnte nicht ausdrücken, wie dankbar sie ihm war. *Als guter Freund und Helfer in der Not ist Jeremy einfach unbezahlbar.*

»Für dich tue ich alles, Babe.« Er wusch seine Hände.

»Was bin ich dir schuldig?«, fragte Grace.

»Ein Kuss wäre nicht schlecht.« Er grinste, als sie rot wurde, und deutete auf den Kaffee. »Aber der tut's fürs Erste auch.«

Grace reichte ihm die Tasse, wobei sie vermied, ihn anzusehen.

»Danke.« Er trank einen Schluck, bevor er sich sammelte und sie aufmerksam ansah. »Grace ...«, begann er. Kleine Fältchen bildeten sich auf seiner Stirn. »Ich will ehrlich zu dir sein.«

Grace schluckte. Sie wusste nicht, ob sie hören wollte, was er zu sagen hatte. »Jeremy ...«, versuchte sie, ihn zu unterbrechen. Doch er hob die Hand und wischte ihren Einwand fort. »Nein, Grace, hör mir erst zu.« Seine dunklen Augen ruhten auf ihr. »Ich weiß, dass du für mich nicht dasselbe empfindest wie ich für dich ...«, begann er erneut, atmete tief durch und griff nach ihren eiskalten Händen, die sie aus Unsicherheit vor ihrem Körper zusammengefaltet hielt.

Seine warmen, großen Hände umschlossen sie sanft.

»Aber ich weiß, dass meine Gefühle, die ich für dich empfinde, für uns beide reichen. Ich liebe dich, Grace, und kann mir vorzustellen, mein Leben mit dir zu teilen. Heirate mich und alle deine Sorgen lösen sich in Luft auf.« Bei seinen letzten Worten schaute er ihr tief und hoffnungsvoll in die Augen.

Grace war völlig überrumpelt. Peinlich berührte Stille machte sich in der Küche breit.

Er hat tatsächlich um meine Hand angehalten, dachte Grace aufgewühlt. Überfordert mit der Situation schloss sie einen Moment die Lider. Sie musste kurz nachdenken. Doch als sie die Augen wieder öffnete, war sie noch verwirrter als vorher. Ein Frösteln überkam sie. Vorsichtig löste sie ihre Hände aus Jeremys Umklammerung und schlang die Arme um ihre Brust wie ein wärmendes Schutzschild.

Ihre Gefühle fuhren Karussell, ihre Gedanken überschlugen sich.

Tatsächlich wären durch eine Heirat mit Jeremy alle ihre Probleme mit einem Schlag gelöst, schoss es ihr durch den Kopf. Jeremy war sehr vermögend und seine Familie hatte nie einen Hehl daraus gemacht, Interesse an der Farm zu bekunden.

Mit einer Zusammenlegung beider Farmen wäre Jeremy einer der reichsten Farmer in dieser Region.

Grace' Kopf war wie leer gefegt. Der Gedanke, dass plötzlich doch noch alles gut werden würde, war zu verlockend und benebelte ihre Sinne.

War sie bereit, dieses Opfer zu bringen? Einen Mann zu heiraten, den sie nicht von ganzem Herzen liebte? Dessen Gefühle sie nicht erwiderte? *Reicht eine platonische Freundschaft für eine gute Ehe wirklich aus?*, überlegte sie.

Als hätte er ihre Gedanken gelesen, warf Jeremy

pragmatisch ein: »Ehen wurden schon aus ganz anderen Gründen geschlossen, und wenn du ehrlich bist: So schrecklich findest du mich nun auch wieder nicht«, versuchte er, die Situation aufzulockern. Um seinen Mund zuckte ein gewinnendes Lächeln.

»Ehrlich gesagt fühle ich mich ein wenig überrumpelt«, sagte sie ausweichend und das war nicht mal gelogen. Die Antwort wollte gut überlegt sein. Heute jedenfalls würde sie keine kluge Entscheidung mehr fällen. Dazu war sie viel zu durcheinander.

»Ich brauche etwas Bedenkzeit«, bat Grace. »Das verstehst du doch?« Sie sah ihn angespannt an und musste sich an der Theke abstützen, damit ihre Beine nicht nachgaben.

»Die sollst du haben, Babe«, nickte Jeremy und hauchte ihr zum Abschied einen Kuss auf die Stirn. »Aber warte nicht zu lange. Die Bank will Kohle sehen, vergiss das nicht.«

Er hielt sie am Handgelenk fest und warf ihr einen mahnenden Blick zu. »Ich bin der Einzige, der diese Farm noch retten kann. Denk immer daran. Das Lebenswerk deines Vaters hängt von dieser Entscheidung ab.«

Mit diesen bedeutungsschwangeren Worten verließ er die Küche.

Kapitel 12

Clark stand vor dem Spiegel und richtete die Krawatte. Draußen hatte sich längst die Nacht über das Anwesen gelegt, bedeckte es mit seinem schwarzen Mantel.

Er war nervös. Grace ... Grace ... ihr Name wirbelte wie eine Endlosschleife in seinem Kopf und sein Herzschlag beschleunigte sich.

Wie lange war es her, dass er eine Frau zum Essen ausgeführt hatte? Ewig! Er bedauerte, dass es so selten vorkam. Clarks Einsatz für die Firma ließ einfach nicht viel Zeit für derlei Vergnügungen.

Beim dritten Anlauf gelang ihm ein erstklassig gebundener Knoten. Zufrieden fuhr er sich durch das frisch geföhnte Haar und verteilte ein paar Spritzer Parfum auf der Haut. Der Duft war derb und männlich.

Ständig war er im Stress, seine Termine und Besprechungen reichten meist bis in die späten Abendstunden. Wenn er ein Restaurant besuchte, dann nur, um sich mit seinem Bruder oder wichtigen Geschäftspartnern zu treffen. Jede Sekunde seines Lebens, so schien es Clark, war verplant und ließ kaum Freiraum.

Natürlich hatte er die eine oder andere Verabredung mit einer schönen Frau, er lebte ja nicht wie ein Mönch, aber diese gelegentlichen One-Night-Stands bedeuteten ihm nichts. Dabei ging es nur um Sex.

Mit Grace war das anders – sie war anders. Grace war etwas Besonderes. Und das lag nicht nur daran, dass Grace eine wunderschöne Frau war, die seine Hormone in Aufruhr versetzte, nein, da war noch etwas anderes, was er an ihr schätzte, was ihn faszinierte.

Vielleicht war es die Leichtigkeit und Unvoreingenommenheit, mit der Grace das Leben zu meistern schien, die ihn an seine Kindheit erinnerte. In die Zeit zurück, als man noch Kind sein durfte und dachte, man könnte die ganze Welt aus den Angeln heben. Oder es war die Lebensfreude und ehrliche Art, mit der sie den Menschen begegnete, die sein Herz im Sturm eroberte.

Was immer es auch war, was diese Frau in ihm berührte, er fühlte sich von ihr angezogen und war ihrem Charisma hoffnungslos verfallen.

Umso mehr freute sich Clark auf diesen Abend. Er spürte, wie er jeden Augenblick, den er auf Grace' Farm verbrachte, auskostete, als wären es seine letzten Momente des Glücks.

Der Wind trug Stimmen nach oben und man hörte eine Autotür zuschlagen. Clark schob die Gardine vor dem Badezimmerfenster zur Seite und schaute hinaus. Schlagartig bekam er schlechte Laune, als er die Rücklichter des SUVs erkannte, der vom Hof fuhr.

Seit ein paar Tagen schon lungerte dieser Möchtegerncowboy auf der Plantage herum und machte Grace schöne Augen.

Das gefiel ihm überhaupt nicht.

Eigentlich konnte es ihm ja egal sein. Grace konnte tun und lassen, was sie wollte. War es ihm aber leider nicht. Im Gegenteil, es versetzte ihm einen Stich und Clark erwischte sich dabei, wie er sich vorstellte, diesem Cowboy die Faust ins Gesicht zu rammen. *Reiß dich zusammen*, ermahnte er sich schmunzelnd, *wo bleibt deine gute Kinderstube?*

Bei dem Gedanken kehrte seine gute Laune zurück.

Clark entschied sich für einen tiefschwarzen Anzug, maßgeschneidert. Einer von zwei Anzügen, die er vorsorglich immer mit sich führte, wenn er auswärts unterwegs war, und für einen besonderen Anlass aufbewahrte.

Diese Gelegenheit war heute Abend gekommen. Er war beeindruckt, wie elegant sein Spiegelbild in dem seidenen Stoff ausschaute, und wandte sich mehrfach um die eigene Achse, um sich von allen Seiten betrachten zu können.

Er tastete nach den Manschettenknöpfen, die in einer kleinen Box aus schwarzem Samt steckten, und legte sie an.

Ein letztes Mal vergewissernd, dass sein blütenweißes Hemd nicht aus der Hose lugte, trat Clark aus dem Zimmer und lief die Treppe hinunter, um draußen auf Grace zu warten.

»Guten Abend, Mr. Walker!«, begrüßte ihn Manuka herzlich, die mit einem Staubwedel in der Hand über das Holzgeländer der Veranda wischte. »Sie sehen aber gut aus«, versicherte sie und betrachtete ihn beeindruckt.

»Danke.« Er lächelte geschmeichelt. »Ich führe Grace zum Essen aus«, fügte er hinzu und erwischte sich dabei, wie er unsicher an seinen Hemdsärmeln nestelte und sie unter dem Sakko hervorzog. Innerlich schüttelte er über sich den Kopf. Ein weiteres Zeichen dafür, dass er wirklich neben der Spur war und Grace ihm völlig den Kopf verdreht hatte.

Manuka fächelte mit dem Staubwedel hin und her. »Ich weiß, und Grace bat mich, Ihnen auszurichten, dass sie aufgehalten wurde. Sie bittet Sie darum, sich noch einen Moment zu gedulden.«

»Kein Problem«, log er mit ausdruckslosem Gesicht. Er spürte, eine erneute Wutwelle in sich aufkeimen, die sich gegen den Cowboy richtete. Es lag auf der Hand, dass er der Grund gewesen war, weshalb Grace sich verspätete.

Clark konnte sich gerade noch beherrschen, nicht mit der Spitze seiner teuren Lederschuhe gegen einen Stein zu treten, der an der unteren Stufe der Veranda lag. Dieser Kerl reizte ihn bis aufs Blut.

Manuka schnappte sich ihren Wedel und ein Kehrblech. »Dann wünsche ich Ihnen beiden einen schönen Abend«, verabschiedete sie sich freundlich.

»Danke. Ich bin überzeugt, den werden wir haben.« In Gedanken ergänzte er: *Grace ist eine kluge und attraktive Frau, in ihrer Gegenwart kann der Abend gar nicht langweilig werden.* Mit einem Seufzen steckte er seine schweißnassen Hände in die Hosentasche, um seine Anspannung in den Griff zu bekommen. Ihm war vor Aufregung ganz flau im Magen.

Um die Wartezeit zu verkürzen, lief Clark den Kiesweg hinunter, um seinen Fahrer zu begrüßen, den er für diesen Abend herbestellt hatte. Die Luft war klar und roch nach Herbst, dennoch war es angenehm warm und der Himmel wolkenlos.

Noch bevor er weitere Anweisungen, außer dem Fahrziel, mit dem Fahrer absprechen konnte, hörte Clark hinter sich eine Tür ins Schloss fallen. Als er klackernde Schritte vernahm, drehte er sich um und lief Grace entgegen. Es durchströmte ihn heiß, je näher er ihr kam.

Das Warten hatte sich gelohnt. Er wurde nicht enttäuscht. Clark hatte das weibliche Geschlecht schon immer für seine künstlerischen Fähigkeiten bewundert, die natürlichen Gesichtsmerkmale durch Make-up und

Schminke hervorzuheben.

Grace hatte sich selbst übertroffen. Augenblicklich blieb ihm die Luft weg.

Sie sah hinreißend aus.

Zunächst etwas unsicher, dann zunehmend selbstsicherer, kam sie die Stufen der Veranda hinunter, wie ein Model in der Fernsehwerbung.

Clark blieb vor Entzücken der Mund offen stehen. Sein Puls begann zu rasen. Zum Glück verbarg die Dunkelheit sein Erröten.

»Sie sehen hinreißend aus!«, lobte er anerkennend, als er sie ohne Scheu von oben bis unten musterte.

Grace trug ein leuchtendes, superkurzes rotes Kleid, das ihre anmutige Figur betonte. Um den Hals prangte eine weiße Perlenkette. Ihre goldenen Kreolen waren riesig, die Frisur hochgesteckt und mit einer goldenen Spange verziert.

Zum ersten Mal konnte Clark ihre wunderbaren langen Beine bewundern, die ansonsten in schlichten Jeans steckten oder unter langen Kleidern verborgen lagen. *Was für eine Verschwendung*, schoss es Clark bedauernd durch den Kopf. Oder auch nicht. Bei den vielen männlichen Hilfsarbeitern, die hier ständig herumschwirrten, war es vielleicht doch keine schlechte Idee, sich etwas verhüllter zu geben. *Du meine Güte,* dachte Clark belustigt. Es rotierte schon die reine Eifersucht in ihm.

Grace flanierte auf ihn zu, als liefe sie auf einem Laufsteg entlang. *Wie grazil sie sich bewegt!* Clark war völlig fasziniert und musste gestehen, dass er ihr einen solch geübten Gang auf High Heels niemals zugetraut hätte.

Wow, dachte er. Das war alles, was ihm zu ihrem Anblick einfiel. In seinem Kopf herrschte gähnende Leere. Dafür

122

reagierte sein Körper umso mehr. Ihr erotischer Anblick sandte elektrische Schauer durch sein Rückgrat und Clark fragte sich ernsthaft, wie er diesen Abend unbeschadet überstehen sollte.

»Danke«, sagte sie und sah ihn mit diesem bezaubernden Lächeln an, dass er kaum an sich halten konnte, sie auf der Stelle zu vernaschen.

»Tut mir leid, dass Sie warten mussten, aber ...«

»Kein Problem. Für so eine schöne Frau wartet jeder Mann gerne«, unterbrach er sie mit sanfter Stimme. Die Wut auf den Cowboy war vergessen. Die nächsten Stunden wollte er nur die Zeit mit Grace genießen.

Grace erleichterten Gesichtsausdruck war anzusehen, dass ihr ein Stein vom Herzen fiel. Scheinbar war ihr wichtig gewesen, dass sie ihm gefiel, vermutete Clark und er würde lügen, wenn ihm das nicht schmeichelte.

Wie jede Frau, die einer Verabredung mit einem superheißen Mann entgegenfieberte, hatte Grace den ganzen Tag keinen klaren Gedanken fassen können und war rumgelaufen wie ein aufgescheuchtes Kaninchen. In ihrem Kopf hatten sich alle ihre Minderwertigkeitskomplexe zu einem Stelldichein versammelt und spukten darin herum wie in einem Geisterschloss.

Würde sie seinen Ansprüchen genügen? Was sollte sie überhaupt anziehen? Kleid oder Hose? Ein eng anliegendes Kleid konnte womöglich ihre nicht vorhandene Wespentaille zu unvorteilhaft aussehen lassen. Sollte sie es wagen, auf hohen Absätzen zu laufen oder sich doch besser für flaches Schuhwerk entscheiden, um wenigstens festen Boden unter den Füßen zu spüren? Wie peinlich wäre es, vor ihm umzuknicken. Sollte sie Lidschatten auftragen?

Lippenstift? Make-up?

Mehrmals hatte sie sich umgezogen, um sich dann letztendlich doch für ihre erste Wahl, das rote Kleid, zu entscheiden. Und gerade als sie sich einigermaßen beruhigt hatte, war Jeremy plötzlich aufgetaucht. Der hatte ihr gerade noch gefehlt. Ständig hatte sie auf die Uhr gesehen, bevor sie ihn dann endlich unter einem dummen Vorwand losgeworden war.

Aber alle Zweifel waren nun wie weggeblasen, als Clark wie angewurzelt vor ihr stand und sie offen begaffte.

Ihr Puls schlug schneller. Dieser Mann war Erotik pur.

Sie schien ihm zu gefallen. Das machte ihr Mut.

Clark befeuchtete seine trockenen Lippen. Er räusperte sich. »Ich freue mich auf den Abend mit Ihnen. Wenn ich bitten darf?«

Ganz der Gentleman nahm er ihre eiskalte Hand und geleitete sie zu seiner dunklen Limousine, die im fahlen Licht des Mondes leuchtete wie ein schwarzer Panther auf der Lauer.

Ein Chauffeur stieg aus dem Auto, setzte seine Mütze auf den Kopf und lächelte sie freundlich an.

»Guten Abend, Miss Harper«, sagte er und hielt Grace die Tür auf.

Clark half ihr beim Einstieg, danach ließ er sich schwungvoll neben ihr nieder. Ihr stieg sein berauschendes Moschusparfüm in die Nase, das binnen kürzester Zeit das gesamte Fahrzeug ausfüllte und ihr fast die Sinne raubte.

Der Chauffeur schloss die Tür hinter ihnen und stieg ebenfalls ein, dann startete er den Motor. Ruckartig fuhr die Limousine an und glitt dem Abend entgegen.

»Ich kenne leider nicht viele Restaurants in der Nähe«, bedauerte Grace, um die angespannte Stille im Wagen zu lockern.

»Gehen Sie nicht oft essen?«

»Ich wurde bisher nie eingeladen«, gestand sie. »Nicht oft, meine ich«, korrigierte sie sich schnell, als sie bemerkte, wie einsiedlerisch und selbstbemitleidend das klang, auch wenn es leider der Wahrheit entsprach. Aber die paar Male, die sie sich mit Jeremy getroffen hatte, konnte man wohl kaum als ein Date bezeichnen, die zählten eher zur Kategorie: Treffen mit Freunden.

»Es wird Ihnen gefallen«, versprach er mit gesenkter Stimme. Und so wie er sie ansah, hegte sie keinen Zweifel daran.

»Davon gehe ich aus.« Sie wurde rot und tief in ihr zogen sich ihre Bauchmuskeln angespannt zusammen.

Als die Limousine über ein tiefes Schlagloch ruckelte und Clarks Knie ihr nacktes Bein berührte, durchzuckte es Grace wie ein Stromschlag.

Noch bevor sie ihm Absicht unterstellen konnte, zog er das Knie abrupt zurück, dennoch spürte sie seine Augen einen Moment auf sich ruhen. Erst als sie den Kopf hob, senkte er den Blick.

Es war wie in einem Märchen aus Tausend und eine Nacht. Das Restaurant lag versteckt in einer Bucht, umgeben von majestätischen Felsen und bizarrer Uferbewachsung.

Sie saßen an einem stilvoll eingedeckten Tisch direkt am Wasser, abseits der anderen Besucher. Hinter ihnen leuchtete die Terrasse in bunten Lichtern aus kleinen Lampions, während nur einige Meter vor ihnen seichte, glitzernde Wellen weiße Schaumkronen ans Ufer spülten.

Grace kam der Verdacht, dass Clark diesen Platz eigens für sie gebucht hatte. Ebenso den Kellner, der sich unauffällig wie ein Kiwi seiner Umgebung anpasste, aber sofort zur Stelle war, sobald man einen Wunsch äußerte.

Ein Leuchter mit fünf Kerzen spendete romantisches Licht und die zweite Flasche Champagner lag entkorkt und griffbereit in einem silbernen Behälter auf Eis.

Kann es noch schöner werden?

Clark ist ein wunderbarer Erzähler, dachte sie, *und ein ebenso guter Zuhörer.* Sie hatte sich bereits ihren ganzen Kummer um die Farm und der damit verbundenen Angst, ihr Zuhause zu verlieren, von der Seele geredet. Er hatte zugehört und ihr das Gefühl gegeben, dass er sie wirklich ernst nahm.

»Möchtest du etwas anderes bestellen?«, riss Clark sie aus ihren Träumereien, legte seine Serviette zur Seite und lehnte sich im Stuhl zurück. Seine blauen Augen funkelten warm und sofort breitete sich eine Gänsehaut über ihren Körper aus.

»Äh ... nein, nein danke.« Unter seinem fixierenden Blick lief sie rot an. Nervös spielte sie an ihrem Champagnerglas herum. »Es war sehr lecker«, fügte sie hinzu und lächelte.

Bereits bei dem ersten Glas Champagner waren sie zum Du übergegangen und nun fragte sich Grace, zu was sie nach dem dritten Glas alles ihre Zustimmung geben würde, denn sie merkte, wie ihre Zunge von Schluck zu Schluck lockerer wurde.

Clark zog eine Augenbraue hoch. »Du hast doch kaum etwas gegessen.«

Prompt errötete Grace erneut und sah auf ihren Teller. Tatsächlich hatte sie gerade mal zwei Garnelen von dem Fischteller mit seinen verschiedenen Kostbarkeiten gegessen.

Nicht dass es ihr nicht schmeckte, aber die Aufregung

hatte ihr den Magen zugeschnürt. Sie hatte keinen Bissen runter bekommen. Nur Clark zuliebe hatte sie etwas bestellt.

»Ich kann die Reste einpacken lassen und sie Manuka mitbringen. Manuka liebt Fisch«, schlug Grace vor und biss sich verlegen auf die Lippe.

In einem Restaurant der Nobelklasse zu sitzen und das teure Essen wieder zurückgehen zu lassen, wäre tatsächlich eine Schande, dachte Grace und nahm einen Schluck Champagner.

»Ja, das könntest du«, sagte Clark und schmunzelte amüsiert. »Du könntest aber auch auf die Speisekarte sehen und ein neues Gericht auswählen.«

Grace stieß einen belustigten Seufzer aus und ließ erneut einen großen Schluck Champagner ihre Kehle hinunterlaufen. *Das Gesöff schmeckte aber auch verdammt lecker.* Sie fühlte sich so unbeschwert wie schon lange nicht mehr.

Dankbar lächelnd sah sie Clark an. Obwohl einiges in ihrem Leben gerade nicht ganz rund lief, genoss Grace jeden Augenblick, den sie hier mit ihm saß. Die Nähe von Clark ließ sie ihre Probleme für einen Moment vergessen ... und der Champagner tat sein Übriges.

»Es hat mir geschmeckt, ehrlich ...«, erklärte sie und schenkte ihm einen Augenaufschlag, der filmreif war. »Es ist nur ... es ist nur ...« Sie hielt inne und suchte nach den richtigen Worten.

Benommen sah sie zu ihm auf, und sie wusste, wenn sie jetzt weiterredete, würde sie etwas von ihren Gefühlen ausplaudern, was sie später bereute. Sie schluckte, sah ihn hilflos an und sagte nur: »Ich habe keinen Hunger ...« Entschuldigend zuckte sie mit den Achseln. *Jedenfalls nicht auf Essen*, fügte sie in Gedanken hinzu und kicherte wie ein Schulmädchen.

»Grace ...«, sagte Clark, legte seine Hand auf ihre und suchte ihren Blick. Augenblicklich durchzuckte sie ein knisterndes Gefühl, das in ihren ganzen Körper ausströmte. Verhangenen Blickes sah sie zu ihm auf.

Auf seinen Wangen hatten sich rote Flecken gebildet. *Scheinbar ist der Groschen bei ihm gefallen*, dachte Grace.

Sanft fuhr er mit den Fingerspitzen über ihre Handknöchel.

Ihr wurde heiß und kalt. Sie sog jede Faser seines Augenaufschlags, jeden Atemzug von ihm auf. Sie hing an seinen Lippen, als würde es kein Morgen geben. Ihr ganzer Körper war angespannt.

Sie war müde und angesäuselt und wollte ... dass dieser Abend nie endet ... er nie wieder seine Finger von ihren Handknöcheln nahm ... und ... und sie wollte von diesem atemberaubenden Mann geküsst werden.

»Etwas Bewegung wird uns guttun«, sagte er plötzlich, zog seine Hand zurück und winkte nach der Rechnung, während er Grace nicht aus den Augen ließ.

Erschrocken fuhr sie zusammen. Da, wo soeben noch ein Prickeln ihre Fingerspitzen erhitzt hatte, fühlte sie nunmehr einen kalten Schauer und sie fröstelte. Verlegen rieb sie sich die Hand.

Kurz darauf stand Clark auf, kam um den Tisch herum und streckte ihr die Hand hin.

»Komm«, forderte er sie sanft auf. »Lass uns noch ein Stück am Wasser laufen, bevor wir diesen wunderbaren Abend an die Nacht übergeben.«

Grace faltete ihre Serviette und stand auf. Ergriffen von diesen poetischen Worten nahm sie seine Hand. Mit glänzenden Augen folgte sie ihm, während der Vollmond sein warmes, goldenes Licht auf den Sandstrand direkt vor ihren Augen richtete.

»Danke für diesen wunderschönen Abend ...«, begann Grace. »Und danke, dass du mir zugehört hast.«

»Grace ...«, unterbrach er sie und sah sie plötzlich ernst an. »Ich muss dir etwas sagen. Ich bin nicht der, für den du mich hältst.«

Aber Grace war viel zu angeheitert, als dass sie hören wollte, was er zu sagen hatte. »Pschttt ...«, lachte sie und hielt ihm zwei Finger auf den Mund, um ihn zum Schweigen zu bringen. »Sag jetzt nichts. Genieße einfach den Moment. Spürst du nicht auch diese Leichtigkeit?«

Wie ein kleines übermütiges Kind löste sie sich aus seiner Hand, breitete die Arme aus und lief voraus. Dabei drehte sie sich wie ein Ventilator um die eigene Achse.

Er atmete tief aus und schüttelte lachend den Kopf. »Grace ...«, startete er erneut, als er keuchend zu ihr aufgeschlossen hatte.

Ohne darüber nachzudenken, hielt sie plötzlich in der Bewegung inne und drehte sich zu ihm um, wobei er sie etwas stützen musste, weil ihr schwindelig war. Sie stellte sich auf die Zehenspitzen, legte ihre Arme um seinen Hals und sah ihm keuchend in die Augen.

»Grace«, flüsterte Clark mit rauer Stimme. »Weißt du, was du hier mit mir machst?«

»Ja«, sagte sie mutig und schloss die Augen. »Ich werde dich jetzt küssen.«

Ihre Lippen berührten seine. Es war ein sanfter Kuss. Weich und zart wie Daunenfedern.

Clark erwiderte den Kuss. Er schmeckte nach Champagner und Meersalz.

Prickelnde Erotik schoss durch ihren Körper. Sie legte seine Hände um seine Wangen und zog ihn fester zu sich. Die Küsse wurden immer leidenschaftlicher, fast unerträglich und Grace wollte nichts anderes mehr auf dieser Welt, als sich in seinen Küssen zu verlieren.

Kapitel 13

Clark zog sein Jackett aus und warf es über die Stuhllehne. Wütend auf sich selbst lockerte er die Krawatte am Kragen und schmiss sich in voller Montur auf das Bett.

Er war völlig erschöpft. Der Tag war sowieso schon ereignisreich und anstrengend gewesen, aber Grace hatte ihm den Rest gegeben. Er sehnte sich nur noch nach Schlaf. Heute würde er keinen klaren Gedanken mehr fassen können, wenn er in den letzten Stunden überhaupt einen gefasst hatte. Ununterbrochen musste er an sie denken.

Verdammt noch mal, er hätte Grace nicht küssen dürfen! Wie hatte er sich dermaßen unprofessionell verhalten können? Damit hatte er die Situation nur noch verschlimmert.

Wieso hatte er sich nur auf diesen Deal eingelassen? Er war ein Idiot. Er biss die Zähne zusammen und stieß einen Fluch aus. »Scheiße.«

Er durfte gar nicht darüber nachdenken, mit welcher Leidenschaft Grace ihn geküsst hatte. Noch immer glaubte er, ihre hungrigen Lippen auf seinen zu spüren, wenn er mit der Zunge darüber fuhr, und spürte erneut den erregenden Schauer, der durch seinen Körper fuhr. Er sah ihr bezauberndes Gesicht im Mondlicht vor sich. Ihre glühenden Wangen, ihren sinnlichen Mund ... ein unausgesprochenes Verlangen in ihrem verhangenen Blick.

131

Nur unter Mobilisierung all seiner Willenskraft hatte er ihrem Begehren widerstehen können und sich sanft aus ihrer Umarmung gelöst. Grace hatte mehrere Gläser Champagner getrunken, sie war beschwipst und aufgedreht gewesen und er wollte nicht, dass sie etwas tat, was sie später bereute.

Clark atmete tief aus.

Grace hatte ihn verzaubert und das Gefühl, das in seinem Herzen brodelte, kannte er nur zu gut.

Während er regungslos auf seinem Bett lag und seine Gehirnwindungen verarbeiten mussten, dass er auf dem besten Weg war, sich in diese Frau zu verlieben, fielen ihm langsam die Augen zu.

Sein Körper entspannte sich bereits, er sank tief in die Matratze ein, da brummte sein Handy.

Clark entschlüpfte ein murrender Laut. *Das darf doch nicht wahr sein.* Schlaftrunken tastete er nach dem Mobiltelefon. Müde rieb er sich mit der Hand über die Augen, bevor einen Blick aufs Display warf. Eine Nachricht von seinem Bruder war eingegangen:

Will wissen, wie es gelaufen ist. Lass uns videochatten.

Clark stöhnte auf. *Der hat mir gerade noch gefehlt.*

Er antwortete: *Es ist halb zwei Uhr in der Nacht. Ich will schlafen, bin müde.*

Erneut brummte das Display.

Schlafen kannst du, wenn du tot bist. Frontbericht, aber pronto!

Genervt setzte Clark sich auf. Das konnte nicht Larrys Ernst sein! *Wie kann ein Mensch nur so ungeduldig und penetrant sein?*

Um schnell in seinen ersehnten Schlaf zu finden, stand er auf und nahm am Sekretär Platz, der am Fenster stand.

Draußen blitzten die Sterne am Himmel und bis auf das Rauschen des Meeres war es vollkommen still.

Bemüht, die Augen offen zu halten und nicht im Sitzen einzunicken, fuhr er seinen Laptop hoch und wählte sich widerwillig bei Skype ein.

Gleich darauf erschien das impertinent grinsende Gesicht seines Bruders auf dem Bildschirm. Im Hintergrund flackerte ein Feuer im Kamin, neben ihm auf dem Tisch lagen mehrere Ausdrucke der aktuellen Börsendaten und Clark fragte sich, ob Larry auch mal anderes im Sinn hatte als immer nur Fakten, Zahlen und Banknoten.

»Du kannst einem wirklich auf die Nerven gehen!«, schimpfte Clark. »Ich bin todmüde. Das hätte wirklich bis morgen warten können!«

»Reg dich wieder ab«, widersprach ihm Larry. »Im Leben wird dir nichts geschenkt. Willst du etwas erreichen, dann musst du schneller sein als alle anderen. Ansonsten schnappt man dir deinen Platz an der Sonne vor der Nase weg.«

Clark fuhr sich erneut über das Gesicht und seufzte tief. Er hatte jetzt keine Lust auf die manchmal sehr befremdlichen Lebensweisheiten seines Bruders. Er sehnte sich nach seinem Bett.

»Hast du die Kleine ausgeführt, wie besprochen?«, begann sein Bruder und ließ sich in seinem schwarzen Ledersessel zurücksinken.

»Ja, habe ich.«

»Wie wars?«

»Nett«, antwortete Clark ausweichend.

»Nett?«, wiederholte Larry ungläubig und Clark konnte sehen, wie er sich ärgerlich gegen die Stirn schlug und mit dem Kopf schüttelte. »Nett ist die kleine Schwester von

Scheiße, du willst mich wohl verarschen. Los sag schon, raus mit der Sprache, was verheimlichst du mir?« Er beugte sich vor und sah seinen kleinen Bruder stirnrunzelnd an.

»Wir sollten das echt nicht tun, Larry«, setzte Clark an und schluckte trocken, er hatte plötzlich einen großen Kloß im Hals. »Die Frau hat schon genug Probleme. Da sollten wir nicht auch noch in offenen Wunden bohren. Das ist unmenschlich.«

»Jetzt stell dich nicht so an! Das Leben ist kein Ponyhof, das lernt jeder Hosenscheißer bereits im Kindergarten. Also ... was hat die Kleine gesagt? Hast du irgendetwas Hilfreiches aus ihr herausbekommen, etwas, was wir gegen sie verwenden können?«

»Nichts, was uns weiterhelfen würde«, log Clark. Er hatte nicht die Absicht, Grace' Vertrauen zu missbrauchen und seinem Bruder von ihrer drohenden Zwangsversteigerung zu erzählen.

»Lass uns morgen weiterreden, ich bin todmüde und ...«, versuchte Clark, Zeit zu gewinnen.

»Ich habe heute mit Abteilungsleiter Fletcher von der Bank gesprochen. Grace Harper ist hoch verschuldet. Ihr wurde kein neuer Kredit gewährt«, unterbrach Larry ihn und grinste zufrieden. »Und Investoren wird es in naher Zukunft wohl auch nicht geben«, fügte er hinzu und sah ihn herausfordernd an. »Wie du siehst, habe ich deine Arbeit erledigt.«

Scheiße. Sein Bruder wusste bereits über alles Bescheid. Das hätte er sich ja denken können. Und es tröstete Clark nicht im Geringsten, dass er es nicht gewesen war, der seinem Bruder diese frohe Botschaft in die Karten gespielt hatte.

»Dann weißt du ja alles, was du wissen musst«, sagte

Clark kurz angebunden.

Sein Bruder zeigte ein zufriedenes Grinsen. »Japp, und damit haben wir die Kleine am Haken«, nahm er den Faden wieder auf. »Besser könnte es nicht für uns laufen.« Larry grinste verschmitzt. »Grace Harper steht am Abgrund und blickt sie erst in die Tiefe, erkennt sie die spitzen Steine, an denen sie zerschellen wird. Dann kommt ihr jede Rettung gerade recht. Vielleicht wird sie mein Angebot doch noch einmal überdenken.«

»Eines kann ich dir versichern«, sagte Clark mit selbstsicherer Stimme. »Ich werde nicht derjenige sein, der sie an die Klippe führt. Ich werde nicht derjenige sein, der ihr den Tritt gibt und sie in den Abgrund stößt.«

»Das brauchst du auch nicht«, versprach sein Bruder. »Sie wird von ganz alleine darauf zusteuern wie eine Schlafwandlerin. Du wirst sehen. Alles, was sie jetzt benötigt, ist ein Antrieb in die passende Richtung. Darum kümmere ich mich.«

Clark beschlich ein ungutes Gefühl. Ihr Vorhaben war aus dem Ruder gelaufen. Er musste den Zug jetzt stoppen, bevor er Dinge tat, die er später bitter bereuen würde. Bloß wie sollte er seinen Bruder davon abhalten, Grace zu ruinieren?

Wie stoppte man jemanden, der so viel Macht besaß, dass meist ein Anruf genügte, um das zu bekommen, wonach er strebte?

»Lass uns den Deal an dieser Stelle abbrechen. Es gibt andere Wege, um an unser Ziel zu kommen. Dann müssen wir eben Plan B einschlagen«, versuchte Clark zu argumentieren, aber seine Einwände stießen bei seinem Bruder auf taube Ohren. Ihm ging es wie immer nur ums Geschäft.

»Was ist plötzlich los mit dir?«, blökte er. »Langsam glaube ich, die Kleine hat dir deine Eier weich gekocht. Das ist der Deal unseres Lebens. Kapierst du das nicht? Glaubst du ernsthaft, ich schlage mich jahrelang mit der Bürokratie Neuseelands rum, wenn es auch anders und vor allen Dingen schneller geht?«

»Lass uns einfach morgen in aller Ruhe noch mal darüber sprechen, und nichts überstürzen. In der Zwischenzeit unternimm bitte nichts Unüberlegtes«, bat Clark. Er kannte seinen Bruder. Larry war skrupellos und schreckte vor nichts zurück, um seinen Willen zu bekommen. »Geld ist es nicht wert, dass man dafür jegliche moralische Regeln über den Haufen wirft.«

Larry Carthy erwiderte nichts darauf. Er nahm die Worte mit einem grüblerischen Blick in sich auf.

Clark konnte förmlich sehen, wie das Gehirn seines Bruders ratterte und Pläne skizzierte, bevor er sich mit einem Nicken von Clark verabschiedete.

Clark stellten sich die Nackenhaare auf. Wenn sein Bruder schwieg, bedeutete das meistens nichts Gutes. Das wusste er aus Erfahrung.

Eine dampfende Tasse frisch aufgebrühten Kaffee in der Hand beobachtete Grace von der Veranda aus, wie Taonga, Hawkins und Ray mit angestrengten Gesichtern die letzten Bins voller Mandarinen zu den planenbedeckten Transportern trugen. Die drei Wagen standen im Schatten eines majestätischen Pohutukawa-Baumes, dessen erste wunderschöne rote Blüten im Sonnenlicht wie Rubine strahlten. Nicht umsonst wurde er der Weihnachtsbaum Neuseelands genannt.

Grace überkam ein unbeschwertes Gefühl.

Die Ernte fiel dieses Jahr üppig aus. Bald würde sie sich auf dem Weg nach Europa befinden. Doch zunächst mussten die Mandarinen verladen und zum Hafen gebracht werden, wo ein großes Frachtschiff schon auf ihren Transport wartete. Grace war an diesem Morgen guter Dinge, dass alles nach Plan verlaufen würde. Was konnte jetzt noch schiefgehen?

Ein kleines Erfolgserlebnis hatte sie weiß Gott auch bitter nötig. Grace legte den Kopf in den Nacken und atmete tief aus.

Clark war noch nicht aufgestanden, was Grace wenig wunderte. Sie waren erst kurz nach Mitternacht zurückgekehrt.

Clark, dachte Grace und ihr wurde warm ums Herz. In dem schwarzen Anzug hatte er unglaublich sexy ausgesehen. Aber er war nicht nur gut aussehend, sondern auch gebildet und humorvoll. Sie lachte laut auf, als sie daran dachte, mit welchem schmunzelnden Augenaufschlag er ihr den blauen Leinenbeutel überreicht hatte, in dem einige Vorratsdosen klapperten. Er hatte ihr tatsächlich die Reste des Essens einpacken lassen.

Schöne, aber auch peinliche Erinnerungen an den gestrigen Abend stiegen in ihr hoch – das wundervolle Abendessen im märchenhaften Ambiente, der Hand-in-Hand-Spaziergang am Meer, sein hypnotischer Blick. Ihr plötzlicher Kuss ...

Sie starrte in ihren Kaffee. Der Gedanke daran ließ sie erröten. Aber sie bereute nichts. Die berauschende Wirkung des Alkohols hatte sie mutig gemacht und eine unerfüllte Sehnsucht, seine Lippen zu kosten, hatte sie plötzlich überrollt. Wer sagte denn, dass Frauen nicht den ersten Schritt machen konnten? Was war denn schon dabei?

Die Überraschung stand ihm im Gesicht geschrieben, als sie sich ihm stürmisch an den Hals geschmissen hatte. Aber nur für eine Sekunde, dann hatte er ihren Kuss erwidert. Und wie er sie zurückgeküsst hatte. Mit funkelnden Augen, leidenschaftlich und gierig. Ein Gefühl leidenschaftlicher Hitze durchströmte sie, wurde aber von lauten Rufen unterbrochen.

»Alles erledigt!«, rief Hawkins und kam Grace mit den Frachtpapieren entgegen. Schon auf halbem Weg rief er ihr zu: »Die Transporter sind jetzt voll, Grace. Wir wären dann so weit.«

»Habt ihr alles verstaut?«, erkundigte sich Grace überrascht. Gerade eben hatte es noch so ausgesehen, als würde eins der Bins übrig bleiben und keinen Platz mehr auf der Ladefläche finden.

»Ja, bis auf die letzte Mandarine hat alles gepasst«, antwortete Hawkins mit wichtiger Miene, wobei er seinen Blick gesenkt hielt und auf die Zettel in seiner Hand starrte. Seit dem Vorfall mit dem Faustschlag vermied er den direkten Blickkontakt zu Grace. »Wir mussten noch einmal umstapeln, aber dann passte es.«

»Gut, vielen Dank«, sagte Grace, setzte ihre Unterschrift unter die Papiere und schaute auf die Uhr. »Dann macht euch auch gleich auf den Weg. Wir liegen zwar gut in der Zeit, aber man weiß ja nie ...«

»Alles klar, Grace, wir sind dann weg.« Hawkins drehte sich auf dem Absatz um und marschierte mit breitem Kreuz zurück zum Transporter, während er den anderen Männern zuwinkte und ihnen bedeutete, in die Lastwagen zu steigen. »Alles klar Jungs, Abfahrt.«

Timoti erhob sich schwanzwedelnd und wollte Hawkins folgen.

»Nichts da«, rief Grace und pfiff ihren Hund zurück. »Timoti! Platz! Du bleibst schön hier bei mir.«

Die Ladeklappen gut verschlossen stiegen die Männer in die Fahrerkabinen und ließen die Motoren warmlaufen. Sie beugten sich aus den offenen Fenstern und winkten Grace zu. Grace schaute hinterher, bis der Lastwagenkonvoi von der Farm fuhr und auf der Küstenstraße Richtung Auckland verschwand.

Das war es also. Nervös schaute Grace ein zweites Mal nach der Zeit. Es war gerade mal acht Uhr morgens. Die Laster hatten eine Strecke von knapp fünfhundert Kilometern vor sich, für die sie im Normalfall acht Stunden brauchten. Das Schiff legte um 22.00 Uhr ab. Eigentlich müsste alles wie am Schnürchen laufen, aber wie immer, wenn die Lastwagen unterwegs zum Hafen waren, beschlich Grace ein mulmiges Gefühl der Sorge.

Halbherzig nippte sie an ihrem Kaffee. Sie würde erst aufatmen können, wenn der Anruf kam und die Mandarinen an die Handelsgesellschaft übergeben waren.

Grace stand noch eine Weile so da, trank ihre Tasse leer und ließ den Blick über die Poverty Bay schweifen.

Was nun, überlegte sie unvermittelt. Die Arbeit war getan. Plötzlich wirkte alles so still. Normalerweise war jetzt der Zeitpunkt gekommen, wo Grace für gewöhnlich die Seele baumeln ließ, sich mit einer leckeren Tasse Tee und einem guten Buch auf die Veranda setzte, um die Anspannung der letzten Tage von sich abfallen zu lassen.

Unter normalen Umständen freute sie sich auf die freien Stunden, in der sie den Dingen nachging, für die sie im Alltag keine Zeit freischaufeln konnte.

Doch diesmal waren die Umstände alles andere als normal. Die Sorgen um ihre Zukunft zermürbten Grace und ließen sie ohnehin nicht entspannen. Sie rief nach Timoti, drehte sich um und betrat das Haus.

Als sie ihre leere Tasse in die Spüle stellte und den mittlerweile reparierten Wasserhahn bediente, musste sie unwillkürlich an Jeremy denken und stieß einen tiefen Seufzer aus. Sie wusste, dass sie mit ihm sprechen musste, er wartete auf eine Entscheidung. »Ein Heiratsantrag«, murmelte sie ungläubig vor sich hin und schüttelte mit dem Kopf.

Erneut drängte sich Clark in ihren Gedankensalat und ihr Herz wurde schwer. Ihr ganzes Leben lang hatte sie auf einen Mann wie Clark gewartet. Und jetzt, wo sie den Heiratsantrag eines anderen Mannes erhalten hatte, tauchte er hier plötzlich auf und versetzte ihr Gefühlsleben in Aufruhr. Wie sollte sie da die richtige Entscheidung fällen?

Grace konnte nicht fassen, dass Clark sich allem Anschein nach tatsächlich für sie interessierte.

Zwar hatte er bisher noch keine Anstalten gemacht, um sie zu werben, aber sie war sich sicher, dass auch er ihre Gegenwart ebenso genossen hatte. Aber vielleicht war das auch nur Wunschdenken. Was, wenn sie sich alles nur einbildete?

Warum musste das mit der Liebe immer so kompliziert sein?

Kapitel 14

Knapp eine halbe Stunde, nachdem die drei Transporter vom Hof aufgebrochen waren, erreichte Grace ein Anruf. Zu ihrer Verwunderung hing Hawkins in der Leitung, als sie abnahm.

»Was ist denn?«, fragte sie irritiert. »Stimmt etwas nicht?« Sofort wurde ihr heiß und kalt.

»Grace ...«, begann er stockend, »... wir können uns das nicht erklären ... aber unsere Fahrzeuge sind stehen geblieben.«

»Alle drei?« Ihre Stimme überschlug sich vor Schreck und sie schrie fast in die Leitung.

»Leider ja, und schön brav nacheinander. Ich habe soeben eine SMS von Ray und Taonga erhalten. Auch sie stehen mittlerweile am Straßenrand. Alle in einem Abstand von zwei Meilen. Schöne Scheiße, sag ich dir«, fluchte Hawkins.

»Das kann doch nicht wahr sein!« Panik keimte in Grace auf. Was zum Teufel wurde hier gespielt?

Timoti sprang aus seinem Körbchen. Aufgeschreckt durch ihr Geschrei stakste er schlaftrunken auf sie zu und stupste Grace zärtlich mit seiner feuchten Nase an.

Für den Bruchteil von Sekunden verspürte Grace das Gefühl, in Tränen auszubrechen, aber sie versuchte, ruhig zu bleiben. »Kannst du dir vorstellen, woran das liegt?«, fragte sie mit brüchiger Stimme.

»Keine Ahnung«, gestand Hawkins. »Auf den ersten Blick scheint mit den Motoren alles in Ordnung zu sein.«

Das ist kein Zufall, erkannte Grace und wurde blass wie ein Leichentuch. Es stand im Bereich des Möglichen, dass ein Fahrzeug liegen blieb, vielleicht auch ein zweites, aber das gleich drei Transporter auf freier Strecke den Geist aufgaben, war ausgeschlossen. Zufall? Nein ... ganz bestimmt nicht. Das roch nach Sabotage.

Die Fahrzeuge standen seit einer Woche auf der Farm. Das wurde seit jeher so gehandhabt, damit die Bins immer gleich verladen werden konnten. Grace kam nicht in den Sinn, dass dem Fahrzeugunternehmen, mit dem sogar schon ihr Vater zusammengearbeitet hatte, ein Fehler unterlaufen war. Diese hatte sich in der Vergangenheit stets als äußerst zuverlässig erwiesen. Nein, hier wollte jemand unbedingt verhindern, dass die Mandarinen pünktlich angeliefert wurden. Aber wer?

»Wo seid ihr gerade?«, wollte Grace wissen.

»Etwa fünfzig Kilometer von hier, auf der SH 2 Richtung Whakatane. Wir haben soeben das Gebiet Te Karaka hinter uns gelassen und befinden uns auf freier Strecke. Rechts und links von uns sind Felder«, erklärte Hawkins.

»Okay, kümmere du dich in der Zeit schon mal um einen Pannendienst«, bat Grace und stürmte bereits in die Diele, die Hand am Handy. »Ich komme, so schnell ich kann.«

Auf dem Weg zum Auto sah Grace immer wieder mit wachsender Besorgnis auf ihre Armbanduhr.

Gerade mal fünfzig Kilometer haben die Wagen bisher zurückgelegt, dachte sie entsetzt. Noch fünfhundert hatten sie vor sich. Grace bezweifelte, dass sie es noch pünktlich bis zum Hafen schaffen würden, wenn sie das Problem nicht schnell genug lösten.

Sie fluchte innerlich, startete den zerbeulten Transporter und drückte das Gaspedal bis zum Anschlag durch.

Vor dem Hoftor musste sie das Steuer scharf herumreißen, um einer Katze auszuweichen, die plötzlich aus dem Gebüsch sprang.

Mit quietschenden Reifen machte der Wagen einen Schlenker. Glücklicherweise bekam Grace das Fahrzeug rasch wieder unter Kontrolle und gab Gas, dass der Motor durchdrehte. Hinter Grace blieben lediglich eine Staubwolke und eine verdutzt dreinblickende Katze zurück.

Mit allem, was die alte Schrottkarre hergab, raste Grace die Straße entlang, sodass der zerbeulte Transporter unheilvoll zu ruckeln begann. Das Lenkrad mit beiden Händen fest umklammert, den Blick aufmerksam nach vorne gerichtet, überschlugen sich ihre Gedanken.

Wieso muss das ausgerechnet mir passieren? Wie ist das überhaupt möglich? Aus welchem Grund bleiben gleich alle drei Transporter auf halber Strecke stehen? Das ist doch idiotisch ...

Unbewusst begann Grace, auf ihrer Unterlippe zu kauen, bis sie einen metallischen Geschmack auf der Zunge schmeckte.

Konzentriere dich, mahnte sich Grace. Unter allen Umständen musste sie einen klaren Kopf bewahren, sie durfte jetzt nicht durchdrehen. *Ich kriege das hin! Das wird schon, keine Bange,* versuchte sie, sich Mut zuzusprechen.

Grace überlegte aufgeregt, welche Alternativen ihr blieben. Bis ein Pannenhelfer auftauchte, konnten bisweilen Stunden vergehen. Neuseeland war einfach zu groß, um alle Strecken nahtlos abzudecken. Unbewusst drückte sie die Freisprechanlage.

Es gab nur eine Person, die sich mit Fahrzeugen verschiedenster Modelle auskannte wie sonst keiner.

Jeremy.

Grace brauchte nicht lange zu warten. Schon nach dem dritten Bimmeln meldete sich eine schwärmerische Stimme am anderen Ende der Leitung.

»Babe, was kann ich für dich tun?«, begrüßte Jeremy sie überschwänglich. »Lass mich raten: Diesmal spritzt der Wasserhahn im Badezimmer, du stehst pitschnass im Flur und ...«

»Jeremy, ich brauch deine Hilfe«, unterbrach sie ihn. »Bedauerlicherweise habe ich derzeit ein viel größeres Problem!« Mit knappen Worten setzte sie ihn über ihre verfahrene Situation in Kenntnis.

Schlagartig wich jeder Frohsinn aus Jeremys Stimme. Den Ernst der Lage begriffen versicherte er: »Ich mache mich sofort auf den Weg, versprochen. Bin gleich da, Babe, mach dir keine Sorgen!«

»Danke«, hauchte sie und wischte sich verstohlen eine Träne aus dem Auge.

Einige Zeit später kam der erste liegen gebliebene Transporter in Sicht. Wenigstens hatte es Hawkins in letzter Not an den Straßenrand geschafft. Eine dunkle Bremsspur zog sich über den Asphalt. In der Ferne konnte sie den nächsten Transporter erblicken.

Hawkins zog gerade an seiner Zigarette, als Grace hinter ihm parkte, aus dem Wagen sprang und die Tür zuknallen ließ. Es grenzte an ein Wunder, dass die Fensterscheibe bei dem Scheppern nicht aus dem Rahmen flog.

»Das bist du ja«, meinte Hawkins erleichtert und trat die Zigarette unter der Schuhsohle aus. Mit dem Daumen deutete er auf den Transporter neben sich. »Sieht mir nach einem gigantischen Schlamassel aus, wenn du mich fragst.«

Mit Schrecken warf Grace erneut einen Blick auf ihre Armbanduhr.

Eine weitere Stunde war vergangen. Von einem Pannendienst war nichts zu sehen. Grace lief die Zeit davon.

Ein Wunder muss geschehen, dachte sie, hob den Kopf und schickte ein Stoßgebet hinauf zum Himmel, ihr einen Funken Glück zu schicken.

»Können wir denn gar nichts tun?«, fragte Grace hoffnungsvoll. Sie selbst hatte keinen Schimmer von Autos und demnach nicht den Hauch einer Ahnung, was zu tun blieb.

»Wie gesagt, am Motor kann es nicht liegen«, analysierte Hawkins. »Den habe ich schon mehrfach unter die Lupe genommen.«

»Aber wo liegt dann das Problem?«

Hawkins Körperhaltung verriet Ratlosigkeit. »Null Idee«, gab er zu. »Die Lastwagen sind nicht gerade die neuesten Modelle, die auf dem Markt sind. Vielleicht haben sie einfach den Geist aufgegeben! Oder die Rache eines Maori-Häuptlings hat uns erwischt«, versuchte er zu scherzen.

»Alle drei auf einmal?« Grace sah ihn ungläubig an, merkte aber, dass sie plötzlich fröstelte. Ungern gab sie zu, dass der Schrecken ihr kurz in alle Glieder gefahren war. Denn tatsächlich glaubten immer noch viele Maori an die Kraft der Götter. Aber wenn sie ehrlich war, schien ihr diese Vermutung völlig absurd.

Sie schüttelte mit dem Kopf. »Das glaubst du doch selber nicht. Nein, nein. Hier will uns jemand mit allen Mitteln daran hindern, dass die Mandarinen zum Hafen gelangen«, murmelte sie und schloss für einen Moment die Augen.

Darauf wusste Hawkins keine Antwort. Er zuckte mit den Schultern und steckte sich eine neue Zigarette an.

Je mehr Grace darüber nachdachte, desto mehr stieg die Wut in ihr auf. Mittlerweile war Sabotage für sie die einzige plausible Erklärung. Aber wer steckte dahinter?

Nervös wie ein aufgescheuchtes Huhn lief sie am Rand der Straße hin und her. Dabei zählte sie jede quälende Sekunde, die verstrich. Ihre ganze Hoffnung baute auf Jeremy. Er war ihre letzte Chance.

Endlich tauchte in der Ferne Jeremys schwarzer SUV auf. Er setzte den Blinker und kam knirschend zum Stehen.

Jeremy stieg, den Werkzeugkoffer bereits in der Hand, aus dem Wagen und kam auf sie zugeeilt.

»Vielen Dank, dass du so schnell kommen konntest«, sprudelte es aus Grace heraus.

»Keine Ursache, Babe, für dich tue ich alles, das weißt du«, sagte Jeremy und sah ihr für einen Moment tief in die Augen. »Aber lass uns keine Zeit verlieren.« Er drückte ihr einen flüchtigen Kuss auf die Wange.

Voller Tatendrang machte sich Jeremy an die Inspektion, wobei er zunächst den Motor untersuchte und anschließend einen Blick unter das Fahrzeug warf. Im Anschluss kontrollierte er die Reifen.

»Und?«, erkundigte sich Grace. Ihre Nerven waren bis zur Anspannung gereizt.

Jeremy schüttelte resigniert den Kopf. »Nichts. Alles bestens.«

»Aber ... das verstehe ich nicht!« In ihrem Blick lag Verzweiflung.

Jeremy klopfte sich den Staub von der Hose und öffnete die Tür zur Fahrerkabine. »Wollen doch mal sehen ...«, nuschelte er vor sich hin und kletterte in die Fahrerkabine des Lasters.

Grüblerisch ließ er seine Augen über die Armaturen gleiten und startete kurz den Motor, der aber nach zehn Sekunden wieder absoff. Plötzlich steckte er den Kopf heraus und warf Grace einen verdatterten Blick zu. »Also damit hätte ich jetzt wirklich nicht gerechnet!«, meinte er.

»Womit hättest du nicht gerechnet?« Verwundert sah Grace ihn an. Worauf wollte er hinaus?

»Es ist viel zu simpel«, erwiderte Jeremy mit gerunzelter Stirn, als könnte er es selbst nicht glauben. »Das Benzin ist alle, Schätzchen! Bis auf den letzten Tropfen. Das ist alles.«

»Wie bitte?«, rief Grace. Erstaunen trat in ihr Gesicht. »Das ist ... unmöglich.« Irritiert fuhr sie sich durch die Haare. »Die Transporter sind uns vollgetankt bis obenhin übergeben worden. Wir haben das erst gestern Abend noch routinemäßig kontrolliert.« Ihre Augen wanderten fragend zu Hawkins, der nur mit den Schultern zuckte und zur Bestätigung nickte.

»Tja, sieht so aus, als würde ein Blick auf die Tankanzeige vor dem Losfahren nicht schaden«, sagte Jeremy besserwisserisch, klang allerdings nicht vorwurfsvoll. Er stieg aus, ging um den Laster herum und schraubte den Tankdeckel ab. »Nicht abgeschlossen«, murmelte er. Er schob einen Stab in den Tank und kontrollierte mit einem Messgerät die Tankfüllung, um ganz sicherzugehen, dann nickte er. »Ja, eindeutig, der Tank ist leer. Leerer gehts nicht«, bestätigte er seine Vermutung.

»Das kann nicht sein.« Hawkins schüttelte entschieden mit dem Kopf. »Das Benzinkontrolllämpchen hat definitiv nicht geblinkt«, stellte er klar.

»Okay, nehmen mir mal an, das wäre tatsächlich so, wie

du sagst«, sagte Jeremy an Hawkins gewandt und kratzte sich nachdenklich am Kinn. »Dann bin ich gespannt, wie es bei den anderen Lastern aussieht«, meinte er und ehe Grace sich versah, eilte Jeremy auch schon zu seinem Wagen. »Ich bin gleich wieder da, Babe«, sagte er, stieg ein und sauste los.

Grace sah ihm mit großen Augen hinterher. Sie kam sich mit einem Mal unfassbar dämlich vor. Wieso war weder Hawkins noch einer von den anderen auf den Gedanken gekommen, die Tankanzeige in Augenschein zu nehmen?

Weil die Tanks eigentlich zum Platzen voll sein müssten!, rief sie sich ins Gedächtnis und suchte gleichzeitig nach möglichen Erklärungen, wie literweise Benzin über Nacht einfach so verschwinden konnte, als wäre es verdunstet.

Eine neue Welle der Panik erfasste sie, als ihr nach einem erneuten Blick auf die Uhr klar wurde, dass sie tatsächlich jetzt nur noch ein Wunder retten konnte, um die Ernte noch rechtzeitig nach Auckland zu bringen. Das nächste Schiff brach erst wieder in einer Woche nach Europa auf. Bis dahin würden die Mandarinen durch die schlechte Luftzirkulation in den Bins längst anfangen haben zu schimmeln und Grace würde auf der verdorbenen Ware sitzen bleiben.

Die Zeit, bis Jeremy endlich wiederkam, schien endlos. Ununterbrochen sah Grace auf die Uhr, während sich ihre Hände unter Anspannung zu Fäusten ballten. Warum zum Teufel hatte sich alles gegen sie verschworen? Erneut hatte sie Mühe, ihre Tränen zurückzuhalten.

Es kam ihr wie eine Ewigkeit vor, als Jeremy endlich wieder neben ihnen hielt, und Grace atmete erleichtert auf.

»Und?«, fragte sie atemlos, kaum, dass er ausgestiegen war. »Wie sieht es bei den anderen aus?«

Jeremy sah Grace frustriert an. »Wie ich es vermutet habe. Bei allen anderen Lastern sind ebenfalls die Tanks abgelassen und die Blinkanzeigen manipuliert«, sagte er. Fassungslos schüttelte er mit dem Kopf. »Mir scheint, hier wollte jemand auf Nummer sicher gehen und mit allen Mitteln verhindern, dass die Laster an ihrem Zielort ankommen.«

Besorgt sah er Grace an und strich ihr zärtlich eine Haarsträhne aus dem Gesicht. »Die Sache gefällt mir nicht, Babe. Das gefällt mir ganz und gar nicht«, sagte er und schüttelte den Kopf »Hierbei handelt es sich nicht einfach um einen Dummejungenstreich. Wir müssen das zur Anzeige bringen.«

Für einen Atemzug herrschte Schweigen, dann fand Grace ihre Sprache wieder. »Und jetzt?«, wandte sie sich Hilfe suchend an Jeremy und suchte seinen Blick. Er wusste immer, was zu tun war.

»Und jetzt ... lasse ich einen Tanklaster kommen.« Jeremy hatte längst nach seinem Handy getastet und eine Nummer gewählt. »Wird aber eine Weile dauern, Babe.«

»Wie lange genau?«, wagte Grace, sich zu erkundigen, und sah ihn erwartungsvoll an. Von seiner Antwort hing nun alles ab.

Jeremy neigte den Kopf hin und her, während er überlegte. »Halbe Stunde vielleicht ...«

Grace zog scharf die Luft ein und begann nachzurechnen. Konnten sie das noch schaffen?

Heute müssen wohl alle Geschwindigkeitsrekorde gebrochen werden, dachte sie und hoffte, dass die Lastwagen über ordentlich Kraft unter der Haube verfügten.

Jeremy setzte den Anruf ab und nachdem Hawkins den anderen Männer Bescheid gegeben hatte, nahmen die drei auf der Heckklappe von Grace' Transporter Platz und warteten.

Grace fiel es schwer, ruhig zu bleiben und sich in Geduld zu üben. Sie zitterte vor Aufregung, während ihr Blick stur die Straße hinauf gerichtet lag, in Erwartung, endlich den heiß ersehnten Tanklaster zu erblicken. Ihre Beine baumelten hin und her, als säße sie auf einem Kettenkarussell, während das Adrenalin wie elektrische Stöße durch ihren Körper jagte.

»Nun bleib doch mal still sitzen, Babe, du machst uns ja ganz verrückt mit deinem Herumgehampel«, unternahm Jeremy den Versuch, die aufgewühlte Grace zu entspannen. Vorsichtig legte er den Arm um sie und zog sie an sich. Zärtlich küsste er sie auf den Kopf. »Es wird schon alles glattgehen!«, beteuerte er.

Mittlerweile hatte Grace da so ihre Zweifel. Die Zeit zerfiel wie Sand zwischen ihren Fingern. Unaufhaltsam. Es war die Tatenlosigkeit, die sie zermürbte. Nichts weiter unternehmen zu können, als warten und bangen.

»Wenn ich diesen gottverdammten Mistkerl in die Finger bekomme, der dir das angetan hat«, fluchte Jeremy und ballte die Fäuste. »Dann verpasse ich ihm eine Tracht Prügel und hänge ihn an seinen Eiern auf«, schimpfte er. »Einfach unsere Ernte zu sabotieren. Das geht zu weit.«

Grace stutzte und sah ihm verwundert in die Augen. Hatte er gerade »unsere Ernte« gesagt? Sie schob ihn sanft von sich. Ihr wurde das gerade alles zu viel.

Jeremy, der ihren verwirrten Blick bemerkte, griff nach ihrer Hand und drückte sie. »Na ja, ich warte ja immer noch auf eine Antwort von dir.« Er schenkte ihr ein mildes Lächeln. Seine Augen funkelten aufgeregt.

Es hatte etwas Anziehendes, wie sich das helle Herbstlicht

in seiner dunklen Iris spiegelte. Grace schluckte trocken. Jeremy beugte sich näher zu ihr herüber. Seine Wangen färbten sich purpurn, als das Blut in seinen Adern in Wallung geriet. »Möglich, dass du anders empfindest als ich. Aber ganz egal bin ich dir sicher auch nicht«, hauchte er und Hoffnung schimmerte in seinen Augen. »Wir gehören zusammen, Babe. Das habe ich schon immer gefühlt«, gestand er.

Grace' Hände verkrampften sich in seiner Faust. Ja, dachte sie. *Ich weiß.* Aber was antwortete man jemandem, für den man nicht dieselben tiefen Gefühle empfand, wie er sie einem entgegenbrachte?

Verflucht, wieso musste ihr Leben im Augenblick so kompliziert sein?

Eine riesige Staubwolke verdeckte für einen Moment den freien Blick auf den Horizont. Als sie sich langsam auflöste, bildeten sich kleine Wölkchen, die weiter Richtung Westen über den Himmel trieben.

Clark war in dem Augenblick hinaus auf die Veranda getreten, als Grace überstürzt in ihren Transporter gehüpft und von der Farm gesaust war.

Mit gerunzelter Stirn sah er ihr hinterher. Was hatte Grace veranlasst, so überstürzt loszufahren?

Er sah hinüber zu der freien Fläche unter dem großen Pohutukawa-Baum und bemerkte, dass die Lastwagen nicht mehr an ihrem Platz standen. Die Ernte war also auf dem Weg zum Hafen nach Auckland. Clark beschlich ein ungutes Gefühl.

Als hinter ihm die Tür knarrte, drehte er sich um.

»Guten Tag, Mr. Walker«, sagte Manuka. Ihre Füße steckten in Gummistiefeln, ihre Hände in gelben

Handschuhen und über ihrem geblümten Sommerkleid trug sie eine rote Schürze. »Soll ich Ihnen Frühstück zubereiten? Ich kann ein paar Eier in die Pfanne hauen. Und Kaffee ist auch gerade frisch aufgebrüht.« Sie lachte ihn offen an und um ihre braunen Augen legten sich kleine Lachfältchen, während sie an sich hinuntersah. »Ich weiß, ich sehe aus wie ein bunter Hund«, erklärte sie und streifte ihre Handschuhe ab. »Aber heute ist großer Putztag.«

»Danke für das Angebot, aber ich wollte in der Stadt frühstücken«, antwortete Clark und lächelte zurück. »Grace musste schnell los?«, wollte er wissen und versuchte, seine Stimme nicht neugierig klingen zu lassen.

»Ja, stellen Sie sich vor, Hawkins hat angerufen. Die Lastwagen haben eine Panne.« Sie seufzte.

»Alle drei?« Clark konnte nicht verhindern, dass seine Stimme sich nun doch überschlug.

Timoti, der soeben aus einem Gebüsch auftauchte und freudig heransauste, blieb wie angewurzelt stehen und bellte Clark schwanzwedelnd an.

»Platz und Ruhe, Timoti«, rief Manuka streng und wandte sich dann an Clark. »Ich weiß auch nichts Genaues.« Sie zuckte mit den Schultern und verzog das Gesicht. »Grace ist sofort losgefahren.«

Verdammt, fluchte Clark. Was hatte das zu bedeuten. Hatte sein Bruder etwa die Hände im Spiel?

»Dann wollen wir für Grace hoffen, dass es keine ernsthaften Komplikationen gibt«, sagte er und meinte es auch so. Alles, was mit Grace zu tun hatte, war ihm mittlerweile wichtig. Sie war ihm wichtig. Nervös fuhr er sich mit den Fingern durch die Haare. »Ich muss dann auch los«, sagte er und verabschiedete sich von Manuka. »Bis später.« Er war plötzlich ziemlich in Eile.

Bevor Manuka noch etwas erwidern konnte, eilte Clark bereits den Kiesweg entlang zu seinem Wagen, begleitet von dem erneuten Gebell des Hundes.

Eigentlich hatte Clark in Gisborne einiges zu erledigen.

Aber das musste warten.

Zuerst würde er seinem Bruder einen Besuch abstatten.

Kapitel 15

Nach einer gefühlten Ewigkeit erklang das erlösende Geräusch eines heranfahrenden Brummers begleitet von lautem Hupen.

»Na endlich«, stöhnte Grace erleichtert auf und sprang mit einem Satz von der Heckklappe des Transporters.

Kaum hatte der Fahrer seinen Tanklaster seitlich neben dem Mandarinentransporter zum Stehen gebracht, hechtete Grace auch schon auf ihn zu, öffnete ihm die Tür und redete aufgeregt auf ihn ein. »Bitte beeilen Sie sich! Es ist dringend! Wir dürfen keine Zeit verlieren! Auf der Strecke zum Hafen warten noch zwei weitere Transporter!«

Gelassen nahm der Fahrer ihre Hektik in sich auf und begegnete ihr mit einem mutmachenden Lächeln. »Nur die Ruhe, Miss, wir schaffen das schon«, beruhigte er sie und stieg aus.

Na, der hat gut reden, dachte Grace, ersparte sich aber jeden weiteren Kommentar, um ihn nicht zu verärgern.

Jeremy wechselte ebenfalls ein paar Worte mit dem Mann und beschrieb ihm, wo er später die anderen beiden Transporter vorfinden würde, dann legte der Mann endlich los.

Während der Transporter mit Benzin befüllt wurde, zwang sich Grace, von nun an keinen Blick mehr auf die Uhrzeit zu werfen. Es machte sie bloß fertig, untätig zu sehen, wie die Zeiger vorschnellten. Dennoch verriet ihr ihre innere Uhr, dass es knapp werden würde. Verdammt knapp.

»Hey Babe, wir schaffen das«, machte Jeremy ihr Mut und streichelte sanft über ihre Haare.

Dankbar lächelte sie ihn an. Seine Nähe tröstete sie. Wieder einmal wurde ihr bewusst, dass es Jeremy war, der ihr aus der Patsche geholfen hatte und ihr in dieser Notsituation beigestanden hatte. Fantasien blitzten in ihrem Kopf auf. Sie und Jeremy vor dem Traualtar. Sie und er eng umschlungen auf einem Spaziergang am Meer, der Austausch von heißen Küssen ... irgendwie sträubten sich ihre Gedanken, tiefer einzutauchen. Aus den Augenwinkeln sah sie ihn an. Jeremy war ein echter Kumpel und Retter in der Not. Reichte das für eine gute Ehe?

»Tank ist voll«, meldete der Mann und holte einen Schraubschlüssel aus seinem Werkzeuggürtel, mit dessen Hilfe er den Verbindungsschlauch von dem Tanklaster zu dem Transporter löste.

Das waren die erfreulichsten Worte, die Grace an diesem Tag gehört hatte. Sie hätte in diesem Moment nicht glücklicher sein können. Schnurstracks rannte sie zu ihrem Wagen und beugte sich ins Innere. Handtasche, Jacke und Trinkflasche jonglierend, marschierte sie danach rüber zum Mandarinentransporter.

Hawkins saß bereits hinterm Steuer und ließ den Motor aufheulen.

Grace ließ sich neben ihn auf den Beifahrersitz nieder und winkte Jeremy zu sich ans geöffnete Fenster, um sich ausdrücklich bei ihm für seine Hilfe zu bedanken.

Er warf ihr einen irritierten Blick zu. »Du willst jetzt nicht ernsthaft die weite Strecke bis nach Auckland mitfahren«, sagte er skeptisch. »Und schon gar nicht in diesem Gefährt. Vor euch liegen mindestens noch fünf Stunden Fahrt und du hast nichts zu trinken und zu essen eingepackt.«

»Mach dir um mich keine Sorgen«, antwortete Grace und zwinkerte ihm zu. »Hawkins wird sicher gerne sein Sandwich mit mir teilen, nicht wahr?«, sagte sie und warf dem alten Mann einen verschwörerischen Blick zu. »Wie ich Manuka kenne, hat sie sowieso mehr als nötig in die Verpflegungsboxen gepackt und Wasser ist auch genug da.« Sie sah wieder zurück zu Jeremy und hoffte auf Verständnis. »Versteh doch, ich kann jetzt unmöglich einfach nach Hause fahren und Däumchen drehen. Ich will einfach sichergehen, dass nichts mehr schiefläuft.« Sie reichte ihm die Autoschlüssel. »Wärst du so lieb und würdest dafür sorgen, dass mein altes Schätzchen abgeholt wird?«, fragte sie und lächelte ihn an.

Jeremy wollte etwas erwidern, schien es sich dann aber doch anders zu überlegen. Missmutig griff er nach den Schlüsseln und steckte sie in die Hosentasche.

»Wir müssen jetzt auch«, erklärte Grace.

Unvermittelt fasste Jeremy mit beiden Händen in den Fensterrahmen, zog sich daran hoch und beugte sich ganz nah zu Grace rüber, um ihr einen Kuss auf den Mund zu geben, traf aber nur die Wange, da sie blitzschnell den Kopf zur Seite drehte und vortäuschte, Probleme beim Einrasten des Sicherheitsgurtes zu haben.

»Okay, Babe«, stimmte er widerwillig zu. »Aber wir bleiben die ganze Zeit in Kontakt. Ist das klar?«

Sie nickte. Seine Sorge rührte sie. »Versprochen. Danke für deine Hilfe, Jeremy, du bist ein wahrer Freund«, sagte sie mit belegter Stimme und strich Jeremy zärtlich über die Fingerknöchel.

Jeremy musterte sie schweigend. Ihm war anzusehen, dass dies nicht die Worte waren, die er hören wollte. Also fügte Grace hinzu: »Ich weiß gar nicht, wie ich das wiedergutmachen soll.«

»Mir fiele da schon etwas ein«, sagte er mit ernster Miene und sein Blick löste seltsame Gefühle in ihr aus. Grace schluckte.

»Gute Fahrt und viel Glück«, sagte er und ließ sich zurückfallen.

»Danke.« Sie ließ die Scheibe hochgleiten und wisperte: »Das werde ich brauchen!« Und an Hawkins gerichtet forderte sie: »Worauf wartest du? Gib Gummi!«

Hawkins scherte aus und beschleunigte. Scheppernd preschte der Laster die Straße entlang. Hawkins holte alles aus dem Wagen heraus, was in ihm steckte. Das Dröhnen des Motors war ohrenbetäubend.

Bald donnerten sie an den beiden anderen liegen gebliebenen Transportern vorbei, die am Straßenrand standen. Grace winkte den Fahrern zu und bedeutete ihnen im Vorbeifahren, dass Hilfe bereits unterwegs war.

Dann lehnte sie sich im weichen Beifahrersitz zurück und schmiegte den Kopf an die Nackenlehne. Das lästige Pochen hinter ihrer Stirn ignorierte sie.

Clark war fast eine halbe Stunde unterwegs, ehe das gepflegte Anwesen seines Bruders vor ihm auftauchte. Am Horizont erblickte er die silhouettenhaften Umrisse der nahen Berge, die ihre Spitzen in die Höhe reckten. Er setzte den Blinker und lenkte den Wagen auf den Zufahrtsweg.

Der von seltenen Pflanzen und Skulpturen gesäumte Pfad hinauf zur Villa war imstande, jedem Besucher zu imponieren, auf Clark allerdings machte das pompöse

Erscheinungsbild der Anlage wenig Eindruck.

Vor dem Eingangsbereich der Villa parkte die schwarze Limousine seines Bruders. Blitzblank funkelte der tiefschwarze Lack im Sonnenlicht. Er war zu Hause. Das war schon mal gut.

Clark stieg aus und machte sich mit der Umgebung vertraut. Seit seinem letzten Besuch vor vier Jahren hatte sich einiges getan. Ein steinerner Brunnen plätscherte träge vor sich hin, der Rasen war gleichmäßig gestutzt, die Eingangssäulen frisch renoviert. Ein roter Teppich führte zur majestätischen Haustür aus schwarzem Mahagoni. *Langsam wird mein Bruder größenwahnsinnig.*

Wenn er nur daran dachte, mit welchen zwielichtigen Geschäften Larry Carthy all das hier finanzierte, bildete sich ein fahler Geschmack in seiner Kehle, den er nur mit Mühe hinunterschlucken konnte.

Ich sollte damit aufhören, ihm wie ein Schoßhündchen hinterherzulaufen, dachte er. Larry Carthy hatte einen miesen Charakter. Und er war ein skrupelloser Geschäftsmann. Nichts und niemand bedeutete ihm wirklich etwas. Nicht mal dann, wenn seine Opfer bereits am Boden lagen, war er zufrieden. Seine Profitgier war unersättlich. Das Grauen wiederholte sich in einem stetigen Kreislauf.

Und jetzt die Sache mit Grace ...

Doch wie Clark es auch drehte und wendete – Larry Carthy war sein Bruder. Daran konnte er nichts ändern. Und jeder, der Familie hatte, konnte nachvollziehen, dass man ebendiese Blutsbande nicht einfach wegwerfen konnte wie ein altes Möbelstück.

»Mr. Walker!« Die schwere Tür war aufgeschwungen und ein Dienstbote, eine Brille mit kleinen Gläsern auf der Nase, das Haar streng nach hinten gekämmt, lächelte überrascht auf, als er Clark erkannte. »Wie schön, dass Sie uns mal wieder beehren«, begrüßte er Clark. »Da wird sich Ihr Bruder aber freuen.«

Das bezweifele ich, dachte Clark und musste schmunzeln. »Hallo Mr. Johann«, antwortete er. »Ich freue mich auch, Sie zu sehen. Mit der Familie alles gut?«, fragte er höflich.

»Ja, danke, meiner Familie geht es gut. Mein Sohn macht gerade seinen Abschluss, und die Tochter studiert in Auckland«, klärte der Mann ihn auf und ließ die Tür zurück ins Schloss fallen.

Als Clark in dem riesigen Eingangsbereich stand, überkam ihn ein überwältigendes Gefühl der Ohnmacht. *Was tue ich hier eigentlich?*, fragte er sich unvermittelt.

Clark erspähte Kronleuchter und gerahmte Bilder an den Wänden. Ein flächendeckender Perserteppich führte zu der hölzernen Treppe, die hinauf auf die Galerie führte. Das Geländer stammte von einem bekannten neuseeländischen Möbelmacher aus dem zwanzigsten Jahrhundert, auf das Clarks Bruder ständig voller Stolz verwies. In der Tat war es ein Meisterstück der Schnitzkunst, als wäre es einem Königspalast entsprungen.

Mit klackernden Schritten geleitete der Butler Clark zum Kaminzimmer, welches Larry Carthy häufig als Büro benutzte, und klopfte kurz für ihn an. Es kostete Clark weitere Überwindung, den nächsten Schritt zu gehen und den Raum zu betreten.

Überheblich saß Larry Carthy in seinem schwarzen Ledersessel und faltete eine Zeitung zusammen, als Clark eintrat. Im Kamin knisterte ein behagliches Feuer. Eine Wanduhr tickte beruhigend im Sekundentakt.

»Bruderherz, was verschafft mir die Ehre?«, fragte

Larry Carthy scheinheilig, obwohl er sich denken konnte, weswegen Clark bei ihm aufkreuzte. An Mr. Johann gewandt forderte er: »Bringen Sie uns bitte zwei Whisky!«

»Für mich bitte nicht, Mr. Johann«, warf Clark ein. »Ich bleibe nicht lange.«

Nachdem der Butler die Tür hinter ihnen geschlossen hatte, kam Clark gleich zur Sache. »Diesmal bist du zu weit gegangen.« Seine Augen funkelten wütend.

Larry Carthy winkte unbeeindruckt ab. »Reg dich nicht ständig künstlich auf, kleiner Bruder. Was ist denn schon passiert? Nachdem du dir nicht die Hände schmutzig machen wolltest, habe ich das für dich getan.« Er schmunzelte gönnerhaft.

Clark atmete tief durch. *Scheißkerl!*

»Setz dich doch«, bot Larry schließlich an und deutete auf einen weiteren Sessel ihm schräg gegenüber.

»Ich stehe lieber«, lehnte Clark ab.

»Wie du willst.« Larry lehnte sich entspannt in den Sessel zurück.

»Ich möchte mit der Sache nichts mehr zu tun haben, Larry«, sagte Clark entschlossen. Seine Stimme bebte vor Wut.

Unbeeindruckt schwang Larry Carthy sein rechtes Bein über das linke. Den Ring auf seinem Finger schob er auf und ab, während er einen Moment lang nachsann. Es war unmöglich, seine Gedanken zu erraten. »Nicht gerade eine erfreuliche Nachricht, mit der du mich aufsuchst«, sagte er schließlich. »Wieso plötzlich dieser Sinneswandel? Was ist diesmal anders? Seit Jahren tätigen wir diese Art von Geschäften, nie hat es dich gestört. Und nun ...« Plötzlich trat Erkenntnis in seine Gesichtszüge. Mit offen stehendem Mund und einem ironischen Lächeln auf den Lippen zeigte er mit dem Finger auf Clark. »Es liegt an der Kleinen, habe ich recht?«

Ertappt wich Clark seinem Blick aus. Er dachte an Grace, wie sie heute Morgen von der Farm gerast war, weil sie die Nachricht von den liegen gebliebenen Lastern erhalten hatte, und welche Sorge sie deswegen gerade durchstehen musste. Unwillkürlich presste er die Lippen aufeinander. Eine neue Welle der Wut durchflutete ihn.

»Hab ich es doch gewusst!«, erkannte Larry. Ein spielerisches Lächeln zuckte um seinen Mundwinkel. »Meine Güte, die Frau muss dir ja völlig den Kopf verdreht haben, und ...«

»Halts Maul!«, unterbrach Clark ihn aufgebracht, dem das Gespräch von Sekunde zu Sekunde unangenehmer wurde.

»Wieso? Leugnest du etwa, was offen auf der Hand liegt?« Larry zuckte mit den Schultern. »Aber irgendwie wundert es mich nicht. Die Kleine ist hartnäckig und sexy. Widerspenstig wie eine Kratzbürste wird sie kämpfen bis zum Schluss. Mal sehen, wie lange wir sie biegen müssen, bis sie bricht.«

Clark hätte ihm beinahe ins Gesicht gespuckt. »Du spinnst wohl!«, giftete er voller Verachtung in der Stimme, seine Hände zu Fäusten geballt. »Das ist widerlich! Hast du denn gar kein Gewissen?«

»Nicht, dass ich wüsste.« Larry erhob sich aus seinem Sessel, ein boshaftes Grinsen im Gesicht.

»Es gefällt mir nicht, wie du über sie sprichst.« Clark sah seinem Bruder unerschrocken in die Augen. »Grace ist eine tolle Frau.«

Ein dämonisches Kichern drang aus Larry Carthys Kehle. »Wenn du dich hören könntest«, spottete er. »Du klingst wie ein verliebter Teenager. Aber das hier ist das echte Leben, vergiss das nicht.«

»Lass Grace in Ruhe«, entgegnete Clark drohend.

Unwillig schüttelte Larry den Kopf, als könnte er nicht fassen, welche Show sein Bruder gerade vor ihm abzog und ging zum Fenster hinüber. Die Hände in den Hosentaschen sah er hinaus in den Garten. Grasbewachsene Hügel und herbstlich oranggelbe verfärbte Baumkronen so weit das Auge reichte. Die Herbstsonne lachte von einem knallblauen neuseeländischen Himmel. Ein traumhafter Ausblick.

»Manchmal frage ich mich, ob du alles vergessen hast«, begann Larry nun leise. Er klang beherrscht und vollkommen ruhig. In diesem Moment war er nicht der Löwe, der ständig zum Brüllen ansetzte, um seinen Willen durchzusetzen. »Weißt du denn gar nicht mehr, was es heißt, ein *Niemand* zu sein. Nichts zu besitzen. Verdammt, Clark, denke doch nur an unsere beschissene Kindheit zurück ...« Nervös fuhr er sich mit der Hand durchs Haar. »Damals in Auckland und später auch in USA, als wir uns jedes Mal zusammen eine winzige Kammer teilen mussten. Wie wir im selben Bett schliefen, eng aneinander liegend, um nicht von der Matratze zu purzeln.«

Clark lauschte den verhaltenen Worten seines Bruders und sah ihn erstaunt an. Es irritierte ihn, wie besonnen und selbstbeherrscht er plötzlich auf ihn einredete. Jegliche Boshaftigkeit, Selbstgefälligkeit und Sarkasmus waren aus seinen Worten verschwunden.

»Erinnerst du dich denn nicht ...?« Fragend sah er Clark an. »Nachts konnten wir nicht schlafen, weil Mom und Dad im Nebenzimmer lautstark über unbezahlte Rechnungen stritten, dass wir schon glaubten, es wäre nur noch eine

162

Frage der Zeit, bis sie sich gegenseitig ein Messer in den Rücken rammen.« Larry Carthy wirbelte zu seinem Bruder herum und breitete die Arme aus. »Und nun Bruderherz ... sieh dich um!« Er schüttelte mit dem Kopf. »Ich besitze eine Villa in Neuseeland, du ein großes Apartment in New York. Wir können uns leisten, was wir wollen. Wir sind keine Nullen mehr, Clark. Sieh hin! Wie oft hast du dich als Kind in den Schlaf geweint, wenn deine Mitschüler dich mal wieder aufgezogen hatten, weil du wochenlang dieselben Klamotten anhattest? Oder nicht an einem Ausflug teilnehmen konntest, weil das Geld mal wieder knapp war. Hast du das alles vergessen?«

Clark war sprachlos. Natürlich wusste er, wovon sein Bruder sprach. Er hatte nichts davon vergessen. Höchstens verdrängt. Erinnerungen an eine betrübte Kindheit übermannten ihn wie ein plötzlich aufbrausender Orkan und fast hatte er das Gefühl, tatsächlich aus dem Gleichgewicht zu geraten. In Gedanken versunken zuckte er zusammen, als sein Bruder fortfuhr.

»Wir wollten etwas erreichen im Leben, das war unser Plan. Wir wollten Großes erschaffen. Und es ist uns gelungen.« Er machte ein paar Schritte auf Clark zu, verharrte jedoch auf halbem Weg. »Ist dir bewusst, dass du gerade dabei bist, alles über den Haufen zu werfen, wofür wir jahrelang gekämpft haben? Wegen einer Frau?« Er sah ihn ungläubig an und schüttelte mit dem Kopf. »Verdammt noch mal, Clark, was ist mit dir los? Ist sie das wirklich wert?« Auf seinem Gesicht lag kein Lächeln.

Clark antwortete nicht. Betreten blickte er zu Boden. Hin- und hergerissen zwischen seinen Gefühlen zu Grace, die von Tag zu Tag stärker wurden, und zu seinem Bruder, dem er vieles zu verdanken hatte, musste er dennoch eine

Entscheidung treffen.

»Ich dulde keinen Rückzieher. Wir werden das Geschäft zu Ende bringen. Basta«, beharrte Larry Carthy und unverhohlene Härte lag in seinem Blick.

Clark schluckte. Sein Bruder konnte sehr diktatorisch sein, wenn es darum ging, für das zu kämpfen, was ihm wichtig war. Als sich die schweren Türen zum Kaminzimmer öffneten und Mr. Johann das Tablett mit dem Whisky brachte, war das für Clark eine willkommene Unterbrechung. Jetzt konnte er doch einen Drink vertragen. Er schnappte nach dem Glas und trank es statt seines Bruders in einem Zug leer. Der Alkohol brannte in seiner Kehle, dass ihm Tränen in die Augen stiegen.

»Bringen Sie mir bitte einen Neuen, Mr. Johann«, sagte Larry knapp, ohne Clark aus den Augen zu lassen. Seine Miene war ernst. »Und? Was ist? Bist du noch dabei?«, wollte er wissen und holte tief Luft. »Pass auf, ich mache dir einen Vorschlag: Ab sofort hältst du dich weitgehend aus dem Ganzen heraus. Du bleibst auf dem Hof und erstattest mir täglich Bericht. Alles, was getan werden muss, erledige ich ab jetzt. Wie klingt das?«

Clark stellte das Glas auf die Fensterbank und kam auf seinen Bruder zu. Er sah ihm scharf in die Augen. »Larry«, sagte er bestimmt. »Hör auf mit dem Irrsinn. Du hast recht, wir haben viel erreicht. Es gibt wenig, was ich wirklich bereue. Aber diesmal kann ich einfach nicht mitspielen. Ich habe genug. Es ist vorbei.«

»Du steigst aus?« Larrys Augenbrauen zogen sich bedrohlich zusammen. Seine Stimme bebte.

»Ja, und das ist mein letztes Wort. Lass Grace in Frieden. Wende dich anderen Projekten zu.«

Larry Carthy schnaubte verächtlich. »Nein, kleiner

Bruder, so einfach ist das nicht«, entgegnete er und trat erneut einen Schritt auf ihn zu. Seine Nasenflügel bebten vor Zorn. »Du kannst nicht einfach aussteigen, wann es dir gerade passt. Und du bist nicht in der Position, mir Anweisungen zu erteilen. Du bist zwar mein Bruder, aber du weißt auch, dass es für uns beide besser wäre, mich nicht herauszufordern«, drohte er und seine Stimme überschlug sich. Sein Körper vibrierte. Seine Hände ballten sich zu Fäusten.

Jede Faser in Clarks Körper erstarrte. Er wich einen Schritt zurück. Wollte sein Bruder sich mit ihm prügeln?

»Wenn ich Blut gewittert habe, dann jage ich. Das ist meine Natur«, sagte Larry lapidar, als wäre es das Normalste auf der Welt.

Und genau deshalb ist es an der Zeit, mich von dir abzuwenden, dachte Clark aufgewühlt. Sein Bruder würde sich nie ändern. Er hatte keine Zweifel, die richtige Entscheidung gefällt zu haben. Je mehr er sich in die Sache verstrickte, desto unwohler wurde ihm. Er befürchtete, sich bald selbst nicht mehr im Spiegel anzusehen, wenn er weitermachte wie bisher. Er seufzte gequält, bevor er sich ein letztes Mal an Larry wandte. »Ich bleibe dabei. Ich steige aus. Mein Entschluss steht fest«, sagte Clark mit fester Stimme und spürte ein erstaunliches Gefühl der Freiheit, als die Worte seinen Mund verließen.

An der Tür drehte er sich noch einmal zu Larry um. »Führe deine dubiosen Geschäfte in Zukunft allein. Und wenn du Grace an den Kragen willst, dann musst du zuerst an mir vorbei.«

Larry Carthy sah Clark nach und nippte an seinem Whisky. Es war dumm, sich mit demjenigen anzulegen, der einem ein Leben auf dem Silbertablett servierte. Das würde sein Bruder schon noch einsehen, wenn er wieder zur Vernunft gekommen war.

»Idiot.« Larry schüttelte den Kopf. Er begriff nicht, wie sein Bruder so dumm und naiv sein konnte, sich gegen ihn zu stellen. Ahnte er denn nicht, wen er sich da zum Feind machte? Er stieß einen Seufzer aus und ließ sich zurück in seinen Sessel fallen.

»Der kommt schon wieder«, murmelte er. Es war ja nicht das erste Mal, dass Clark sich ihm entgegenstellte. Aus Erfahrung wusste er, dass Clark früher oder später wieder angewinselt kam.

Larry nahm einen Zigarillo und der Packung und steckte ihn an.

Ihre brüderliche Verbindung war stark.

Ein Band, das nie riss.

Kapitel 16

Zermürbt und so geschafft wie schon lange nicht mehr kamen Hawkins, Grace und die anderen am nächsten Tag zurück auf den Hof gefahren.

»Da wären wir«, sagte Hawkins, dem der Schweiß wie eine klebrige Suppe aus allen Poren lief und das T-Shirt unter seinen Armen dunkel färbte.

»Ja, endlich wieder zu Hause«, antwortete Grace und stieß einen erleichterten Seufzer aus. Sie war fix und fertig. Die Müdigkeit ließ die Plantage und das große Haus vor ihren Augen verschwimmen.

Über vierundzwanzig Stunden war es nun her, seit sie nach Auckland aufgebrochen waren. Stunden, in denen schrecklich viel passiert war.

Nachdem die Laster wieder aufgetankt waren, hatten sie die ganze Strecke bis nach Auckland in einem Rutsch zurückgelegt. Trotzdem hatte es mit ihnen nur noch der Transporter von Ray geschafft, pünktlich die Zollabfertigung des Hafens zu passieren. Taonga hatte kurz vor dem Ziel noch mal anhalten müssen, weil der Motor seines Transporters seltsame Geräusche von sich gegeben hatte. Dementsprechend hatte Grace schweren Herzens hinnehmen müssen, wie nur Dreiviertel der Ernte in spezielle Kühlcontainer geladen und diese dann von einem riesigen Kran auf das Schiff befördert wurden.

Das alles ging ihr durch den Kopf, während sie erschöpft aus dem Laster stiegen und aufs Haus zugingen. Das Zwitschern der Vögel drang unnatürlich laut in ihr Bewusstsein.

Wir sind wieder zu Hause, dachte Grace erneut. Trotzdem fühlte sie sich beklommen. Tief atmete sie die frische Luft ein.

»Immerhin«, meinte Hawkins aufmunternd, der ihre Bedrücktheit bemerkt hatte. »Zwei Transporter haben es geschafft. Hätte schlimmer kommen können.«

Grace stimmte ihm nickend zu. Ja, wenn man bedachte, dass sie im schlimmsten Fall auf der gesamten Ernte sitzen geblieben wäre, war sie tatsächlich mit einem blauen Auge davongekommen.

Dennoch fühlte sie sich erschöpft. Die Ereignisse hatten sie mitgenommen und ihre letzten Kräfte aus ihr herausgesogen.

Nur schemenhaft nahm Grace die emsigen Arbeiter wahr, die das Barbecue für das Wochenende vorbereiteten.

Seit jeher war es ein lieb gewonnenes Ritual, die erfolgreiche Ernte und die getane Arbeit gemeinsam und in aller Fröhlichkeit zu feiern.

Auf dem Rasen neben dem Haus wurden bereits die Gartentische aufgebaut und Lampionketten aufgehängt. Normalerweise freute sich Grace auf das gemeinsame Fest. Im Moment allerdings stand ihr nicht der Sinn nach einem gemütlichen Beisammensitzen. Zu vieles war diesmal schiefgelaufen, richtige Freude wollte da nicht aufkommen.

Als sie die Stufen der Veranda erklomm, setzten die altbewährten Fragen wieder ein. Wer hatte ihnen das Benzin abgezapft? Wer verfolgte ein Interesse daran, dass sie auf ihrer Ernte sitzen blieb? Irgendjemand hatte gehofft, dass sie es nicht rechtzeitig schaffen würde ... und er hatte bekommen, was er wollte.

Ein Schauder überkam Grace, als sie eine Möwe fortscheuchte, die es sich auf der Veranda bequem gemacht hatte und überschwänglich mit den Flügeln schlug.

Die Hand am Türgriff seufzte sie leise auf, bevor sie ins Haus trat. Mehr denn je sehnte Grace sich nach jemandem, der sie jetzt in den Arm nahm, mit dem sie ihren Kummer teilen konnte.

Vom Fenster aus beobachtete Clark, wie die Laster ankamen und Grace aus dem Führerhaus stieg. Sofort überkam ihn wieder das schlechte Gewissen. Was hatte Grace seinetwegen alles durchmachen müssen! Er litt, dass er so ein egoistisches Arschloch gewesen war, und war zornig darüber, dass sein Bruder sich scheinbar nicht umstimmen ließ. *Dieser elende Sturkopf.*

Clark bemerkte, wie sein Körper auf Grace reagierte, und das machte die Sache nicht leichter. Dennoch hatte er sich fest vorgenommen, Grace die Wahrheit zu sagen. Nicht nur wegen Grace! Sondern auch um seiner selbst willen. So wollte und konnte er nicht weitermachen. Wenn er ehrlich war, musste er sich eingestehen, dass er nicht so verschieden war von seinem Bruder. Aber die Gefühle, die er für Grace empfand, hatten ihm deutlich gemacht, dass es noch etwas anderes im Leben gab als Erfolg und Anerkennung.

Er hatte lange darüber nachgedacht und hatte erst Grace treffen müssen, damit ihm klar wurde, dass er sein Leben so wie bisher nicht mehr führen wollte.

Clark hegte keinen Zweifel daran, das Richtige zu tun. Je länger er es aufschob, umso schwieriger wurde es für ihn, Grace die Wahrheit zu sagen.

Die Sehnsucht nach Geborgenheit verflüchtigte sich auch nicht, als Grace in die altbekannte Umgebung eintauchte. Die vier Wände, in denen sie sich ihr Leben lang sicher und behütet gefühlt hatte, kamen ihr auf einmal kalt und leer vor. Sie fürchtete sich vor der namenlosen Gestalt, die ihr offenbar an den Kragen wollte und ihr das eingebrockt hatte. Wenn dieser jemand vor einem solchen Unrecht nicht zurückschreckte, wer wusste schon, wozu er ansonsten noch imstande war? Grace bezweifelte nicht, dass, wer auch immer dahintersteckte, keinen Skrupel kannte.

Grace atmete noch einmal tief durch, da kamen auch schon Manuka und Timoti auf sie zugestürmt, kaum dass sie die Haustür hinter sich geschlossen hatte. Schwanzwedelnd sprang er an ihr hoch und konnte nicht genug bekommen von ihren Streicheleinheiten.

»Da bist du ja wieder«, sagte Manuka erleichtert. »Was ist denn nur geschehen?«, fragte sie aufgebracht, offensichtlich hatte sie sich ernsthafte Sorgen gemacht. »Setz dich schon mal in die Küche, ich habe Gulaschsuppe für euch alle gekocht. Ich rufe nur noch nach den Männern.«

Die Männer und Grace aßen mit großem Appetit, während sie Manuka in knappen Worten darüber in Kenntnis setzten, was sich seit ihrem überstürzten Aufbruch ereignet hatte. Nach einem kleinen Imbiss gestern Abend an einem Fischstand am Hafen war es die erste warme Mahlzeit für das Team.

Ungläubig weiteten sich Manukas Augen. »Kein Benzin mehr?«, fragte sie überrascht. »Aber wo ist es denn hin?«

»Gute Frage! Das wüssten wir auch gerne«, meinte Hawkins, der sich mittlerweile über den zweiten Teller Suppe hermachte. »Wenn es Diebstahl gewesen war, wovon ich stark ausgehe, war es auf jeden Fall nicht die Tat eines Einzelnen. Er muss Helfer gehabt haben. Man braucht schon mehr als nur einen Kanister, um diese Mengen Sprit abzusaugen. Und dann muss man diese auch noch abtransportieren«, gab er seine Vermutung zum Besten.

»Stimmt«, pflichtete Ray ihm bei, »und was mir auch zu denken gibt ...« Er sah aufmerksam in die Runde. »Wieso hat Timoti nicht angeschlagen? Der bellt sich doch sonst auch die Seele aus dem Leib, wenn ein Fremder auf der Farm herumstreunt. Heißt das jetzt etwa, das war einer von uns?«, fragte er provokant und zog die Augenbrauen hoch.

»Schluss jetzt!«, stieß Grace hervor. »Bevor wir uns hier noch gegenseitig verdächtigen, sollten wir erst mal der Sache auf den Grund gehen. Jeremy hat mir angeboten, sich der Sache anzunehmen. Und bis dahin möchte ich, dass ihr keine eigenmächtigen Nachforschungen anstellt, ist das klar«, sagte Grace mit Nachdruck. Das hatte ihr noch gefehlt, dass man sich jetzt untereinander auf Schritt und Tritt beäugte.

»Vielleicht ist der Leihfirma ein Fehler unterlaufen und die Tankuhren sind kaputt«, spekulierte Manuka. »Ich werde mich auf der Stelle mit dem Transportunternehmen unterhalten. Mal sehen, was die dazu zu sagen haben«, erklärte Manuka aufgebracht und erhob sich.

»Halt, stopp! Manuka, wir wollen nichts überstürzen.« Grace konnte sie gerade noch rechtzeitig davon abhalten, Hals über Kopf zum Telefon zu eilen. »Ich mach das schon«, sagte sie und holte tief Luft. »Wie gesagt, ihr alle haltet euch bitte daraus, das ist mein letztes Wort«, sagte sie freundlich, aber bestimmt.

»Meinetwegen«, widerstrebend setzte sich Manuka wieder an den Tisch. Man konnte ihr ansehen, wie ungehalten sie war, dass sie Grace im Augenblick nicht weiterhelfen konnte. »Aber wo ihr übernachtet habt, darf ich schon erfahren, oder?«, fragte sie immer noch ein wenig beleidigt.

»In einer kleinen Pension, nicht weit vom Hafen entfernt«, nuschelte Ray mit vollem Mund, während er ihr seinen Teller rüberschob. »Die Suppe ist echt lecker, Manuka«, lobte er in der Hoffnung, noch eine weitere Portion zu ergattern.

Grace war gerade mit dem Essen fertig, als ihr Handy klingelte, das sie neben ihren Teller gelegt hatte. Auf dem Display blinkte Jeremys Bild. Unmerklich stieß sie einen tiefen Seufzer aus. Kurzerhand drückte sie ihn weg. Sie hatte Jeremy schon von unterwegs über alles in Kenntnis gesetzt und war einfach zu ausgelaugt, um jetzt mit ihm zu telefonieren. Sie sollte lieber nach oben gehen oder besser noch an den Strand und sich ein wenig ausruhen. Mit einem Lächeln, das ihre Augen nicht erreichte, verabschiedete Grace sich von den anderen und entfernte sich vom Tisch. Timoti folgte ihr unauffällig. Scheinbar hatte er gespürt, dass Grace' Laune immer schlechter wurde, und beschlossen, ein wachsames Auge auf sie zu haben.

Bewaffnet mit einer Decke, einer Thermoskanne frisch aufgebrühtem Kaffee und einem Buch in ihrer Tasche lief Grace wenig später am menschenleeren Strand entlang. Timoti sprang freudig neben ihr her und wirkte regelrecht aufgekratzt. Unermüdlich hetzte er dem Stöckchen hinterher, welches Grace ihm zum Apportieren auswarf.

Ihr Blick heftete sich auf das magisch blaugrüne Wasser. Die Stille und der seichte Wellengang des Meeres beruhigten sie. Es tat gut, die warmen Strahlen der Sonne auf ihrer Haut zu spüren. Tief sog sie die salzgeschwängerte Luft in sich auf und das erste Mal seit dem Vorfall mit den Mandarinentransportern ging eine Welle des Wohlbefindens durch ihren Körper.

Eine wundersame Leichtigkeit erfasste Grace und sorgte dafür, dass sie keinen Gedanken daran verschwendete, was der nächste Augenblick bringen würde.

An einer durch Felsen geschützten Stelle der Bucht verlangsamte Grace das Tempo und suchte sich ein schattiges Plätzchen. Sie breitete die Decke auf dem warmen weißen Sand aus und zog ihre Schuhe und Strümpfe aus. Kaum hatte sie sich auf die Decke gekuschelt, fielen ihr auch schon die Augen zu und sie rutschte in einen traumreichen Schlaf, in dem Mandarinen wie ein Sturzregen vom Himmel prasselten und Clark auftauchte, der sie zärtlich und schützend in den Arm nahm.

Clark versuchte, Timoti zu beruhigen, der immer wieder an ihm hochsprang, seit er sich Grace, die schlafend auf der Decke lag, genähert hatte. Er streichelte den Hund und flüsterte ihm beruhigende Worte zu, um zu vermeiden, dass Grace erwachte und ihn dabei ertappte, wie er sie regelrecht mit seinen Blicken aufsaugte.

Das warme Licht der Nachmittagssonne ließ ihr Haar rotbraun schimmern. Sie sah blass und abgekämpft aus und Clark wurde schwer ums Herz, als er sah, wie verletzlich sie wirkte. Sein Magen verkrampfte sich. Er war schuld an ihrem Zustand. Das würde er sich nie verzeihen.

Sein Körper fing an zu kribbeln und das hing nicht nur mit der erotischen Anziehungskraft zusammen, die von Grace ausging, sondern mit der seltsamen Gewissheit, die ihn plötzlich erfüllte, dass es ihn eiskalt erwischt hatte. Auch wenn es schon lange her war, dass er diese Unruhe gespürt hatte, kannte er sie nur zu gut. Er hatte sich verliebt.

Verdammt!, dachte Clark. Der Streit mit seinem Bruder war schon kompliziert genug für ihn, da musste er Grace nicht auch noch unter diesen Umständen kennenlernen.

Sein Blick wanderte über ihren wohlgeformten Körper und blieb wie hypnotisiert an ihren vollen roten Lippen hängen. Verlangen ließ seinen Puls in die Höhe schnellen.

Clark war so damit beschäftigt, sein Begehren unter Kontrolle zu halten und nicht jede freiliegende Stelle ihres Körpers spontan mit Küssen zu bedecken, dass er Timotis Entschlusskraft erst bemerkte, als dessen hechelnde Zunge bereits über Grace' Gesicht schleckte.

Es war zu spät, um jetzt noch schnell und leise zu verschwinden. Grace schlug bereits die Augen auf.

Grace hätte noch endlos weiter davon träumen können, sich in Clarks Armen zu wiegen wie ein beschütztes Kind. Sie wachte nur langsam auf. Darauf wartend, die gewohnten Geräusche klappernden Geschirrs zu hören, die aus der Küche zu ihr ins Schlafzimmer drangen, leckte ihr stattdessen ein nasser Lappen übers Gesicht. »Timoti, du Ferkel«, rief sie lachend, öffnete ihre Lider, drehte ihren Kopf zur Seite und blickte direkt in Clarks blaue Augen.

Abrupt setzte Grace sich auf und erwiderte seinen intensiven Blick. *Was zur Hölle ... wo bin ich*, dachte sie erschüttert und erstarrte. Ihr Herzschlag setzte einen Moment aus.

»Entschuldigung, ich wollte dich nicht wecken, und schon gar nicht hatte ich die Absicht, dich zu erschrecken, aber Timoti ...«, sagte Clark und hob abwehrend die Hände hoch, bevor er auf den bellenden Hund deutete, »... war wohl der Meinung, dich davon in Kenntnis setzen zu müssen, dass ich seit einigen Minuten die Unverschämtheit besitze, dich wie ein Stalker anzuschauen.« Er lächelte entwaffnend. »Ich schwöre, ich bin zufällig beim Joggen auf dich gestoßen. Und als du hier so einsam lagst, konnte ich nicht anders, als nach dir zu sehen«, gestand er.

Prompt schoss Grace das Blut in die Wangen.

Etwas schläfrig blickte sie zu ihm hoch und schluckte trocken. Langsam fing es an, in ihrem Kopf zu arbeiten. Sie lag nicht in ihrem Schlafzimmer, sondern am Strand. So viel hatte sie mittlerweile begriffen. *Ist es möglich, dass Träume Wirklichkeit werden?*, fragte sie sich nun, als der Mann, von dem sie eben noch geträumt hatte, plötzlich lebendig vor ihr stand. Sie rieb sich ihre Arme. Immer noch glaubte sie, die Wärme seiner Umarmung am ganzen Körper zu spüren.

»Ich wollte dich wirklich nicht stören«, wiederholte er und schirmte seine Augen mit der Hand gegen das grelle Sonnenlicht ab, das plötzlich in seine Richtung blendete.

Grace starrte Clark mit offenem Mund an, wollte ihn begrüßen, bekam aber kein klares Wort heraus. Was sagte man in so einer Situation? »Was machst du denn hier?«, fragte sie schließlich und biss sich auf die Lippen. *Was Geistreicheres fällt dir wohl nicht ein, Grace!*

Schnell winkte sie mit der Hand ab, als könnte sie die Worte verschwinden lassen, und fügte hinzu: »Hm ... entschuldige, ich bin noch etwas verschlafen. Wir sind die ganze Nacht durchgefahren und heute Mittag erst aus Auckland zurückgekommen.« Sie lächelte ihn verlegen an, zog ein zusammengeknülltes Taschentuch aus ihrer Tasche und tupfte ihr Gesicht trocken. »Ich bin einfach erledigt.« Ihr gelang ein unsicheres Grinsen. »Schön dich zu sehen«, fügte sie hinzu und schob Timoti beiseite, der zu einer neuen begeisterten Bell- und Begrüßungsattacke ansetzte und Frauchen auf den Schoß gesprungen war. »Aus jetzt!«, schimpfte Grace. »Platz, Timoti!«

Clark, der immer noch vor ihr im Sand stand und auf sie herabblickte, grinste belustigt.

Er trägt tatsächlich Joggingkleidung, stellte Grace fest, die ihre Umgebung jetzt wieder deutlicher wahrnahm. Mit angehaltenem Atem betrachtete sie seine durchtrainierten Beine, die in einer kurzen schwarzen Radlerhose steckten. Darüber trug er ein eng anliegendes T-Shirt, das seinen muskulösen Körper schmeichelte. Trotz seiner Schweißperlen, die ihm unverkennbar an der Stirn herunterliefen, sah er dennoch aus, als wäre er gerade aus der Bildergalerie eines Sportmagazins entsprungen.

Gerade noch rechtzeitig konnte Grace einen Aufschrei unterdrücken, als ihr bewusst wurde, dass sie von einem ansehnlichen Äußeren himmelweit entfernt war. *Oh, graus, ich sehe bestimmt furchtbar aus!* Unsicher fuhr sie sich durch die Haare. *Von meinem abgeleckten Gesicht ganz zu schweigen.* Sie schluckte peinlich berührt und strich ihr Kleid glatt, das etwas nach oben gerutscht war und ihre langen Beine zur Geltung brachte.

»Setz dich doch«, bat sie, zog zwei Pappbecher aus den Untiefen ihre Tasche und drehte die Thermoskanne auf.

»Und, habt ihr alles geschafft?« Clark ließ sich neben sie auf die Decke plumpsen, wobei sich ihre Beine versehentlich berührten, und griff nach dem Becher mit dampfendem Kaffee, den sie ihm anbot.

Timoti hob kurz den Kopf, sträubte sein Fell und fing an zu knurren. Als er jedoch spürte, dass von Clark scheinbar keine Gefahr ausging, legte er seinen Kopf wieder zwischen seine Pfoten und schloss die Augen.

»Frag lieber nicht«, erwiderte Grace knapp, während sich ihre Härchen auf der Haut aufstellten. Sie fröstelte und für einen Augenblick ärgerte sie sich darüber, dass Clark sie so verunsicherte.

»Wieso, was ist schiefgelaufen?«, fragte Clark scheinbar unwissend und musterte sie von der Seite. »Ist dir kalt?« Er tastete nach der Strickjacke hinter ihrem Rücken, hängte sie ihr über und strich dabei leicht über ihre Schultern.

Mit zittrigen Händen griff Grace nach dem anderen Pappbecher und konnte kaum an etwas anderes denken als diese fürsorgliche Geste von ihm und den warmen Schauer, den diese Berührung in ihr auslöste. Während sie sich ebenfalls Kaffee einfüllte, versuchte sie mühsam, sich wieder auf das Gespräch zu konzentrieren. »Der dritte Transporter erreichte den Hafen erst, als das Schiff schon abgelegt hatte«, gab sie Clark mit trauriger Miene zu verstehen.

»Tut mir leid, das zu hören«, schenkte Clark ihr sein Mitleid. »Das bedeutet, du bleibst auf den Mandarinen sitzen?«, erkundigte er sich vorsichtig.

Grace setzte eine ratlose Miene auf. »Vermutlich. Es sei denn, es gelingt mir, sie an eine ansässige Handelskette zu verkaufen. Aber die bezahlen nicht viel und die Konkurrenz ist groß. Die Supermärkte werden längst von den besten Plantagen hier in der Gegend beliefert, die größere Mengen liefern können als ich.« Sie nippte an ihrem Kaffee. »Ich mache mir da wenig Hoffnungen.«

»Ich werde mich mal für dich umhören. Ich kenne da ein paar Unternehmer, die mir noch einen Gefallen schulden«, sagte er und schaute direkt in ihre Augen.

Sein Blick bereitete Grace Herzrasen. Von einem

Moment zum nächsten veränderte sich seine Mimik, und die Atmosphäre zwischen ihnen brodelte.

Ihr Blick saugte sich an ihm fest und sie konnte nicht verbergen, wie elektrisiert sie war.

Vorsichtig legte er den Arm um ihre Schulter. In der ersten Sekunde erstarrte Grace und wollte von ihm abrücken, alles in ihr spannte sich an. Doch schon im nächsten Augenblick verlor sie die Kontrolle über ihre Gefühle und rückte zaghaft ein Stück näher an ihn ran. Wie in Zeitlupe ließ sie ihren Kopf auf seine Schulter fallen und ließ zu, dass er ihr durchs Haar strich. Sie spürte seine Körperwärme an ihrer Haut und stöhnte leise auf. Innerlich verzehrte sie sich nach einem Kuss von ihm, aber immer noch protestierte ihre Vernunft.

»Grace«, flüsterte Clark mit samtweicher, lockender Stimme und erneut spannte sich jede Zelle in ihrem Körper an. Sein Atem an ihren Ohrläppchen brachte ihren Puls zum Rasen.

Will er mich jetzt etwa küssen, fragte sich Grace aufgeregt.

In seinen Augen lag ein verhangener Ausdruck und Grace spürte, wie auch Clark mit seinen Gefühlen zu kämpfen schien. Unter seinem Blick wurde ihr heiß und kalt. Und als er dann ihre Haare an den Schultern zur Seite schob und tatsächlich eine Spur federleichte Küsse über ihren Hals zog, war es um Grace geschehen.

Atemlos vor Erregung drehte sie ihm das Gesicht zu, und dann endlich lagen seine fiebrigen Lippen auf ihren. Es war wie eine Explosion. Er schmeckte so gut. Seine Lippen waren warm, weich und hungrig. Erst vorsichtig, dann immer gieriger forderte seine Zunge Einlass und ihr Verstand setzte aus.

Der Kuss raubte ihr die Sinne, nahm ihr die Luft zu atmen.

Grace hatte nicht mehr die Kraft, ihrer inneren Stimme zu folgen, die ihr zur Zurückhaltung riet und erinnerte, dass sie höchstwahrscheinlich bald einen anderen heiraten würde. Es war ihr egal. Nun übernahm das Verlangen die Kontrolle und schoss wie eine Stichflamme durch ihren Körper. Sie presste sich an ihn, signalisierte ihm, dass sie mehr wollte.

Clark sog scharf die Luft ein und spannte die Muskeln an, als Grace ihre Hand unter sein T-Shirt gleiten ließ. »Grace«, zischte er rau. »Willst du das wirklich?«

Sie spürte seine Erektion an ihrem Unterleib und die Erkenntnis, dass er sie genauso begehrte wie sie ihn, ließ alle Zweifel über Bord rauschen und schickte glühende Schauer durch ihren Körper.

Überrascht über ihre eigene Forschheit und die Heftigkeit ihrer Gefühle atmete Grace ein paarmal tief durch und zog ihm das T-Shirt über den Kopf. »Ja, und noch viel mehr.« Sie wollte nicht mehr reden, sie wollte, dass er sie nahm. Hier und jetzt.

Ein Lächeln breitete sich auf seinem Gesicht aus. Seine blauen Augen funkelten dämonisch, während er sich zu ihr vorbeugte und leicht in ihr Ohrläppchen biss. »Du glaubst gar nicht, wie sehr ich dich begehre, wie ich von diesem Moment geträumt habe«, haucht er rau. »Ich wollte dich vom ersten Augenblick an, als du aus der Tür getreten bist.« Behutsam eroberten seine einfühlsamen Hände ihren Bauch. Streiften über ihren Bauchnabel bis zum Hügel ihrer Brüste.

Unter seinen Berührungen entwickelte ihr Körper ein Eigenleben. Sie wand sich hungrig neben ihm.

Ohne Vorwarnung hob er sie plötzlich auf seinen Schoß. Mit einer Hand öffnete er den Reißverschluss ihres Kleides am Rücken, mit der andern streifte er es ihr geschickt von den Schultern. »Oh Gott, Grace, ich will dich«, hauchte er. »Ich will dich so sehr.«

Grace schlang ihre Arme und Beine um ihn, nahm sein Gesicht in beide Hände und küsste ihn. Ihr Blick saugte sich an ihm fest. *Dieser Mann ist einfach zu schön.* Brennende Begierde loderte in ihr, ein Feuer, das ausgebrochen war und nur Clark Walker zähmen konnte.

Kapitel 17

An diesem Samstagabend leuchtet das Licht besonders schön, dachte Grace, während sie sich in eine wärmende Decke kuschelte und bewunderte, wie die untergehende Sonne in einer Lawine aus Goldgelb und Karminrot hinter dem Meer verschwand. Augenblicklich sprang Timoti zu ihr auf die Bank und bettete seinen Kopf auf ihren Schoß.

Die Lichterketten tauchten die Gesichter der fröhlichen Gesellschaft in einen warmen Schein, nun da die Dunkelheit zwischen ihnen lauerte.

Das Fest war bereits im vollen Gange. Hawkins, Ray, Taonga und viele der Hilfsarbeiter, welche Tag für Tag unermüdlich auf der Plantage schufteten, ließen nun die Anstrengungen der letzten Monate bei einem ausgelassenen Beisammensein von sich abfallen. Lachend prosteten sie sich zu, tranken Bier und Wein, während der köstliche Duft von gebratenem Fleisch, das auf dem Grill brutzelte, die Luft erfüllte und Appetit weckte.

Prompt fing Grace' Magen an zu grummeln. Seit heute früh hatte sie nichts mehr gegessen. Ertappt legte Grace die Hand auf ihren Bauch, worauf Timoti leise knurrend den Kopf hob und sie neugierig musterte.

»Das war nur mein Magen, keine Sorge«, raunte sie dem Hund zu und tätschelte ihn hinter den Ohren. Als hätte er ihre Worte verstanden, schloss er die Augen und ließ den

Kopf zurück auf ihre Beine sinken.

Grace bedauerte, dass sie die Ausgelassenheit ihrer Gäste nicht so teilen konnte wie sonst immer. Ängste jagten durch ihren Kopf. Ihre Zukunft stand in den Sternen. Zu viele ungeklärte Fragen bedrückten ihr Gemüt, als dass sie sich entspannen oder gar freuen konnte.

Wenn es nach Grace gegangen wäre, hätte sie dieses Jahr sogar ganz auf das Fest verzichtet, aber das hatte sie nicht übers Herz gebracht. Das Barbecue nach der Ernte war ein Ritual, das sie ihren Arbeitern nicht vorenthalten konnte. Trotz aller Widrigkeiten hatten sie gute Arbeit geleistet und es verstand sich von selbst, dass Grace sich mit diesem Fest bei ihnen bedankte.

Grace setzte eine nachdenkliche Miene auf. Urplötzlich lastete wieder der gesamte Druck auf ihr und Panik überkam sie. Die Bank forderte das Geld und Jeremy eine Antwort. Sie hatte schon ein ganz schlechtes Gewissen, weil sie ihn so lange hingehalten hatte.

Was soll ich bloß machen?

Alles in Grace sträubte sich, eine Ehe ohne Liebe einzugehen. Denn dass sie für Jeremy nicht dasselbe empfand wie für Clark, wusste sie spätestens jetzt, da sie mit Clark geschlafen hatte. Aber vielleicht musste sie Opfer bringen, wenn sie die Farm retten wollte? Schließlich ging es um ihre Existenz. Und einen kurzen Moment lang fühlte sie sich an ihren Vater erinnert, der gewollt hätte, dass sie glücklich wurde. Andererseits hätte er sich auch gewünscht, dass die Farm erhalten blieb.

Grace seufzte tief. Wenn sie ehrlich war, kannte sie die Antwort bereits. Tief in ihrem Inneren wusste Grace, wie sie sich entscheiden musste. Es war die Begegnung mit Clark, die ihr diese Entscheidung so schwermachte.

Jemand lachte laut auf, gleich darauf stimmten die anderen mit ein und übertönten den eigentümlichen Singsang, der durch die Lautsprecher drang. Ein altes Volkslied der Maori. Sanft und ausdrucksstark. *Typisch*, dachte Grace schmunzelnd. Manuka hatte die Playlist zusammengestellt.

Den ganzen Tag hatte Grace versucht, nicht an Clark zu denken. Sie musste einen klaren Kopf behalten. Ihr Instinkt sagte ihr, dass sie ihn lieber vergessen sollte. Clark war nur ein Gast. Ein schöner Mann auf der Durchreise. Doch wie löschte man jemanden aus seinem Gedächtnis, der sie so hingebungsvoll geliebt hatte wie noch nie jemand in ihrem Leben? Der Gedanke wie sie sich leidenschaftlich am Strand geliebt hatten, schickte prickelnde Schauer durch ihren Körper. Bei dem Gedanken wurde ihr heiß. Und sie sehnte sich nach seiner Wärme, seinen Küssen, seiner Umarmung. Sie sehnte sich nach Clark und erschrak, als Jeremy unvermittelt vor ihr auftauchte, als hätte die Nacht ihn ausgespuckt.

Er beugte sich zu ihr runter und gab ihr einen flüchtigen Kuss auf die Wange. »Babe, Liebes, schön, dich zu sehen!«

Grace rang sich zu einem Lächeln durch. »Jeremy.«

»Wie ich gehört habe, warst du gestern unten am Strand und hast dich etwas ausgeruht«, sagte er in einem beiläufigen Tonfall und durchbohrte sie förmlich mit seinem Blick.

Grace erstarrte und spürte, wie ihre Wangen glühten. Hatte Jeremy sie etwa beobachtet? *Heilige Scheiße!* Das wäre ihr allerdings mehr als nur peinlich.

»Ähm ... ja«, stotterte sie. »Ich war total erledigt und bin eingeschlafen.«

»Eingeschlafen, unten am Strand ... soso«, murmelte Jeremy und betrachtete sie nachdenklich. Sein

Gesichtsausdruck verriet nicht, was er dachte, aber man sah ihm an, dass es in ihm arbeitete.

Verdammt, dachte Grace und sah sich mit Clark am Strand liegen. Das Bild eng umschlungener, halb nackter Körper baute sich vor ihr auf und nur mühsam konnte sie den Gedanken abschütteln, dass Jeremy sie unter Umständen tatsächlich beim Liebesspiel mit Clark beobachtet hatte.

Rot vor Scham lächelte sie müde, atmete tief durch und erhob sich. »Komm, lass uns rüber zu den anderen gehen, ich habe einen Bärenhunger«, schlug sie vor, um schnellstens das Gesprächsthema zu wechseln. Sie hatte jetzt nicht die Kraft, einem Jeremy-Kreuzverhör standzuhalten. »Es riecht köstlich, findest du nicht?«, fügte sie hinzu und schenkte ihm ein Lächeln, bemüht, sich völlig ungezwungen zu geben.

Jeremy bedachte sie erneut mit einem forschen Blick, lächelte dann aber. »Gut, Babe, dann wollen wir uns mal ins Getümmel stürzen und sehen, wie wir deinen Hunger stillen können.« Er half Grace, die Decke abzulegen, die sie in ihrer Hand hielt, und zog sie mit einem Ruck an sich.

»Du bist mir noch eine Antwort schuldig«, flüsterte er an ihrem Ohr und bevor Grace reagieren konnte, presste er einen harten Kuss auf ihre Lippen.

Grace lag es fern, die leichte Anspannung, die zwischen ihnen brodelte, unnötig zu verschärfen, und erwiderte den Kuss, wenn auch nicht so leidenschaftlich, wie Jeremy es sich sicherlich gewünscht hätte. Und wieder einmal bestätigte sich, dass Jeremys Küsse sie nicht einen Moment in Erregung versetzten.

Sie wand sich leicht, sodass sich ihre Lippen wieder voneinander lösten. »Jeremy ...«, begann Grace, kam jedoch nicht dazu, den Satz zu beenden, denn abermals erklang lautstarkes Gelächter und man hörte Hawkins heraus, der mit seiner, vom Alkohol gebeutelten, schweren Zunge zusammenhangloses Zeug lallte.

Hoffentlich hat er sich diesmal im Griff, bangte Grace. Nicht auszudenken, wenn der stämmige Kerl wieder ein Streit vom Zaun brach.

Grelle Scheinwerferlichter stachen plötzlich aus der Nacht. Blinzelnd schirmte Grace das Licht mit der Handfläche ab.

»Der hat uns gerade noch gefehlt«, stöhnte Jeremy entnervt.

»Sei nett zu ihm«, mahnte Grace, die fühlte, wie sich ihr Körper augenblicklich anspannte. »Er ist mein Gast. Und sein Name ist Clark Walker.«

»Ich weiß auch nicht, was es ist, aber irgendwie hat der Typ was Undurchsichtiges an sich. Pass auf dich auf, Grace«, murmelte Jeremy und zog im gespielten Argwohn die Augenbrauen hoch.

Grace verspürte den Drang, Clark zu verteidigen, verkniff sich aber jeglichen Kommentar, der ihr bereits auf den Lippen lag. Sie durfte Jeremy nicht vor den Kopf stoßen, nicht in dieser angespannten Situation. Womöglich verplapperte sie sich und verriet dadurch, dass Clark und sie sich bereits nähergekommen waren. Näher, als sie je zu träumen gewagt hatte.

Eine Autotür schlug zu, kaum dass der SUV zum Stehen gekommen war. Gleich darauf näherten sich knirschend Clarks Schritte.

Besitzergreifend legte Jeremy einen Arm um die Hüfte von Grace, während sein Blick die undurchdringliche Miene eines Pokerspielers aufsetzte.

»Entschuldige, Grace, ich bin aufgehalten worden, komme ich etwa zu spät?«, fragte Clark charmant, der zu ihnen aufgeschlossen war und Jeremy keines Blickes würdigte. »Ihr habt das Fest doch nicht etwa ohne mich begonnen?«, fragte er scherzhaft. Sein Blick klebte an Grace.

»Das würden wir niemals wagen«, neckte Grace und lächelte Clark an, während Timoti freudig aufsprang, um ihn zu beschnüffeln.

Clark kraulte ihm das Fell.

Wow, er sieht fantastisch aus in diesem stahlblauen Anzug, dachte Grace, während sie sich darauf konzentrierte, das verlangende Ziehen in ihrem Körper unter Kontrolle zu bringen.

»Wir wollten uns gerade etwas vom Grill holen«, sagte Grace. »Möchtest du auch was?«

»Dein Gast will sich sicher erst mal frisch machen und was Legeres überziehen. Schon der kleinste Fettspritzer könnte den teuren Anzug ruinieren, und das wäre doch wirklich schade«, mischte Jeremy sich in einem arroganten Tonfall ein und die Nägel seiner Hand bohrten sich in ihre Hüfte.

Grace' Nerven fingen an zu flattern, als sie den Blickkontakt zwischen den beiden verfolgte.

»Tatsächlich werde ich mich kurz frisch machen«, sagte Clark leise. Seine Stimme hatte einen kühlen Ton und man merkte, dass es in ihm brodelte.

Grace lief ein kalter Schauder über den Rücken, als sie sah, mit welch regungslosem Gesicht er Jeremy taxierte. Wenn Blicke töten könnten, wäre Jeremy auf der Stelle umgefallen.

Oh je, dachte Grace und schluckte trocken. Das Ganze

artete immer mehr in einen Konkurrenzkampf um sie aus. Nicht, dass Grace diese Tatsache missfiel. Im Gegenteil, schon seit Ewigkeiten hatte niemand mehr um sie geworben. Und es war die Ironie des Schicksals, dass nun zwei Typen gleichzeitig um sie buhlten.

Clark wandte sich an Grace. Diesmal war sein Tonfall weich und warm. »Ich beeile mich und werde so schnell wie möglich dazustoßen.« Es war dieses verführerische Lächeln, das Clark ihr schenkte, bevor er locker ins Haus schlenderte, die ihre Erregung aufbrodeln ließ.

Als Grace aus den Augenwinkeln Jeremys kalte Augen wahrnahm, die Clark feindselig hinterherblickten, glaubte Grace, den Grund dafür zu wissen: Jeremy hatte sie am Strand beobachtet.

Als Clark diesen Idioten Jeremy neben Grace stehen sah, versteifte er sich für einen kurzen Augenblick. Jäh überkam ihn das Gefühl, das er in seinem bisherigen Leben nur selten verspürte: Eifersucht.

Mein Gott, es hat mich wirklich voll erwischt, dachte Clark. Mit knirschenden Zähnen und bebenden Lippen beobachtete er, wie Jeremy den Arm um die Hüfte von Grace legte und sie fest an sich zog, als wollte er mit allen Mitteln seinen Besitzanspruch auf sie klarstellen.

Grace war diese Umarmung unangenehm, das signalisierte der hilflose Blick, mit dem sie Clark bedachte. Wut kochte in Clark hoch. Es war kaum zum Aushalten und er malte sich aus, wie er dem Scheißkerl seine Faust ins Gesicht rammte. Glücklicherweise war er zivilisiert und wusste sich zu beherrschen.

Tausend Flüche jagten auf einmal durch Clarks Kopf. Wer war dieser Jeremy eigentlich? Er wusste rein gar nichts über ihn. Wie lange kannten er und Grace sich schon? Zwischen ihnen, das nahm Clark enttäuscht zur Kenntnis, herrschte Vertrautheit.

Sein Blick wanderte langsam über Grace' Körper, bevor er ihre strahlenden Augen suchte, ihr zartes Gesicht betrachtete. Grace sah zum Anbeißen aus und er musste sich beherrschen, sie nicht augenblicklich aus den Fängen dieses Möchtegerncowboys zu reißen.

Er sah auf ihre vollen blutroten Lippen und verbot sich, an deren lockende Liebkosungen zu denken, mit denen Grace ihn gestern unten am Strand zum Brennen gebracht hatte. Instinktiv leckte Clark sich über die Lippen. Erregung durchzuckte ihn. Alles in ihm prickelte. *Himmel noch mal.* Er wollte sie schmecken, sie fühlen, sich in ihr verlieren ... doch daran durfte er jetzt nicht denken. Mühsam zwang er sich, nicht gänzlich die Kontrolle über seine Gedanken zu verlieren.

Clark blieb cool, als ihm der Cowboy unmissverständlich signalisierte, hier nicht erwünscht zu sein. Und er überhörte geflissentlich den arroganten Tonfall, mit dem ihm Jeremy begegnete. Um Grace' willen brach er keinen Streit vom Zaun.

Grace' Herz machte einen Hopser, als Clark wieder zu ihnen stieß. Er hatte sich umgezogen und in der schwarzen Jeans und dem schwarzen Pullover mit Stehkragen sah er nicht weniger sexy aus als in seinem eleganten Anzug zuvor und Grace fragte sich, ob er ihre Nervosität bemerkte.

»Setz dich doch zu uns«, forderte sie ihn auf. Grace saß mit Jeremy, Taonga und Manuka um einen Tisch herum. »Möchtest du ein Glas Wein?« Sie lächelte ihn mit ihren großen Augen an und griff bereits nach der Flasche, die auf dem Tisch stand. Großzügig goss sie den Wein in ein sauberes, bauchiges Glas ein.

»Ja, sehr gerne.« Er ließ sich auf einen der freien Stühle fallen und nahm es entgegen, wobei seine Finger den Bruchteil einer Sekunde ihre Knöchel streiften.

Ein Blitz durchfuhr Grace und sie zuckte unmerklich zusammen. Verlegen versuchte sie, sich nichts anmerken zu lassen. Langsam zog sie die Hand zurück und tat so, als lauschte sie aufmerksam den Tischgesprächen, während sie aus den Augenwinkeln den umwerfenden Mann vor ihren Augen musterte, der lässig von seinem Wein probierte und genüsslich dreinblickte, als ihm der Alkohol auf der Zunge prickelte. Schatten sprangen in seinem Gesicht. Die Augen loderten im Schein der Lichterketten.

Geheimnisvoll wie das dunkle Meer.

In Grace' Magen flatterte es, als sie merkte, dass er sie ebenfalls anstarrte. Ihre Wangen röteten sich leicht.

Wie wenig sie über diesen Mann wusste! Grace musste sich eingestehen, dass sie seit Jahren nie ein Mann so sehr interessiert hatte, wie Clark es tat. Sie wollte *alles* über ihn wissen. Jedes dunkle Geheimnis. Jede innere Narbe. Einfach alles.

Jeremy räusperte sich und sah Clark misstrauisch über den Tisch hinweg an. »Sind Sie geschäftlich in Neuseeland?«, wandte er sich an Clark. Seine Augen musterten ihn forschend.

Hat er etwa gespürt, dass die Atmosphäre zwischen Clark und mir zu knistern begann?, überlegte Grace und gab sich große Mühe unbeteiligt zu wirken, während sie an ihrem Wein nippte und die beiden unauffällig beobachtete.

»Hauptsächlich mache ich Urlaub, aber heute zum Beispiel habe ich Kontakte mit Kunden gepflegt, mit denen ich ansonsten nur telefonisch korrespondiere«, erklärte Clark ganz entspannt und zuckte mit den Schultern. »Der Beruf lässt einen nie ganz los.« Er trank einen Schluck Wein und lehnte sich zurück.

Jeremys Gedanken waren nicht schwer zu erraten. *Du lieber Himmel, fühlt der Typ sich wichtig!* Er verzog das Gesicht, als müsste er sich jeden Augenblick übergeben.

Grace hingegen genoss es, Clarks Worten zu lauschen. Sie hing an seinen Lippen, wobei es nicht einmal wichtig war, was er sagte. Sie hörte ihm einfach gerne zu. Seine beruhigende Stimme ließ ihr Trommelfell vibrieren und ihr Herzschlag beschleunigte sich, sobald er den Mund öffnete.

»Wie lange bleiben Sie?«, nahm Jeremy das Gespräch erneut auf. Er blickte Clark herausfordernd an.

Grace tadelte ihn dafür im Stillen. Sie war überzeugt davon, dass Jeremy sich nur deshalb danach erkundigte, weil er es kaum erwarten konnte, Clark wieder loszuwerden.

Mit einem Mal empfand Grace Jeremys Gegenwart als lästig. Lieber als alles andere wollte sie mit Clark alleine sein, und als sie ihren Kopf hob und in seine blauen Augen sah, erkannte sie an seinem verhangenen Blick, dass die Anziehung zwischen ihnen auf Gegenseitigkeit beruhte. Erneut schien die Luft zwischen ihnen zu knistern und Grace genoss diesen Moment mit jeder Faser ihres Körpers. In letzter Zeit hatte sie wahrlich genug Sorgen zu verkraften, wieso also nicht jeden Atemzug bis zum Äußersten auskosten?

Ein warmes Gefühl breitete sich in Grace aus, das zu genießen jedoch von einem plötzlichen Tumult unterbrochen wurde.

Wie bereits befürchtet, zeigte der Alkohol seine Wirkung und Hawkins hatte sich mal wieder drohend vor Ray aufgebaut. Seine Stimme überschlug sich und sein Kopf war hochrot vor Zorn. Auch wenn niemand ein einziges Wort von dem verstand, was er Ray brüllend an den Kopf warf, stand eins fest: Es würde nicht mehr lange dauern und die Fäuste würden erneut fliegen.

Oh nein, nicht schon wieder, dachte Grace und atmete frustriert aus. Sie wollte sich gerade von ihrem Stuhl erheben, doch Jeremy war schon aufgesprungen. Er berührte kurz ihre Schulter und drückte sie sanft in den Stuhl zurück. »Bleib sitzen«, sagte er. »Das ist Männersache. Ich kümmere mich darum«, beruhigte er sie.

Sie schenkte Jeremy ein dankbares Lächeln und sah ihm hinterher. Augenblicklich rührte wieder das schlechte Gewissen in ihr.

Jeremy liebte die Arbeit auf der Farm, er liebte die Natur, er lebte gerne in Gisborne, er liebte sie.

Jeremy wäre der perfekte Ehemann.

Aber Grace liebte einen anderen.

Warum um alles in der Welt konnte dieser Cowboy nicht aufhören, ihn zu provozieren? Clark unterdrückte einen Fluch, während er von seinem Platz aus beobachtete, wie Jeremy gelassen auf die beiden Streithähne zuschlenderte. Ein Mann, der Spaß daran hatte, sich mit Wildpferden anzulegen und auf Bullen zu reiten. Ein Mann mit übersteigertem Selbstbewusstsein, der sich aufplusterte, sobald die Möglichkeit bestand, sich zu beweisen.

Clark kannte Jeremy nicht gut genug, um ihn zu beurteilen, aber er konnte den Glanz der Gewaltbereitschaft in dessen Augen lesen und war sich sicher, dass sich hinter dieser aufgesetzten, coolen Fassade noch tiefere Abgründe verbargen.

Vielleicht war es diese überhebliche, selbstgerechte Art, mit der Jeremy den Menschen begegnete, die Clark an seinen Bruder erinnerte und ihn in höchste Alarmbereitschaft versetzte.

Clark trank einen Schluck von seinem Wein und stellte das Glas zurück auf den Tisch. Dann blickte er zu Grace. Als sich ihre Augen begegneten, traf ihn das Verlangen nach ihr wie ein Blitz.

In diesem Moment spürte Clark ganz deutlich, dass Grace geschafft hatte, was sonst keine Frau vor ihr möglich gemacht hatte. Clark hatte sich stets geschlossen gehalten. Eine Truhe, in deren Schloss nur ein einziger Schlüssel passte. Nur eine Person wusste, was sich in dieser Truhe befand, denn nur sie allein trug den Schlüssel an einer Kette um den Hals. Und diese Person war er selbst.

Doch plötzlich bröckelte seine Schutzmauer und alles geriet ins Wanken. Gefühle ließen sich eben nicht einfach überlisten.

Er mochte Grace. Mehr als er sich eingestehen wollte.

Jeremy tat gut daran, Clark nicht zu unterschätzen. Vor allen Dingen sollte er ihn nicht herausfordern.

Als Clarks Handy vibrierte, war er mit den Gedanken immer noch bei Grace, aber es war die Angewohnheit des jederzeit erreichbaren Geschäftsmannes, die ihn unmittelbar in die Tasche nach seinem Smartphone greifen ließ. Ein flüchtiger Blick aufs Display und die Farbe wich aus seinem Gesicht.

Eine Nachricht von seinem Bruder. Was will der denn schon wieder? Habe ich mich etwa nicht deutlich genug ausgedrückt?, dachte Clark genervt.

Larry Carthy schrieb:

Komm schon, kleiner Bruder. Hab dich nicht so. Wir sind

ein gutes Team. Gemeinsam können wir Unvorstellbares vollbringen. Ich kann ja verstehen, dass deine Hormone verrückt spielen. Die Kleine ist ja echt sexy. Trotzdem solltest du professionell bleiben. Emotionen können das Denken viel zu schnell beeinflussen. Gönn dir ein paar Tage. Werde klar im Kopf, erkenn, wer du wirklich bist. Du bist ein Finanzhai, genau wie ich. Wir sprechen uns wieder. LC

Die Nachricht klang demütig und versöhnlich, als wollte sein Bruder verhindern, dass sie sich voneinander distanzierten. Wären diese letzten Worte nicht gewesen, die seinem Kürzel folgten:

Ohne mich bist du nichts.

Wütend schaltete Clark das Handy aus und steckte es zurück in die Tasche.

Was bildete dieser Idiot sich ein? Glaubte er wirklich, der Mittelpunkt der Erde zu sein, um den sich alles drehte?

Sein Bruder konnte ihm gestohlen bleiben!

Kapitel 18

Gedämpft drang der Bass der Partymusik durch die Nacht. Grace rieb sich über die Augen. Sie spürte die Anstrengungen des Tages. Allmählich wurden ihre Augenlider immer schwerer und ihr Verstand klebrig. Am liebsten hätte sie sich gleich ins Bett geflüchtet, aber als Gastgeberin musste sie leider noch ein bisschen ausharren.

»Willst du noch was essen?«, fragte Jeremy und stellte einen köstlich duftenden Teller mit ein paar Bratwürsten und Rippchen auf den Tisch. »Das sind die letzten Reste vom Grill.«

»Nein, danke, aber ...« Grace nahm ein Würstchen in die Hand und schaute sich suchend um. »Timoti wird sich bestimmt darüber freuen«, sagte sie und rief nach ihm. »Wo ist der Hund eigentlich, ich habe ihn schon länger nicht mehr gesehen. Timoti ...?«

Manuka zuckte mit den Schultern. »Keine Ahnung. Wahrscheinlich jagt er einem Kaninchen hinterher, der wird schon wieder auftauchen.« Sie stemmte die Hände in die Hüften, während sie ebenfalls ihren Blick umherschweifen ließ. »So ein riesiger Hund wie der alte Timoti kann nicht einfach verloren gehen.«

Jeremy zuckte ebenfalls mit den Schultern und biss von seiner Wurst ab, dessen Ende er soeben in Senf getaucht hatte. »Dem kann ich nur zustimmen. Wo soll der Hund schon abgeblieben sein?«, sagte er kauend. »In Neuseeland gibt es keine wilden Tiere, die ihm gefährlich werden könnten. Du kannst also ganz entspannt bleiben, Babe«, sagte er guter Hoffnung und zwinkerte ihr aufmunternd zu.

Grace hatte dennoch plötzlich ein ungutes Gefühl. Timoti war noch nie lange von ihrer Seite gewichen. Selbst wenn der Hund eine Spur verfolgte, hatte er sein Revier selten weiträumig verlassen und war schon nach kurzer Zeit wieder zum Haus zurückgekehrt. *Vielleicht hat jemand aus Versehen eine Tür hinter ihm geschlossen und Timoti ist nun irgendwo eingesperrt*, überlegte Grace. Der Gedanke verursachte ihr Bauchschmerzen und ließ ihr keine Ruhe.

»Ich gehe trotzdem mal kurz nach ihm suchen«, erklärte Grace entschlossen und machte sich prompt auf den Weg.

Doch egal wen sie in den nächsten Minuten nach dem Hund fragte: Als Antwort erhielt sie stets nur ein ahnungsloses Kopfschütteln.

Zunächst nahm Clark die herumirrende Grace nur unbewusst wahr, die wie ein scheues Reh von Busch zu Busch huschte und nachsah, was sich dahinter verbarg. Hatte sie etwas verloren?

Vielleicht Jeremy, dachte Clark belustigt, doch als er näher kam, war die Panik in Grace' Augen nicht zu übersehen.

»Was ist passiert?«, wollte Clark ohne Umschweife wissen.

Grace sah ihn angespannt an. »Timoti ist verschwunden!« Trotz ihrer Sorge brachte sie ein Lächeln für Clark zustande.

Dann wurde sie wieder ernst. Ihre Miene drückte Besorgnis aus. »Ich habe bereits alles abgesucht. Niemand will ihn in den letzten Stunden gesehen haben.«

»Vielleicht ist er im Haus«, vermutete Clark.

»Dort habe ich schon nachgeschaut. Er ist in keinem der Zimmer«, erklärte Grace und schüttelte bedrückt mit dem Kopf. »Normalerweise folgt er mir auf dem Fuß. Kann ziemlich nervig sein, wenn man ständig über seinen Rücken stolpert.« Aufgelöst rieb sie sich die Hände. »Langsam mache ich mir ernsthafte Sorgen.«

»Das ist bestimmt unbegründet«, tröstete Clark. »Es liegt an der Finsternis. Die verschluckt schon mal einen dunklen Hund wie Timoti. Wir werden ihn sicher gleich finden. Ich helfe dir beim Suchen«, bot er an.

Dankbar für sein Angebot lächelte Grace ihn an. Mit ihren vor Aufregung geröteten Wangen und ihrem ängstlichen Blick sah sie so jung und verletzlich aus, dass es ihn in der Seele schmerzte.

Augenblicklich breitete sich ein warmes Gefühl in Clark aus, der seinen Beschützerinstinkt in ihm weckte. Leicht berührte Clark ihre Schulter, ohne den Blickkontakt zu unterbrechen. »Wo treibt der Gute sich denn für gewöhnlich herum?«, erkundigte er sich.

»Entweder schleicht er um das Haus oder er durchgekämmt die Plantage.«

Mit einem entschlossenen Nicken entschied Clark dann: »Also los. Suchen wir da zuerst.«

Grace ging voraus, Clark folgte ihr dicht auf den Fersen. Er holte sein Handy heraus, um die Smartphonekamera anzuschalten. Damit konnte er dunkle Ecken ausleuchten, falls nötig.

Vier weitere Nachrichten waren eingegangen. Wie zu erwarten, kamen sie allesamt von seinem Bruder. Clark löschte sie ungesehen und widmete sich ganz der Suche nach Grace' Labrador.

Mehrmals hintereinander riefen sie Timotis Namen, doch nichts regte sich. Kein Bellen, kein Rascheln im Unterholz.

»Hier scheint er jedenfalls nicht zu sein«, stellte Clark fest, nachdem sie bis zur Mitte der Plantage vorgedrungen waren. Der Hund hätte sie hören müssen, wenn er sich unter den Mandarinenbäumen versteckt hätte.

Grace seufzte. Die Vorstellung, zu allem Überfluss auch noch ihren geliebten Hund zu verlieren, schnürte ihr die Kehle zu und lastete wie ein dunkler Schatten auf ihrer Seele. Möglicherweise hatte er sich verletzt und konnte sich nicht bemerkbar machen. Noch nie im Leben hatte sie so eine Angst verspürt. Verstört rief sie erneut lautstark nach dem Hund und horchte. »Timoti!«

Die Musik der Grillfeier übertönte jedes Geräusch. Inzwischen drang fetzige Tanzmusik durch die Lautsprecher. Das Lachen der Arbeiter und Angestellten erfüllte die Nacht. Es klang nach Fröhlichkeit. Unbeschwertheit.

Grace schluckte. »Verdammt, wo steckt dieser Hund denn nur? Ich weiß wirklich nicht, wo ich noch suchen soll.« Resigniert zuckte sie mit den Schultern. Tränen stiegen ihr in die Augen.

»Hey«, sagte Clark, legte seine Finger unter ihr Kinn und hob es an. Tief sah er ihr in die Augen. »Wir werden Timoti finden«, versprach er mit aufmunternder Stimme. Zärtlich strich er ihr eine Haarsträhne aus dem Gesicht. Dann beugte er sich zu ihr hin und setzte einen sanften Kuss auf ihre Stirn.

Diese zärtliche Berührung ließ Grace erröten und ihr Herzschlag setzte aus. Tränen sammelten sich in ihren Augen. Aus den Augenwinkeln sah sie ihn an und war erleichtert, dass Clark in diesem Moment nach ihrer Hand griff und somit nichts von ihrer Nervosität und der erneut aufsteigenden Verzweiflung mitbekam.

»Komm! Wir suchen unten am Strand nach Timoti, vielleicht finden wir ihn dort.« Seine Worte wurden von einer plötzlich auftretenden Windböe fortgerissen.

»Timoti gehorcht nicht so richtig«, gab Grace zu bedenken. »Zwar beschützt er mich wie ein Wachhund, aber ansonsten ignoriert er gerne meine Aufforderungen. Meinem Vater folgte er aufs Wort. Es ist vermutlich auch meine Schuld. Ich sollte strenger mit ihm sein. Ihm nicht alles durchgehen lassen«, schniefte sie, während sie den Hals in alle Richtungen reckte.

»Hunde können ziemlich eigenwillig sein«, stimmte Clark ihr zu.

»Hast du ein Haustier?«, fragte Grace interessiert.

»Nein.«

»Auch als Kind nicht?«

Er schüttelte den Kopf. »Wir hatten früher nicht viel Geld. Meine Eltern waren froh, wenn sie mich und meinen Bruder durchfüttern konnten. Ein weiteres Maul, das gestopft werden musste, wäre des Guten zu viel gewesen.

»Du hast einen Bruder?« Grace warf ihm einen prüfenden Blick zu. Seit wann plauderte der geheimnisumwitterte Clark derart offen über seine Vergangenheit? Bis jetzt hatte er sich stets geschlossen gehalten, was seine Privatsphäre betraf.

Clark biss sich auf die Zunge, als bereute er, das Thema angesprochen zu haben. Schließlich antwortete er: »Ja. Er ist ein paar Jahre älter als ich.«

»Wie ist sein Name?«, nutzte Grace die Gelegenheit, mehr über Clarks Privatleben zu erfahren.

»Ich möchte nicht über ihn sprechen«, stellte Clark

entschieden klar.

»Seid ihr zerstritten?«

»Könnte man so sagen. Auch Brüder sind nicht fortdauernd einer Meinung. Was ist mir dir? Hast du Geschwister?«, wechselte er das Thema.

Grace verneinte. »Ich hatte immer nur meinen Vater«, sagte sie wehmütig. »Meine Mutter ist früh gestorben.«

»Das tut mir leid«, sagte Clark sanft und bedachte sie mit einem mitfühlenden Blick.

»Dann hatte dein Vater sicher wenig Zeit für dich, nehme ich an«, bedauerte Clark. »Auf einer Farm wie dieser muss man viel arbeiten.«

»Das stimmt«, seufzte Grace, klang jedoch nicht trübselig. »Aber es war eine schöne Kindheit«, erkannte sie an. »Das Leben auf einer Plantage ist ziemlich aufregend und hat mich schon damals beeindruckt«, schwärmte sie. Schwermütig fügte sie hinzu: »Ich fürchte mich davor, das alles zu verlieren!«

Mittlerweile hatten sie den Strand erreicht. Eine kühle Brise wehte. Die Luft roch salzig und frisch. Das goldgelbe Licht des Mondes leuchtete ihnen den Weg. Von hier aus hatte man einen freien Blick auf das Wasser und den menschenleeren Strand. Grace zog ihre Schuhe aus und spürte den feinen, nassen Sand, der unter ihren Schritten schmatzte. Irgendwo raschelte ein Tier im Gebüsch. »Timoti«, rief Grace erneut. Doch weit und breit war keine Spur von dem Hund.

Grace vernahm das Rauschen der Wellen. Stürmisch, kraftvoll. Wäre da nicht die Sorge um Timoti, würde sie sich mit Freude ins Wasser stürzen und dem Mond entgegenschwimmen.

»Traumhaft«, schwärmte Clark, als hätte er ihre

Gedanken gelesen. Er beobachtete die Wellen, die sich tosend an den Klippen brachen.

»Ein wunderbarer Ort«, pflichtete Grace ihm bei und lächelte Clark glückselig an. Sein Haar glitzerte im Mondschein. Der kühle Wind zerrte an seiner Kleidung.

Grace fröstelte plötzlich und schlang die Arme um ihren Körper, um sich zu wärmen.

Clark zog seinen Pullover aus und legt ihn über ihre Schultern. Sein warmes Lächeln, mit dem er Grace bedachte, ließ ihre Knie weich werden und nahm ihr die Luft zum Atmen. Seine männliche Statur beeindruckte sie. Seine Augen glänzten dunkel, verlangend. Grace schluckte und spürte das Blut in ihre Wangen schießen. Es rauschte ihr in den Ohren. Mehr denn je fühlte sie sich zu ihm hingezogen. Einer inneren Versuchung folgend ergriff sie seine Hand.

Im ersten Moment schwiegen sie sich nur an. Grace glaubte schon, ihn überrascht zu haben, und fürchtete, Clark könnte zurücktreten, doch er streichelte zärtlich mit seinem Daumen über ihren Handrücken, bevor er sie sanft an sich zog. Dann hob er sie ein Stück hoch, suchte ihren Mund und küsste sie leidenschaftlich.

Grace merkte erst jetzt, wie sehr sie sich danach gesehnt hatte, Clarks fiebrige Lippen zu schmecken. Mit aller Inbrunst erwiderte sie seinen Kuss, verlangte nach mehr.

»Grace«, flüsterte Clark, als er kurz Luft holte und sah ihr tief in die Augen. »Es gibt da was, worüber ich mit dir sprechen muss, mein Bruder ...« Er schluckte hart, wollte mehr erzählen, doch das Geräusch näher kommender Stimmen unterbrach das klärende Gespräch.

»Ach, hier seid ihr!« Ein grelles Licht leuchtete in ihre Gesichter.

Grace zuckte erschrocken zusammen, löste sich aus Clarks Umarmung und stolperte einen Schritt zurück.

Clark fuhr herum. »Nimm die verdammte Taschenlampe runter, du blendest uns«, forderte er im ärgerlichen Tonfall und schirmte mit der Hand seine Augen gegen den grellen Lichtschein ab.

Jeremy kam ihrer Bitte nach und ließ die Taschenlampe in seiner Hand sinken. Dicht neben ihm stand Manuka.

»Was macht ihr zwei denn hier unten am Strand?«, wollte sie wissen. »Habt ihr Timoti gefunden?« Sie musterte die beiden mit neugierigen Blicken.

»Wir wollten dich bei der Suche nach Timoti unterstützen. Manuka und ich dachten, du könntest vielleicht unsere Hilfe gebrauchen«, wandte Jeremy sich an Grace. »Doch wie ich sehe, haben wir uns unnötig Sorgen um dich gemacht. Du bist ja in den besten Händen.« Er schenkte Clark einen kalten Blick. »Oder sollte ich besser sagen, nicht ganz bei der Sache«, fügte er mit bitterem Unterton hinzu und sah Grace finster an.

Grace errötete und wischte sich in einer Geste der Verlegenheit mit der Hand über den Mund.

Du bist eine Idiotin, Grace!, schalt sie sich selbst. Es war gar nicht gut, Jeremy gegen sich aufzubringen. Wenigstens nicht im Moment, wo er sozusagen ihr letzter Rettungsanker war. Sie zwang sich, Jeremys bohrendem Blick auszuweichen, indem sie Manuka anlächelte. »Danke, das ist sehr lieb von euch beiden.« Sie strich sich eine Haarsträhne aus dem Gesicht und versuchte, so zu tun, als wäre nichts geschehen. »Clark war so nett, mir anzubieten, bei der Suche nach Timoti zu helfen, aber hier ist der Hund auch nicht«, sagte sie und zuckte resigniert mit den Schultern. »Wir haben bereits alles abgesucht. Ich weiß nicht mehr, wo wir noch suchen sollen.«

»Clark Walker, der Mann für alle Fälle«, sagte Jeremy im kühlen, ironischen Ton. Er konnte es nicht lassen, weiter zu provozieren. Herausfordernd starrte er Clark an. »Haben Sie sonst keine Hobbys?«

Grace schluckte über die unverschämte Bemerkung von Jeremy und sah ihn tadelnd an. »Jeremy, bitte. Lass gut sein. Ich habe andere Sorgen. Clark wollte nur helfen.« Beruhigend legte sie ihre Hand auf seinen Unterarm, aber seine Augen sprühten trotzdem weiterhin Funken.

Clark wich Jeremys Blick nicht aus, starrte ihn mit zusammengekniffenen Augen an. Aber Grace konnte in Clarks Gesicht lesen, wie er sich bemühte, seine Fassung zu wahren. Seine Hände waren zu Fäusten geballt, er mahlte mit den Zähnen. »Nein, in der Tat habe ich im Moment nichts Besseres zu tun, als Grace bei der Suche nach Timoti zu helfen«, zischte er mit zusammengebissenen Zähnen.

Grace warf den Kopf in den Nacken. Streit konnte sie jetzt gar nicht gebrauchen. Um die Situation zwischen den beiden erneut zu entschärfen, sagte sie: »Ich verstehe das nicht. Normalerweise läuft Timoti nie so weit weg.«

»Das muss nichts bedeuten«, versuchte Manuka zu beruhigen, die ebenfalls mitbekommen hatte, dass die Luft zwischen Jeremy und Clark zum Schneiden war. »Wir sollten zum Haus zurückkehren. Vielleicht wartet der Hund schon auf uns.«

»Ja, ich denke auch. Es hat keinen Zweck, weiter hier am Strand nach ihm zu suchen«, stimmte Jeremy zu und streckte die Hand nach Grace aus. »Komm, lass uns gehen. Timoti ist ein intelligenter Hund. Er wird schon für sich selbst sorgen können, nichtsdestotrotz würde ich ihn ungern heute Nacht hier draußen lassen.« Er schlang den Arm um

202

Grace' Taille und zog sie mit einem Ruck von Clark weg.

Etwas zu ruckartig, wie Grace fand, aber um Jeremy nicht erneut zu verärgern, hob sie sich eine passende Zurechtweisung für später auf.

Manuka und Clark folgten ihnen ebenfalls, wenn auch mit einem angemessenen Abstand.

Nur durch Zufall bemerkte Clark den Schatten, der am Eingang zur Farm von Baum zu Baum schlich und vom Mondlicht angestrahlt wurde.

Wer ... verdammt?, dachte er überrascht und blieb abrupt stehen. Er kniff die Augen zusammen, um besser sehen zu können. Für den Bruchteil einer Sekunde glaubte er, sich getäuscht zu haben, diese Empfindung schwand jedoch geschwind. Er wusste, was er gesehen hatte. Oder vielmehr *wen*.

»Entschuldigt ihr mich kurz? Ich komme gleich nach«, rief er den anderen über die Schulter hinweg zu.

»Wir werden es überleben«, giftete Jeremy erleichtert, seinen Konkurrenten für den Moment loszuwerden.

Clark wandte sich ab und marschierte schnellen Schritts in die Richtung, in der die Person durch das Unterholz huschte.

Noch während Clark herantrat, raschelte es in dem Versteck. Wer auch immer sich dort verbarg, wollte offenbar die Flucht ergreifen, um unentdeckt zu bleiben. Doch dafür war es nun zu spät.

»Bleib stehen, du Feigling!«, forderte Clark wütend, seine Stimme bebte.

»Psssscht!«, machte es hinter dem Baum, dessen dicker Stamm die Gestalt dahinter verbarg.

»Was tust du hier?« Clark vergewisserte sich, dass weder

Grace noch die anderen in seine Richtung spähten, und trat zu dem Mann in den Sichtschutz des Baumstammes. »Wie lange gaffst du hier schon herum wie ein bemitleidenswerter Spanner?«, wollte Clark wissen.

»Keine Ahnung. Eine Weile schon.« Larry Carthy zuckte mit den Schultern. »Aber bisher hat mich niemand außer dir bemerkt.« Sein Bruder klang, als wäre er stolz auf diesen armseligen Triumph.

»Verschwinde! Auf der Stelle!« Clarks Stimme bebte vor Zorn.

»Sachte, sachte, Bruderherz«, beschwichtigte Larry und hob abwehrend die Hände hoch, um zu unterstreichen, dass Clark von ihm nichts zu befürchten hatte. »Ich wollte mich bloß ein wenig umsehen. Das ist schließlich nicht verboten.«

Clark beugte sich vor. »Du kannst dich im Knast umsehen, wenn du nicht augenblicklich verschwindest«, zischte er.

Sein Bruder zog einen provozierenden Schmollmund. »Willst du mich etwa an die Kleine verpetzen?« Er lächelte nur, klopfte seinen Anzug ab und betrachtete scheinbar uninteressiert einen Riss in seiner teuren Anzughose. Dann schob er die Ärmel seines Sakkos nach unten. Seine goldene Uhr, die er um das Handgelenk trug, funkelte im Mondlicht.

»Stell mich lieber nicht auf die Probe«, drohte Clark.

Larry musterte Clarks Gesicht. »Solltest du mich wirklich verraten, kleiner Bruder, wird es mir Freude bereiten, ihr im Gegenzug zu erzählen, dass du die Tanks der Transporter über Nacht abgepumpt hast! Mal sehen, wie sie darauf reagiert«, lächelte Larry triumphierend, der Spaß an der Situation zu haben schien.

»Das wäre eine Lüge«, zischte Clark mit eisiger Stimme.

»Ja, aber wem glaubst du, wird Grace mehr Glauben schenken? Einem kleinen Würstchen, das unter dem Pantoffel seines Bruders steht und nur ein Handlanger in einem miesen Spiel ist, oder einem skrupellosen Geschäftsmann, der keinen Hehl daraus macht, sich die Farm unter allen Umständen unter den Nagel reißen zu wollen. Und was glaubst du, wie die Kleine reagiert, wenn sie erfährt, dass du sie nur benutzt hast?« Er grinste feixend. »Glaub mir, Bruderherz. Ich habe bereits Vorsorge getroffen, dass Grace mir glauben wird.«

Clark schluckte kräftig. *Dieses miese Schwein*, dachte er erbost und mit einem Mal übermannte ihn eine Eingebung, die ungezügelten Zorn in ihm entflammte. »Timoti«, hauchte er kraftlos und sah seinen Bruder finster an. Wütend trat er an ihn heran, bis er fast seinen Atem riechen konnte, und tippte mit dem Finger auf die Brust seines Bruders. »Du hast ... nein ...« Fassungslos schüttelte er mit dem Kopf. »Das wagst du nicht ...«

Ein hinterlistiges Grinsen, das an das eines bösartigen Clowns erinnerte, setzte sich auf Larrys Lippen. »Oh, doch!«, stieß er aus. »Das wage ich und noch viel mehr.«

»Was hast du mit Timoti gemacht? Wo ist der Hund?« Clarks Stimme überschlug sich erneut.

»Finde es heraus!« Larrys Ton blieb nüchtern.

»Jetzt ist nicht der richtige Zeitpunkt für deine abartigen Spielchen!«, mahnte Clark. »Grace ist schon ganz krank vor Sorge. Wo. Ist. Er?«, betonte er nachdrücklich.

Larry Carthy schwieg, sah ihn nur an.

Clark widerstand dem Impuls, seinen Bruder an den Schultern zu packen und heftig zu schütteln. Er wusste nicht, wie lange er sich noch beherrschen konnte. Er musste besonnen bleiben, die Kontrolle behalten. Sein Bruder spekulierte bloß darauf, dass er ausflippte und ihm an den Kragen ging.

»Wenn du dem Hund etwas angetan hast, ich schwöre dir, ich werde dich dafür bis an den Rest deines Lebens büßen lassen!«, schrie Clark.

»He«, meinte Larry versöhnlich. »Reg dich wieder ab. Wir spielen immer noch im selben Team. Du hast nur vergessen, welche Seite du gewählt hast. Aber ich versichere dir, du wirst dich wieder daran erinnern. Ich kann dich reich machen. Beschissen reich. Reicher, als du jemals zu träumen gewagt hast. Vergiss deinen kleinen Flirt und komm zurück. Aber warte nicht zu lange.«

Clark spürte Verzweiflung in sich und seufzte schwer. *Wo ist der Hund? Was hat mein Bruder mit ihm gemacht? Was habe ich mir da nur eingebrockt?*

»Du bist ein fieser Idiot«, stieß er schließlich aus zusammengebissenen Zähnen hervor und sah Larry fest in die Augen. »Ich hasse dich.«

»Damit kann ich leben«, sagte Larry herablassend und schob Clark zur Seite. »Glaub mir, Bruderherz, da bist du nicht der Einzige.« Mit diesen Worten wandte Larry sich ab und kämpfte sich durch das bewachsene Dickicht.

Knackend verschwand er im Unterholz.

Erst jetzt bemerkte Clark, dass er die ganze Zeit über die Hände geballt hatte, als wollte er seinem Bruder jederzeit die Faust ins Gesicht rammen.

Kapitel 19

Mutlos stand Grace an einen Pfosten gelehnt auf der Veranda und beobachtete, wie die ersten Partygäste sich verabschiedeten und in ihre Autos stiegen. Da inzwischen auch die letzten Flaschen Alkohol geleert waren, schlossen sich die Übrigen bald an.

Die Hoffnung, Timoti wäre wieder aufgetaucht, war wie eine Seifenblase zerplatzt. Der Hund blieb wie vom Erdboden verschwunden.

»Es ist eine lange Nacht gewesen, wir sollten schlafen gehen. Morgen sieht die Welt schon ganz anders aus«, sagte Manuka und räumte leere Gläser auf ein Tablett. »Geh ruhig schon vor, Grace, ich räume nur noch schnell das Nötigste auf. Den Rest machen wir morgen. Ich lasse die Hintertür einen Spalt offen und mit etwas Glück taucht Timoti wieder auf.«

Jeremy gähnte, erhob sich und strich sich eine Falte aus der Kleidung. »Ich sollte mich auch so langsam auf den Weg machen.«

»Du hast doch etwas getrunken«, gab Grace zu bedenken und lächelte ihn müde an. »Wenn du magst, kannst du gerne in einem der Gästezimmer übernachten«, bot sie an, da es die Höflichkeit verlangte.

»Gern, Babe«, nickte Jeremy und lächelte Grace dankbar an, während er das sagte. »Dann werde ich Manuka noch beim Aufräumen helfen und mich anschließend aufs Ohr hauen.«

Grace nickte. »Ich werde Manuka Bescheid geben, dir ein Zimmer herzurichten.«

Bevor Jeremy die Veranda verließ, beugte er sich zu Grace herüber und raunte ihr zu, damit niemand seine Worte hörte: »Lass mich nicht zu lange auf eine Antwort warten, Liebes, ja?«

Grace war zu erschöpft, um zu erwidern. Also sagte sie schlicht: »Gute Nacht, Jeremy.« Sie erhob sich ebenfalls. Ihr Blick glitt ein letztes Mal wehmütig durch die Dunkelheit, dann steuerte sie aufs Haus zu.

In diesem Moment verstummte die Musik. Die plötzliche Stille war wie ein Geschenk. Grace war gar nicht aufgefallen, wie die laute Musik auf ihr Trommelfell geschlagen war. Ihre Ohren fühlten sich taub an. Nur gedämpft drang das Zirpen der Grillen zu ihr durch.

»Schlaf gut«, flüsterte Clarks Stimme sanft an ihrem Ohr. Er war neben sie getreten und strich ihr zärtlich mit dem Fingerknochen über die Wange.

Grace blieb wie angewurzelt stehen. Ihr Herzschlag setzte einen Moment aus. Sie wandte den Kopf zur Seite und blickte in Clarks funkelnde Augen.

Diese leuchtend hellblauen verführerischen Augen. Ihr Mund wurde trocken. Grace spannte sich an, weil sie den unwiderstehlichen Drang verspürte, sich augenblicklich in seine starken Arme zu schmiegen. Seit Clark sie mit diesen unglaublich zärtlichen Händen am Strand gestreichelt hatte, sehnte sie sich danach zurück. Sich einfach fallen zu lassen. Nichts mehr zu spüren, nichts mehr zu denken. Ein erregender Schauer jagte ihr über den Körper.

»Danke, Clark, schlaf du auch gut«, entgegnete Grace

und ihre Stimme versagte. Wie immer, wenn Clark sie so unverfroren musterte. Er sie mit seinen Blicken auszog. Grace räusperte sich.

Sanft nahm Clark ihre Hand in seine und Grace ließ es geschehen. Sie genoss diese intime Geste. Lehnte für einen Moment ihren Kopf gegen seine Schulter. In seiner Gegenwart fühlte sie sich beschützt und zufrieden. Einen Augenblick lang herrschte Stille zwischen ihnen. Die Taubheit in ihren Ohren hatte nachgelassen. Grace lauschte dem Rauschen der Wellen aus weiter Ferne, das Rascheln des Windes, der durch die nahen Bäume fuhr.

Dann vernahm sie die kläffenden Laute. Zuerst glaubte Grace, sich das Bellen nur einzubilden, war nicht sicher, ob ihre Fantasie verrückt spielte und es nur Wunschdenken war.

»Timoti!«, stieß sie erleichtert und schockiert zugleich aus. Überrascht horchte sie auf und sah Clark mit großen Augen an. »Hörst du das auch?«, fragte sie aufgeregt. Plötzlich war ihr kalt. Ihr Puls raste.

»Was?« Clark spitzte die Ohren und sah sich um.

»Das Bellen!« Grace horchte in die Dunkelheit, hörte es erneut. Es handelte sich eindeutig um das Bellen eines Hundes. Es klang verzweifelt und heiser, als kläffte er sich schon seit Stunden die Lunge aus dem Hals.

Clark war noch versucht, die Geräusche einzuordnen, da hüpfte Grace auch schon die Stufen der Veranda hinunter und deutete in die Ferne. »Es kommt von dort hinten, ein gutes Stück vom Hoftor, wo die Autos stehen!«

Clark folgte Grace mit langsamen Schritten. Er spürte, wie er schwankte und fast die Balance verlor. Wie ein alter, gebrechlicher Mann hielt er sich an dem Treppengeländer fest.

Ich hätte nicht so viel trinken sollen, dachte Clark, ohne es wirklich zu bereuen. Der Wein hatte seinem Gaumen gemundet und auf der Zunge geprickelt. Göttlich!

Nach ein paar Metern hatte er sich gefangen und kam Grace hinterher, die auf dem Hof vor dem Haus ruhelos umherlief.

»Ich höre das Bellen ganz deutlich«, sagte sie erregt. »Der Hund muss hier irgendwo sein.« Suchend schweifte ihr Blick umher.

Just in dem Augenblick fiel ihr Blick auf Clarks SUV, der nahe der Büsche am Wegrand parkte.

Die Augen zusammengekniffen, kam sie darauf zu. Auf halbem Weg glaubte sie, ihr Verstand würde ihr einen Streich spielen, das konnte einfach nicht möglich sein! Grace erkannte zwei Pfoten, die sich gegen die Heckscheibe stemmten. Die Krallen kratzten am Glas. Eine schmale Schnauze, die ein haltloses Kläffen ausstieß, als Grace näher kam.

Hängende, samtige Ohren.

Eine schwarze Nase.

Timoti!

»Oh mein Gott!« Sie hechtete förmlich auf den SUV zu.

Clark rutschte das Herz in die Hose, als er beobachtete, wie Grace ihre Handflächen gegen das Glas presste und beruhigend auf ihren Hund einredete.

Wütend wandte Grace sich zu ihm um. Ihr Blick war grimmig, anmahnend.

»Hol sofort meinen Hund aus deinem Auto!«, forderte sie.

»Grace, ich ...«

»... kann das erklären?«, unterbrach sie ihn giftig.

210

»Wolltest du das sagen?« Sie klang trotzig und unsagbar wütend.

Ungläubig starrte Clark sie an. Glaubte Grace allen Ernstes, er hätte Timoti in den Kofferraum gesperrt? Clark blieb stehen. Wagte nicht, näher zu kommen.

»Worauf wartest du? Hol ihn raus!«, forderte sie erneut.

Gewohnheitsmäßig klopfte Clark seine Hosentaschen nach dem Autoschlüssel ab. Nervös fingerte er ihn heraus und öffnete die Zentralverriegelung.

Mit zitternden Händen sperrte Grace die Heckklappe auf und der Hund sprang in die Freiheit. Sein Schwanz wedelte, als er seine Herrin begrüßte. Aufgeregt hüpfte er an Grace hoch und bellte sie an, als wenn er sagen wollte: Das wurde aber auch Zeit.

»Du hast es die ganze Zeit gewusst!«, brachte Grace atemlos heraus und vergrub ihre Hände in dem Fell des Tieres.

Nicht die Spur einer Emotion lag in ihrer Stimme, was Clark zutiefst erschreckte. Aber noch mehr bestürzte ihn ihr eisiger Blick, mit dem sie ihn bedachte. Er traf Clark mitten ins Herz. Wie ein begossener Pudel stand er da und wusste nicht, was er erwidern sollte. Wie sollte er diesen Tatbestand erklären? Zweifelsohne war sein Bruder Larry für diesen Super-GAU verantwortlich. Aber das machte die Sache auch nicht besser.

»Hast du nichts dazu zu sagen?« Grace hob eine Augenbraue. Ihr bohrender Blick nagelte ihn fest, verlangte nach Antworten. »Was hattest du mit Timoti vor? Was hat das zu bedeuten? Ich dachte, du ...« Sie brachte den Satz nicht zu Ende. Die Enttäuschung stand ihr ins Gesicht geschrieben. Vermutlich fragte sie sich gerade, wie sie sich nur so hatte in ihm täuschen können. Und er konnte es ihr nicht mal verdenken.

Clarks Atem ging stoßweise. »Grace ... ich versichere dir, ich habe nichts damit zu tun!«

»Ach ja?«, gab sie trotzig zurück, ohne ihm Glauben zu schenken. »Und wie ist der Hund dann in deinen Wagen gelangt? Er wird ja wohl kaum von selbst die Tür geöffnet haben.«

»Das war mein Bruder!«, rutschte es ihm heraus. »Es ist alles seine Schuld!«

Verwundert starrte sie ihn an. »Dein Bruder? Was hat der damit zu tun?«

Timoti gab ein kehliges Knurren von sich, das Geräusch herannahender Schritte versetzte ihn in Alarmbereitschaft.

»Grace?« Jeremy war zu ihnen gestoßen und sah verwundert auf den Hund, der ihn nun freudig begrüßte. »Da ist Timoti ja wieder.« Verwirrt legte er die Stirn in Falten und schaute von einem zum anderen, bevor sein Blick an der offenen Ladeklappe des Wagens hängen blieb. Dann schien es ihm zu dämmern. »Grace ... was ist hier los?«, fragte er mit Argwohn in der Stimme. »Hat der Kerl was damit zu tun? Ein Wort von dir und ich ramme ihm die Faust ins Gesicht.« Schon hob Jeremy die Hand zum Schlag an.

»Halt«, rief Grace und packte Jeremy am Handgelenk. »Das ist eine Sache nur zwischen uns beiden.«

Dann wandte sie sich wieder an Clark. »Wer ist dein Bruder?«, nahm Grace das Gespräch wieder auf, den Blick starr auf Clark gerichtet. »Und wieso sollte er so etwas Hinterhältiges tun?« Sie war immer noch verärgert, ihre Stimme bebte.

Betreten senkte Clark den Kopf. Wenn er Grace über Larry informierte, dann wusste er, war es ein Leichtes für sie, eins und eins zusammenzuzählen. Sie würde begreifen, was Clark getan hatte und nun bitter bereute. Welche Wahl blieb ihm noch?

Grace' bohrender Blick gab ihm zu verstehen, dass sie eine Antwort erwartete.

Nervös fuhr er sich mit der Zunge über die Lippen. Sein ganzer Körper verkrampfte sich. »Sein Name ...«, sagte er und wagte nicht, ihr in die Augen zu sehen. »Sein Name ist Larry ... Larry Carthy!«

Grace zuckte zusammen, als hätte sie ein Blitz getroffen.

»Larry Carthy ist *dein* Bruder?!« Schockiert sah sie ihn an. »Das ... das ist ...« Ihre Stimme versagte.

Zu Clarks Bestürzung stiegen Grace die Tränen in die Augen und das Gefühl der Ohnmacht, das ihn durchströmte, war kaum auszuhalten. Er konnte sich nicht erinnern, sich jemals so mies gefühlt zu haben. Er alleine war schuld an ihrer Traurigkeit. Behutsam streckte er die Hand nach ihr aus. Wollte sie trösten, ihre Tränen fortwischen, ihre Traurigkeit wegküssen, doch Grace wich zurück, als fürchtete sie sich vor ihm.

Clarks Herz setzte einen Takt aus. Seine Hände ballten sich zu Fäusten. *Du bist ein verdammter Idiot. Du hast es versaut!*

»Dann habt ihr also die ganze Zeit über gemeinsame Sache gemacht.«

Es war keine Frage, sondern eine Feststellung. Und er brauchte ihr nicht zu antworten. Sie zog selbst die nötigen Schlüsse.

»Nur aus diesem Grund bist du auf die Farm gekommen, nicht wahr?«, presste Grace hervor. »Du wolltest mich ausspionieren. Du und dein Bruder seid an meinem Anwesen interessiert und es war deine Aufgabe,

Informationen über mich zu beschaffen, und ich Idiotin habe dir unwissend alles über meine verfahrene Situation verraten. Wie ... wie konnte ich nur so dämlich sein, dir zu vertrauen?« Ihre Stimme troff vor Sarkasmus .

Clark widersprach nicht, sah sie nur an. Er verdiente ihren Zorn. Doch ihre Trauer und Frustration machten ihm zu schaffen. Niemals hatte er Grace so verletzen wollen.

»Dann seid ihr das gewesen?!«, wisperte sie kraftlos. »Ihr habt die Tanks der Transporter abgepumpt? Ihr wolltet, dass ich ruiniert bin.«

»Ja ... und nein ... Grace, ich ...«, setzte er an, doch sie hörte ihm gar nicht mehr zu.

»Du solltest jetzt gehen! Ich will dich niemals wiedersehen.« Erneut kämpfte Grace mit den Tränen. Ihre Stimme zitterte, nur mit Mühe hielt sie seinem Blick stand. Timoti spürte ihre Traurigkeit und schmiegte sich tröstend an ihr Bein. »Pack deine Sachen und verschwinde«, sagte sie ein letztes Mal und wandte sich um, eine Hand fest um Timotis Halsband geklammert, aus Angst ihn erneut zu verlieren.

»Bitte, lass uns reden«, versuchte Clark einen letzten Versuch, sich wenigstens zu erklären. Er machte einen Schritt hinter ihr her, aber Jeremy stellte sich ihm in den Weg. »Du hast gehört, was Grace gesagt hat. Verschwinde, oder ich vergesse mich.«

Abrupt blieb Clark stehen und unterdrückte einen Fluch. Dieser Cowboy hatte ihm gerade noch gefehlt. Seine Zähne mahlten. »Ich wollte das alles nicht!«, rief Clark ihr über Jeremys Schulter hinweg zu. »Ich habe mich längst von meinem Bruder distanziert, ich ...« Es war zwecklos. Clark erkannte, dass er es verbockt hatte, egal, was er auch sagte. Nichts konnte ungeschehen machen, was er getan hatte.

Wütend auf sich selbst sah er Jeremy in die Augen.

Der erste Faustschlag überraschte Jeremy völlig überraschend und landete in seinem Gesicht. Der zweite traf seinen Magen und ließ ihn augenblicklich zu Boden taumeln.

»Du Arschloch«, schrie Jeremy mit hochrotem Kopf und wischte sich mit dem Unterarm das Blut ab, das aus seiner Nase quoll. »Dich mach ich fertig.« Doch noch während Jeremy mühsam versuchte, sich wieder auf die Beine zu stellen, war Clark bereits in seinen Wagen gestiegen und brauste mit quietschenden Reifen davon.

Sowie die Haustür ins Schloss fiel, musste sich Grace an die Wand lehnen, damit ihre Beine nicht nachgaben. Ihr Brustkorb hob und senkte sich, als wäre sie einen Marathon gelaufen. Sie verschnaufte und atmete den vertrauten Geruch der alten Möbel und die abgestandene Luft vom Barbecue ein, die durch die Fensterritzen ins Haus gezogen war.

Timoti hechte sofort in die Küche und man hörte, wie er sich über seinen Fressnapf hermachte.

Ansonsten war es still im Haus. Nicht mal eine Wanduhr tickte. Diese plötzliche Stille war niederdrückend und nahm Grace fast den Atem.

»Dieser elende Mistkerl«, wisperte sie in die Düsternis des Flurs. Sie spürte, wie ihr die Tränen über die Wangen kullerten, und ließ es geschehen.

Es war eine verzweifelte Trauer, die Grace überkam. Nie zuvor in ihrem Leben hatte sie sich so betrogen und ausgenutzt gefühlt. Der Mann, der in den letzten Tagen ihr einziger Lichtblick gewesen war, dem sie sich seit Jahren wieder nahe gefühlt hatte und der ein tief verborgenes

Verlangen in ihr geweckt hatte, stellte sich als ein Betrüger heraus. Clark hatte ihr die ganze Zeit bloß etwas vorgemacht und das schmerzte. Es schmerzte so sehr, dass sie glaubte, innerlich zu zersplittern.

Hatte Clark sie nur geküsst, damit sie ihm vertraute und ins Netz ging? War überhaupt irgendetwas, was Clark in den letzten Tagen seit seiner Ankunft getan oder gesagt hatte, echt gewesen? Ihr gemeinsames Essen im Restaurant, bei dem sie sich schlagartig verbunden fühlten, kam Grace in den Sinn. Hatte er sie lediglich bezaubert, um ihr geheime Informationen zu entlocken?

Draußen sprang der Motor an. Kurz darauf huschte das Licht der Scheinwerfer durch das Fenster neben der Tür, als Clark den Wagen wendete. Dann wurde es postwendend wieder dunkel.

Grace fühlte sich, als hätte sie jemand über eine Klippe gestoßen, und brach erneut in Tränen aus.

Als Clark die Farm nicht mehr im Rückspiegel sehen konnte, bog er in den nächsten Feldweg ein und parkte sein Auto am Wegesrand. Erschöpft lehnte er seinen Kopf zurück an die Nackenstütze und verschnaufte. Er konnte keinen klaren Gedanken mehr fassen und hatte zu viel getrunken. Unter keinen Umständen konnte er in diesem Zustand weiterfahren. Unzählige Gedanken und Emotionen prasselten ungefiltert auf ihn ein.

Wie hatte er nur in diese Situation geraten können? Wieso hatte er jemals mit seinem Bruder zusammengearbeitet, wo er doch nur zu gut wusste, zu was dieser imstande war. Er hatte Clark zu einem schlechten Menschen gemacht, ihn verdorben, und Clark hatte nie den Mut gefunden, ihm die Stirn zu bieten.

Das ist alles meine Schuld, erkannte er und biss die Zähne zusammen.

Jäher Zorn packte ihn. Aber die Wut galt nicht Larry. Sie galt ihm selbst. Ihm ganz allein.

Ich dämlicher Idiot! Ich verdiene es!

Kapitel 20

Die nächsten Tage hatte Grace damit zu tun, die Papiere und Schriftstücke die Farm betreffend in Ordnung zu bringen, während die Arbeiter draußen damit beschäftigt waren, das Anwesen in ein winterfestes Kleid zu stecken.

Normalerweise drückte Grace sich vor diesem Papierkram. Rechnungen und Steuerbelege waren ihr ein Graus, und sie konnte nicht einen Moment lang nachvollziehen, weshalb es Menschen gab, die dieser undankbaren Arbeit etwas abgewinnen konnten.

Aber diesmal war sie dankbar für die Ablenkung. Es half ihr über den Schmerz hinweg, den sie augenblicklich verspürte, sobald Clark sich in ihre Gedanken schlich. Sie konnte nicht aufhören, an ihn zu denken, und fragte sich, ob sie sich jemals von diesem Schmerz erholen würde.

Jeremy und sie saßen im Büro ihres Vaters und ihre Köpfe rauchten. Gemeinsam versuchten sie, die Unterlagen in die richtige Reihenfolge zu bringen, auf die der Kreditgeber sehnsüchtig wartete.

»Babe, hast du vielleicht einen Zettel mit der Rechnungsnummer zwölf gesehen, ich hatte ihn gerade noch in der Hand?«

»Hier, meinst du diesen?« Grace hielt ihm ein zusammengefaltetes Blatt hin.

»Ja, das ist er, danke.« Zärtlich griff Jeremy über den

Schreibtisch hinweg nach ihrer Hand und lächelte sie an. »Alles in Ordnung?«

Grace zwang sich, zurückzulächeln und sich nichts von ihrer Traurigkeit anmerken zu lassen. »Ja, nur ein wenig Kopfweh«, log sie und fasste sich an die Stirn.

»Geh doch etwas an die frische Luft, Liebes, ich schaffe das hier auch alleine«, schlug er vor.

Grace hob den Kopf und sah Besorgnis in Jeremys Gesicht. Vor zwei Tagen hatte sie endlich seinen Heiratsantrag angenommen. Seitdem war er der glücklichste Mensch auf Erden. Er wich nicht mehr von ihrer Seite und kümmerte sich rührend um sie.

Doch war sie es auch? Glücklich?, fragte Grace sich und konnte nicht verhindern, dass ihr ein lauter Seufzer entwich.

»Was ist los«, fragte Jeremy besorgt.

Grace schwieg einen Moment. Ihr Blick blieb an seinem linken Auge hängen, das immer noch geschwollen war und leuchtend blau schimmerte. Clarks Faust hatte ganze Arbeit geleistet. Sie spürte, wie ihr Herz anfing zu rasen. *Jeremy wird ihm das nie im Leben verzeihen*, dachte sie und gleichzeitig war sie genervt davon, dass sie wiederkehrend an Clark erinnert wurde. Hörte das denn niemals auf?

Sie musste Clark Walker vergessen und so tun, als hätte es ihn nie gegeben. Doch das sagte sich so leicht, wenn schon der kleinste Gedanke an ihn nach ihm verlangte.

Alles wird gut, redete sie sich ein und leckte sich über die trockenen Lippen. Sie erhob sich. *Schluss mit dem Grübeln*. Sie hatte Jeremys Antrag angenommen und damit die Zukunft der Farm und ihrer Menschen gerettet. Über mehr wollte sie im Moment nicht nachdenken.

Nach kurzem Überlegen sagte Grace: »Vielleicht hast

du recht. Frische Luft wird mir und Timoti sicher guttun.« Kurzerhand legte sie die Papiere beiseite und rief nach dem Hund.

Wenn sie Jeremy und sich eine Chance geben wollte, dann musste sie Clark Walker endgültig aus ihrem Gedächtnis löschen.

Clark befand sich auf den Weg nach Auckland, wo der Firmensitz von *Walker & Carthy Ltd.* ansässig war. Da Clark vor allem die Geschäfte in Europa und den USA führte, war er selten vor Ort und begab sich nun buchstäblich in die »Höhle des Löwen«.

Seinen Informationen nach hatte Larry einen auswärtigen Termin, sodass die beiden sich wenigstens heute nicht in die Quere kamen. Clark hatte die letzten vier Tage genug Zeit gehabt, über alles nachzudenken. Sein Entschluss war gefasst. Er würde Larry in die Knie zwingen und dafür brauchte er unbedingt ein paar Unterlagen aus dem Büro seines Bruders.

Während er auf den fließenden Verkehr achtete, plagte ihn das schlechte Gewissen. Noch immer hallten Grace' letzte Worte in seinem Kopf, spukten herum wie lästige Geister, die sich in seinem Gehirn einnisteten und ihn unaufhörlich an sein Versagen erinnerten. *Pack deine Sachen und verschwinde*, hatte sie ihm mit tränenverschleiertem Blick wissen lassen und gar nicht schnell genug von ihm weglaufen können.

Grace. Allein bei dem Gedanken an sie durchzuckte ihn ein Schmerz, und alles kam wieder an die Oberfläche. Nie würde er diese tiefe Verletztheit in ihrem Blick vergessen, mit dem sie ihn bedacht hatte und für den nur er sich verantwortlich fühlte.

»Verdammt, verdammt, verdammt.« Wütend schlug Clark mit der Faust auf das Lenkrad und riskierte damit, fast von der Fahrbahn abzukommen und im Straßengraben zu landen. Wie konnte er nur so ein Vollidiot sein? Hatte er sich anfänglich gegen seine Gefühle Grace gegenüber gewehrt, liebte er sie nun umso mehr. Wieso hatte er ihr gemeinsames Glück aufs Spiel gesetzt?

Hinter sich vernahm er ein Hupen. Gerade noch rechtzeitig zog Clark das Lenkrad wieder nach links in die Spur und atmete tief durch.

Es wurde Zeit, sich endlich aus den Fängen seines Bruders zu lösen.

Am Straßenrand erblickte er ein Warnschild und schmunzelte. *Kiwis Crossing!* stand darauf, umrandet von einem roten Balken. Das Nationaltier Neuseelands hielt sich jedoch meist versteckt. Seit Clarks Rückkehr in dieses wunderschöne Land war er erst einem Exemplar begegnet, fiel ihm fast wehmütig auf. Er mochte diese eindrucksvollen Vögel, die ihn an seine Kindheit erinnerten.

Er schaltete das Radio ein, in der Hoffnung, die Musik würde ihn fröhlich stimmen. Doch es liefen nur die Nachrichten.

»Möchtest du auch einen Kaffee«, fragte Manuka, als Grace von ihrem Spaziergang zurückkam und mit Timoti das Haus betrat. »Er ist gerade frisch durchgelaufen.« Sie saß am Küchentisch und schälte Kartoffeln. Auf dem Tisch standen zwei Tassen und eine Schale mit Anisplätzchen, als hätte sie bereits auf Grace gewartet.

»Ja, gerne, ich komme gleich«, rief Grace und schubste Timoti schon mal vor in die Küche, während sie noch schnell ins Gästebad lief, um sich frisch zu machen. Manuka war zwar eine wichtige Vertrauensperson in ihrem Leben, aber dennoch wollte sie nicht komplett aufgelöst vor ihre Haushälterin treten.

Die frische Luft hatte Grace weder gutgetan noch auf andere Gedanken gebracht. Während des Spaziergangs hatte sie unentwegt an Clark denken müssen. Ihre vom Weinen geröteten Augen, in denen Wut und Enttäuschung zu lesen waren wie in einem offenen Buch, würden Manuka schon die richtigen Schlüsse ziehen lassen.

Und richtig, kaum hatte sich Grace an den Tisch gesetzt und Kaffee eingegossen, runzelte Manuka auch schon ihr Gesicht. »Dir geht es aber gar nicht gut, Kindchen«, stellte sie fest, neigte den Kopf in ihre Richtung und sah sie ernst an. »Wo ist eigentlich Mr. Walker? Ich habe ihn länger nicht gesehen«, fragte sie beiläufig und hob das Milchkännchen hoch, um sich einzuschenken.

»Er ist fort«, sagte Grace, um einen sachlichen Ton bemüht, und spürte, wie sie knallrot anlief. Nur mit Mühe konnte sie einen neuen Gefühlsausbruch zurückhalten.

»Er hat nicht einmal sein Gepäck mitgenommen«, bemerkte Manuka, ehe sie vermutete: »Habt ihr euch etwa gestritten?«

»Allerdings«, fauchte Grace, deren Emotionen nun doch aus ihr herausbrachen. Sie griff nach der Tasse und stürzte den Kaffee mit einem Schluck hinunter. Danach knallte sie diese auf den Tisch zurück, dass es schepperte. Zorn blitzte in ihren Augen. Sie sah Manuka an und fasste den Entschluss, ihr von Clarks wahren Absichten zu erzählen.

»Clarks Bruder ist Larry Carthy«, erklärte sie knapp. Mehr brauchte sie nicht auszuführen.

Ungläubig schlug Manuka die Hand vor den Mund. »Ist nicht wahr!«

»Ich war nur Teil eines perfiden Plans, der mich anekelt«, brachte Grace mit einem Krächzen heraus und streichelte Timotis Kopf, der sich an ihre Beine schmiegte. Anlässlich des aufgebrachten Wortwechsels zwischen den beiden schien der Hund um ihr Wohlergehen besorgt.

»Die beiden sind scharf auf mein Anwesen, sonst nichts. Die ganze Zeit ging es Clark nur darum, meine Schwachstellen zu finden«, stieß Grace erschüttert aus. Zutiefst getroffen stützte Grace den Kopf, der viel zu schwer für ihren dünnen Hals erschien, auf ihre Hände.

»Ach, Kindchen.« Manuka, stand auf, ging um den Tisch herum und schlang zu Grace' Überraschung die Arme um sie. Sie drückte sie in einer herzlichen Geste kurz an sich. Grace spürte ihren warmen weichen Körper. Die Berührung spendete Trost und Hoffnung. »Das tut weh, aber der Schmerz wird vergehen«, sagte sie dann, bevor sie sich wieder von Grace löste.

»Ich dachte tatsächlich, Clark wäre anders, verstehst du?«, schniefte Grace. »Ein Gentleman vielleicht. Jemand ganz Besonderes. Es hat sich so gut angefühlt.« Gedankenverloren strich sie mit den Fingern der rechten Hand über die Tischkante, bevor sie leise hinzufügte: »Wie konnte er mir das antun? Wieso habe ich nicht gesehen, wie dieser Mann in Wirklichkeit ist?«

Manuka überlegte einen Moment. »Du hast zwei Seiten an Mr. Walker kennengelernt«, sagte sie und setzte sich wieder zurück auf ihren Platz.

Grace verstand nicht, was die Maori ihr damit sagen wollte, und blinzelte sie unter tränenverschleierten Augen fragend an.

»Clark ist gewiss kein schlechter Kerl«, erklärte Manuka. »Aber ich fürchte, der Mann hat noch nicht entschieden, was er letztendlich tatsächlich will. Möglich, dass er mit der puren Absicht zu uns gekommen ist, ein Geschäft abzuwickeln und dafür alles Vorstellbare zu riskieren, skrupellos wie dieser Larry Carthy.« Sie verdrehte die Augen. »Die beiden sind nun einmal aus demselben Holz geschnitzt. Blut ist dicker als Wasser.« Sie nahm ein Plätzchen in die Hand und tunkte es in den Kaffee.

»Wie konnte ich nur so blind sein?«, murmelte Grace und schob sich eine Haarsträhne hinters Ohr, die ihr immer wieder ins Gesicht fiel.

»Grace, Liebes, ich bin sicher keine Hellseherin, aber ich habe Augen im Kopf und eines kann ich dir versichern«, nahm Manuka den Faden wieder auf und wechselte in eine bedeutungsschwangere Betonung. »Clarks Gefühle für dich waren nicht gespielt. Mir sind seine Blicke nicht entgangen, mit denen er dich angesehen hat.« Manuka lächelte sie liebevoll an. »Die kamen aus der Tiefe seiner Seele, glaub mir.«

Grace schluckte trocken und rieb sich müde über ihr Gesicht. Nur zu gerne würde sie Manukas Worten Glauben schenken. Eine Wunde groß wie ein Vulkankrater klaffte in ihrem Herzen. Unheilbar. Ihre Augen füllten sich erneut mit Tränen.

»Es gibt da ein altes Sprichwort bei uns Maoris«, erzählte Manuka jetzt und sah Grace tief in die Augen. »Drehe dein Gesicht zur Sonne und die Schatten fallen hinter dich.«

Lächelnd zuckte Grace mit den Achseln und antwortete: »Ja, vielleicht hast du recht, ich sollte nach vorne schauen. Zum Glück gibt es Jeremy in meinem Leben. Er kümmert sich rührend um mich.«

»Clark hat dich sehr enttäuscht, aber deswegen musst du doch nicht gleich Jeremy heiraten!«, rutschte es Manuka heraus.

Grace sah die Maori verblüfft an. Es war offensichtlich, dass Manuka mit diesen Worten etwas ausgesprochen hatte, was ihr ganz gewiss nicht zustand, aber scheinbar auf der Seele lag.

Manuka hatte Jeremy noch nie wirklich leiden können, das hatte Grace immer gespürt, wenngleich sie sich beiden gegenüber nie hatte was anmerken lassen.

Manuka lächelte Grace unsicher an. »Entschuldigung, ich wollte dir nicht zu nahe treten, aber ...«

»Schon gut.« Grace stand auf. Sie war zu müde, um weiter darüber nachzudenken. Ihr Kopf fühlte sich schwummrig an. Seufzend ließ sie ihren Kopf leicht kreisen und bewegte ihre verspannten Schultern.

»Du solltest dich jetzt ein wenig ausruhen«, schlug Manuka mit herzlicher Stimme vor. »Morgen sieht die Welt gewiss ganz anders aus. Das verspreche ich dir.«

Grace, die dies bezweifelte, lächelte matt. Ihr Schädel dröhnte. Ihre Wangen glühten und das Blut unter ihrer Haut brodelte wie ein vom Ausbrechen gefährdeter Vulkan. *Die letzten Tage waren wunderschön*, dachte sie schwermütig, als sie auf müden Beinen die Küche verließ. Seit Jahren hatte sie sich wieder lebendig und begehrt gefühlt. Doch das war nun vorbei.

In ihrem Zimmer fand Grace eine halb volle Flasche Wein. Obwohl sie tagsüber nie Alkohol zu sich nehmen würde, schenkte sie sich ein.

Grace hatte die Hoffnung, ihr Kummer würde sich fortspülen lassen wie Fußabdrücke am Strand, die von den Wellen erfasst wurden.

Am späten Nachmittag tauchte der Firmenkomplex

vor Clark auf. Das Gelände war für neuseeländische Firmenverhältnisse riesig. Die Expansion vor zehn Jahren hatte das Unternehmen vorangebracht und den Marktwert enorm gesteigert. Beflügelt von europäischen Einflüssen florierte das Geschäft und festigte seine hervorragende wirtschaftliche Position mit jedem Quartal. Der Erfolg war allerdings nicht immer ihr treuer Freund gewesen.

Mit Schrecken erinnerte sich Clark an jene Jahre, als das Unternehmen auf der Kippe stand. Um keine roten Zahlen zu schreiben und Entlassungen abzuwenden, sahen sich die Brüder gezwungen, ihr Privatvermögen einzubringen und Aktien zu verkaufen. Diese Notsituation ließ seinen Bruder Larry zur Höchstform auflaufen und offenbarten sein wahres Gesicht. Er spekulierte an der Börse ohne Rücksicht auf Verluste.

Clark, der es mied, mit dem Gesetz in Konflikt zu geraten, verkaufte einen Großteil seiner Firmenanteile an einen Großkonzern aus China, um auf diesem Weg frisches Kapital zu akquirieren.

Durch Larrys offensives und häufig illegales Vorgehen rettete er zwar die Firma, verlor jedoch auch jedes Gefühl für Recht und Unrecht. Bald begann er, sich unbesiegbar zu fühlen. Das war gefährlich. Larry Carthy wurde zu einem gefräßigen Tier. Er wurde zu dem Menschen, der er heute war.

Als das Firmengebäude vor ihm auftauchte, setzte er den Blinker. »Dann wollen wir mal«, dezidierte Clark, während er in den Rückspiegel sah. Er hielt den Wagen an einer rot-weiß gestreiften Warteschranke und ließ die Fensterscheibe hinuntergleiten.

»Guten Tag, Mr. Walker«, begrüßte ihn der Pförtner in seinem kleinen Häuschen und öffnete die Schranke, um

Clark durchzulassen.

»Danke. Ist mein Bruder zugegen?«

»Nein, Sir. Soviel ich weiß, hat er ein Meeting in Christchurch. Er kommt erst gegen Abend zurück.«

Wunderbar, dachte Clark, schloss das Fenster und fuhr auf den Firmenhof, um seinen Wagen abzustellen. Mit dem Schlüssel in der Hand sah er sich um. Es hatte sich nichts verändert. Es war, als wäre er erst gestern hiergewesen.

Beim Betreten des Gebäudes wurde jedem Besucher gleich suggeriert, dass dieses Unternehmen von einer starken, finanzkräftigen Persönlichkeit geführt wurde. An Ausstattung und Protz war nicht gespart worden. Alles war in weißem Marmor gehalten und funkelte wie der Inhalt eines Diamantenkoffers. Bodentiefe Panoramafenster erlaubten einen Blick auf die Hafenskyline von Auckland.

Im Inneren des Gebäudes begrüßte ihn der Duft frisch aufgebrühten Kaffees, der durch die Flure waberte und der in jedem Bürogebäude, egal, wo auf der Welt, gleich würzig roch.

Clark hatte nicht vor, lange zu verweilen, und beschleunigte seine Schritte. Anstatt den Fahrstuhl in den obersten Stock zu nutzen, nahm er die Treppe.

Die Angestellten begrüßten ihn freundlich, verfielen jedoch in aufgeregtes Tuscheln, sobald er ihnen den Rücken zugekehrt hatte, was Clark innerlich schmunzeln ließ. Vermutlich fragten sie sich, was er hier zu suchen hatte und ob seine Anwesenheit etwas bedeutete, von dem sie dringend erfahren sollten.

Clark fand die Sekretärin seines Bruders hinter einem Glastisch sitzend. Als er näher kam, zog sie gerade eine Kopie aus dem Drucker. »Mr. Walker …«, stieß sie erstaunt aus. »Mr. Carthy hat gar nicht erwähnt, dass Sie kommen«, sagte sie und strich sich nervös die Haare aus der Stirn.

»Ich muss nur ein paar wichtige Unterlagen aus dem Büro holen«, log Clark und lächelte sie offen an.

»Kann ich Ihnen helfen, Mr. Walker? Wollen Sie vielleicht Kaffee oder Espresso?«

Clark schüttelte den Kopf. »Ich bin gleich wieder weg. Machen Sie sich keine Umstände.«

»Wie Sie wünschen, Mr. Walker«, sagte sie. Es stand ihr nicht zu, Fragen zu stellen. Also fragte sich auch nicht.

»Ich möchte nicht gestört werden«, sagte Clark, sah auf seine Armbanduhr und verschwand in Larrys Büro. Er schloss die Tür hinter sich und lehnte sich dagegen, bevor er sich suchend umsah.

Der Raum kam ihm fremd und übergroß vor. Hinter einem breiten Schreibtisch stand ein schwarzer Ledersessel. Davor zwei schmale Ohrensessel für Besucher. Über einem breiten Kamin prangte ein stählerner, in der Wand eingelassener Tresor. Sein Bruder hatte sich nicht einmal die Mühe gemacht, ihn hinter einem Gemälde zu verstecken. Ein weiterer Beweis für Larrys Glaube an seine Unbesiegbarkeit. Niemand würde es wagen, *ihn*, den großen Larry Carthy, zu bestehlen, wog er sich in naiver Sicherheit. *Der hat Nerven*, dachte Clark und schüttelte mit dem Kopf.

Die Klimaanlage summte nervtötend.

Clark verschnaufte kurz, während er die Eindrücke auf sich wirken ließ. Augenblicklich überkam ihn das ungute Gefühl, als würde Larry ihm über die Schulter schauen, als hätte er seine kalten Augen auf ihn gerichtet. Ein Gedanke, der Clark nicht gefiel. Eine Gänsehaut überkam ihn.

Beklemmung. Das war es, was Clark fühlte.

Er schüttelte den Kopf über sich, weil er spürte, wie er

wieder Gefahr lief, sich in den imaginären Fängen seines Bruders zu verlieren. Unbewusst stieß er einen Laut irgendwo zwischen Schreien und Stöhnen aus und zwang sich, die Gedanken abzuschütteln.

Als das Telefon plötzlich klingelte, kam Bewegung in Clark. Er ahnte, dass am anderen Ende der Leitung sein Bruder saß, und es nur eine Frage der Zeit war, bis Larry selbst hier auftauchte.

Mit schnellen Schritten lief er auf den Schrank zu, in denen er die Aktenordner vermutete.

Das Klingeln zog sich endlos in die Länge. Dann sprang der Anrufbeantworter an, der auf Mithören gestellt war.

»Was machst du in meinem Büro? Clark, verdammt noch mal, nimm sofort diesen verdammten Hörer ab. Ich meine es ernst«, brüllte Larry in das Telefon.

Clark schmunzelte. Wenn Larry dachte, er könnte durchs Telefon Druck auf ihn ausüben, dann hatte er sich getäuscht. Ohne zu überlegen, drückte Clark die Aufnahme weg. Ein Wortgefecht mit seinem Bruder zu führen, würde ihn keinen Schritt voranbringen.

Während Clark den PC hochfuhr und wichtige Dateien auf einen Stick zog, durchwühlte er Aktenordner für Aktenordner nach Dokumenten, die ihm wichtig erschienen und kopierte sie. Dann öffnete er eine Schreibtischschublade und fischte den kleinen Schlüssel für den Safe aus einem Geheimfach heraus. Zusammen mit der Zahlenkombination, das Geburtsdatum ihrer Mutter, ließ sich der Safe nun mühelos öffnen.

Clark nahm die Mappe mit den Kaufverträgen an sich und steckte sie zusammen mit dem Stick in eine Tasche. Seine Anspannung schlug in Erleichterung um. Er konnte es kaum glauben. Die Dokumente, mit denen er seinen

Bruder in die Knie zwingen konnte, befanden sich nun in seinem Besitz.

Er hatte einen Gipfel erklommen, aber die Genugtuung hielt nicht lange an. Den Zorn, den er gegen sich selbst hegte, konnte nicht so einfach fortgescheucht werden. Er überschattete ihn, fraß ihn auf. Erneut spürte er wieder diesen Stein im Magen, wenn er an Grace dachte.

Könnte ich doch nur die Zeit zurückdrehen, wünschte er sich. Dann würde er vieles anders machen.

Kapitel 21

Heute war Einkaufstag und damit jede Menge zu erledigen. Manuka hatte sich von Taonga in die Stadt fahren lassen und schlenderte die Ballance Street hinauf. Dort befand sich ein Bioladen, dem die Maori mit Vorliebe einen Besuch abstattete. Der Besitzer hielt stets ein freundliches Pläuschchen mit ihr und klärte sie über den neusten Klatsch und Tratsch abseits der Farmen und Plantagen auf. Auch heute nahm er kein Blatt vor den Mund und so unterhielten die beiden sich fast eine halbe Stunde lang. Manuka lauschte dem winzigen, dicklichen Mann mit Faszination. Er hatte etwas von einem Märchenerzähler am Lagerfeuer, dessen Geschichten vor allem die Kinder mit geweiteten Augen und geöffnetem Mund lauschten. In seinem Gesicht prangte eine riesige Kartoffelnase, die Wangen waren gerötet, die Augenbrauen dicht. Der Biohändler war gewiss keine Schönheit, aber Manuka schätzte sein kluges Wesen und seine Wachsamkeit. Er wusste immer, was vor sich ging und begegnete der Welt und den Menschen neugierig mit offenen Ohren und Augen.

»Was treibt denn Grace die Tage?«, erkundigte sich der Verkäufer am Ende ihres Gesprächs.

Manuka könnte ihm so vieles erzählen, was ihn gewiss brennend interessierte, doch fürchtete sie, er würde es gleich wieder an die große Glocke hängen. Spätestens morgen wüsste ganz Neuseeland von Grace' geplanter Hochzeit mit Jeremy, ihren wirtschaftlichen Problemen und ihrer tragisch geendeten Beziehung mit dem Geschäftsmann Clark Walker. Also beließ Manuka es bei einem unverfänglichen »Alles bestens, sie hat momentan viel zu tun, aber sie ist tapfer und gibt nicht auf« und griff nach ihren vollgepackten Leinenbeuteln auf dem Tresen. »Ich wünsche noch einen schönen Tag.«

»Gleichfalls. Ich freue mich immer, wenn du vorbeischaust, Manuka.«

Sie verließ den Laden. Ein Glöckchen bimmelte. Taonga wartete an eine Laterne gelehnt und nahm ihr die Tüten ab, als sie auf ihn zukam.

»Was hat denn so lange gedauert?«, fragte er gelangweilt, schien ihr allerdings nicht böse zu sein, dass sie ihn über eine halbe Stunde hatte warten lassen.

»Du kennst ihn doch, er hat immer viel zu berichten«, klärte sie ihn knapp auf.

»Haben wir sonst noch etwas zu erledigen?«

Manuka warf einen Blick auf den Zettel mit Erledigungen, den Grace ihr mitgegeben hatte. Dann nickte sie. Grace würde heiraten, dementsprechend gab es eine Menge zu organisieren und Bestellungen für die Festlichkeiten in Auftrag zu geben. Das Paar hatte beschlossen, die Hochzeit auf der Plantage von Grace stattfinden zu lassen, da sie hier auch in Zukunft zusammenleben wollten. Schon jetzt liefen die Hochzeitsvorbereitungen auf Hochtouren.

Manuka freute sich zwar für die beiden, doch erneut fragte sie sich, ob diese Eheschließung tatsächlich eine Entscheidung aus dem Herzen zweier Liebender gewesen war oder nur die vernünftige Entscheidung von Geschäftspartnern, die das Zweckmäßige mit dem

Nutzbringenden verbanden. Manukas wachsamem Blick war nicht entgangen, dass Grace weder ein Leuchten noch ein Strahlen in ihren Augen hatte, wenn Jeremy sie in den Arm nahm. Ganz anders bei Clark. Er hatte nur in die Nähe von Grace treten müssen und schon hatte sich ein besonderer Zauber auf ihr Gesicht gelegt. Ein Liebreiz, der tief aus ihrem Herzen gekommen war.

Natürlich waren Ehen schon aus viel niedrigeren Beweggründen geschlossen worden. Manuka konnte nur hoffen, dass Grace die richtige Entscheidung getroffen hatte. Sie wollte Grace glücklich sehen und könnte es nicht ertragen, wenn ihr Glück vom Kummer überschattet wurde, weil diese sich mit jeder Faser ihres Körpers nach Clark zurücksehnte.

Taonga und Manuka schlenderten den Bürgersteig entlang zum Supermarkt. In Neuseeland konnte man in den Städten rund um die Uhr die Märkte aufsuchen, sogar sonntags. Manuka ging gerne einkaufen, da man, obwohl die Supermärkte riesig waren, als Kunde ernst genommen wurde. Bei den meisten bekam man sogar die Einkäufe sorgfältig und thematisch sortiert in Tüten verpackt. Später brachte ein Angestellter den geleerten Einkaufswagen zurück zur Sammelstelle.

Während die beiden sich auf den Weg machten, sah Manuka plötzlich ein bekanntes Fahrzeug an ihnen vorbeifahren. Mit einem Blick auf das Nummernschild vergewisserte sich Manuka, dass es sich tatsächlich um Jeremy handelte, der seinen Wagen auf einem freien Besucherparkplatz des Bankgebäudes abstellte und ausstieg, ohne sich umzusehen.

In ihr keimte ein ungutes Gefühl auf. Sie konnte dieses Empfinden nicht in Worte fassen, aber sie traute diesem

Kerl nicht. Lange Zeit hatte er sich nicht bei Grace gemeldet und nun, kurz nachdem auch Clark aufgetaucht war, drängelte er sich wieder in ihr Leben und bat sie zu allem Überfluss, seine Frau zu werden. Zufall?

Inzwischen verlangsamte Manuka ihren Schritt. Um jeden Preis wollte sie erfahren, was Jeremy an diesem Morgen in der Bank verloren hatte.

In diesem Moment trat ein schlanker Mann, der womöglich bereits im Empfangsbereich auf Jeremy gewartet hatte, aus dem Gebäude und begrüßte ihn herzlich. Er trug einen weit geschnittenen Anzug. Das Haar war ergraut, die Krawatte flüchtig gebunden. Gemeinsam gingen sie auf die gegenüberliegende Straßenseite zu einem Café und nahmen draußen an einem freien Tisch direkt am Ausgang Platz.

Irgendetwas ging hier vor, das spürte Manuka. Während sie ihnen nachsah, fasste sie einen Entschluss.

»Kümmere dich um den Einkauf.« Manuka drückte Taonga die Einkaufsliste in die Hand und zwinkerte ihm geheimnisvoll zu. »Ich finde heraus, was da vor sich geht. Jeremy trifft sich nicht grundlos mit einem Mitarbeiter der Bank kurz vor der Hochzeit.«

Taonga wirkte skeptisch. »Misch dich da nicht ein«, mahnte er. »Das geht uns nichts an!«

»Und ob es uns was angeht«, wehrte Manuka ab. »Grace ist wie meine Tochter. Ich lasse nicht zu, dass sie verletzt wird. Der Typ verheimlicht doch etwas. Das sagen mir meine alten Knochen!«

»Tu, was du nicht lassen kannst. Aber lass mich aus dem Spiel. Wir treffen uns nachher am Auto.« Taonga wandte sich ab und marschierte in Richtung Supermarkt.

Langsam schlenderte Manuka an den beiden Männern

vorbei und blieb im Schutz einer riesigen Dekopalme stehen, die rund um das Café aufgestellt waren. Sie wühlte in ihrer Tasche nach einem neuen Zettel, nahm ihn in die Hand und tat als blickte sie angestrengt darauf, während sie versuchte, dem Gespräch zu lauschen.

Würde sie von den Männern entdeckt werden, könnte sie immer noch behaupten, zufällig vorbeigekommen zu sein und ihre Einkaufsliste durchzugehen.

Der Herbstwind spielte ihr entgegen und sie schnappte Bruchstücke der Unterhaltung auf.

»Es läuft alles nach Plan ...«, hörte sie Jeremy sagen. »Trotzdem ist es sicherer, wenn ich die Füße stillhalte, bis alles in trockenen Tüchern ist.«

»Glaubst du, sie schöpft Verdacht?«, wollte der Banker wissen.

»Nein, eher nicht. Grace steckt mitten in den Hochzeitsvorbereitungen. Ich glaube kaum, dass sie noch wahrnimmt, was um sie herum geschieht.«

Manuka schluckte. Die beiden unterhielten sich über Grace! Ihre schlimmsten Befürchtungen bewahrheiteten sich. Doch sie verspürte keinen Triumph, den richtigen Riecher gehabt zu haben, sondern beklemmende Besorgnis. Was für ein mieses Schmierentheater wurde hier gespielt?

»Okay.« Der Banker klang zufrieden. »Achte darauf, Grace keinen Grund zum Misstrauen zu geben. Frauen haben die Begabung, zwischen den Zeilen zu lesen und über das Offensichtliche hinauszublicken.«

»Mach dir keine Sorgen. Ich habe sie fest am Haken.« Jeremy lachte leise.

»Was ist mit diesem anderen Kerl? Wie war noch sein Name? ... Clark? Clark Walker?«

»Der hat es vermasselt!«, winkte Jeremy gelassen ab.

»Der macht mir keine Konkurrenz mehr.«

»Sei auf der Hut.«

»Jederzeit.«

Die folgenden Worte des Bankmitarbeiters trafen Manuka mit der vollen Wucht eines Auffahrunfalls. »Ich traue dem Frieden nicht, bis ich etwas Bindendes in den Händen halte. Wir brauchen eine unterschriebene Erklärung, dass der Grund des Anwesens fortan auch in deinem Besitz ist. Du weißt, das Goldschürfen unterliegt höchsten Umweltschutzstandards. Der Zugang über die Farm ist die einzige Möglichkeit, die Claims abzustecken. Ansonsten können wir das Schürfen vergessen. Wir sind noch lange nicht am Ziel!«

Gold?!

Manuka hielt sich benommen den Kopf. Welches Gold?

»Keine Sorge. Sobald wir verheiratet sind, gehört die Farm mir und dann können wir mit dem Grundstück anstellen, was wir wollen«, versicherte Jeremy. »In der Zwischenzeit sorge ich dafür, dass niemand in die Nähe des Flusses kommt. Ich werde nicht zulassen, dass jemand anderes uns die Goldader vor der Nase wegschnappt.«

Manuka kaute auf ihrer Unterlippe und zählte eins und eins zusammen. Deshalb waren auch Larry und Clark so besessen auf das Grundstück! Die Brüder waren ebenfalls an der Goldader interessiert. Sie atmete tief durch. Goldadern waren nichts Ungewöhnliches für Neuseeland. Immer mal wieder wurde eine entdeckt. Hier auf der Nordinsel in der Nähe von Waihi gab es bereits die riesige Martha Mine, in der seit Jahren nach Gold geschürft wurde.

Dieser hinterhältige Schurke! Ich muss diesen Plan um jeden Preis vereiteln, dachte Manuka verbittert. Und sie hatte auch schon eine Idee

236

Clark Walker staunte nicht schlecht, als die Empfangsdame vom Portside Hotel ihm über das Haustelefon mitteilte, dass eine Maori in der Lobby stehe und ihn um ein Gespräch bitte.

»Es sei dringend, behauptet die Frau«, führte die Empfangsdame aus, während Clark sich kerzengerade in seinem Sessel aufrichtete. Er war gerade mit dem Frühstück fertig und tupfte seinen Mund mit einer Serviette ab.

Manuka, dachte er überrascht. Wie hatte sie ihn gefunden? Und noch wichtiger: Aus welchem Grund suchte sie ihn auf?

»Lassen Sie sie hochkommen«, sagte er und legte auf. Er erhob sich, legte die große silberne Abdeckhaube über seinen Teller und schob den Frühstückswagen zur Seite.

Flüchtig kämmte er mit den Fingern sein Haar nach hinten und strich drei grobe Falten aus seinem Hemd.

Er brauchte nicht lange auf Manuka zu warten. Unvermittelt klopfte es an der Tür und als er öffnete, stürmte Manuka bereits wie ein Orkan in sein Apartment. »Guten Tag, Mr. Walker.« Wie immer, wenn sich die Maori etwas in den Kopf gesetzt hatte, ließ sie sich von nichts und niemandem abbringen.

Clark musterte die Frau vor seinen Augen und lächelte. Gerade als er ansetzte und fragte: »Manuka, woher wussten Sie, ...«, sprudelte es ungehalten aus ihr heraus: »Grace will Jeremy heiraten!«

»Was?!« Clark versuchte, nicht einmal zu verbergen, dass ihn diese Nachricht tatsächlich schockierte. Aschfahl im Gesicht ließ er sich in den Sessel plumpsen. Er nahm eine Glaskaraffe, die mit Wasser gefüllt war, vom Tisch und füllte zwei Gläser. Dann schob er Manuka eins entgegen.

Sie setzte sich ihm gegenüber in einen freien Sessel und trank einen Schluck.

»Ich glaube, Grace begeht den größten Fehler ihres Lebens!«, führte Manuka aus.

Clark hatte das Gefühl, der Boden würde unter seinen Füßen wegbrechen. Er ließ seinen Kopf gegen die Lehne des Sessels fallen und schloss für einen Moment die Augen. »Wann hat Jeremy um die Hand von Grace angehalten?«, wollte er wissen.

»Keine Ahnung. Die Hochzeitsvorbereitungen laufen bereits auf Hochtouren. Hat man Sie etwa nicht eingeladen?«, fragte Manuka ironisch und trank einen weiteren Schluck Wasser.

Clark setzte zu einer Antwort an, überlegte es sich aber dann doch anders. Stattdessen fragte er: »Ist Grace glücklich mit dieser Entscheidung? Ich meine ... liebt sie Jeremy?«

»Sie kapieren es nicht, oder!« Energisch stellte Manuka ihr Glas auf den Tisch und beugte sich aus dem Sessel zu ihm vor. »Grace sehnt sich nach Trost, nach Nähe und nach Wärme. Und sie hat Geldprobleme. Das alles ist eine explosive Mischung, die es Männern mit dem nötigen Kleingeld leicht machen, eine Frau an sich zu binden. Da geht es nicht um große Gefühle. Es geht darum, in der Zukunft versorgt zu sein. Grace ist lange alleine gewesen. Jahr für Jahr. Und sie ist es leid. Ich kann sie gut verstehen. Aber ...« Sie sah Clark eindringlich an. »... Jeremy ist nicht der Richtige. Er liebt sie nicht. In Wahrheit ist er bloß an dem Gold interessiert!«

»Sie wissen davon?« Clark konnte sich ein anerkennendes Schmunzeln nicht verkneifen. Wie hatte die alte Maori das bloß herausgefunden?

»Ich habe eben erst davon erfahren«, gestand sie.

»Nun, dann wissen Sie ja auch, dass mein Bruder und ich ebenfalls ...«

»Papperlapapp!«, unterbrach sie ihn. »Grace liebt Sie. Das wissen Sie ganz genau. Sie und Grace sind füreinander bestimmt. Nur ein Idiot übersieht die Offensichtlichkeit, dass sie beide zusammengehören wie Mond und Sterne.«

»Ich habe sie enttäuscht. Grace wird mir nie verzeihen.«

»Mit Verlaub«, sagte Manuka streng. »Ich kenne Grace schon wesentlich länger als Sie. Und eine ihrer wundersamsten Eigenschaften ist ihre Fähigkeit, zu verzeihen. Sie hat ein großes Herz, das sich weit für diejenigen öffnet, die ihre Vergebung verdienen.«

Clark brauchte ein paar Sekunden, um das Gesagte in sich aufzunehmen. Schließlich beugte er sich aus seinem Sessel vor und sah der Maori tief in die Augen. »Sie meinen, ich soll um sie kämpfen? Nach allem, was ich ihr angetan habe?«

»Ja, das meine ich. Sie hatten nicht die besten Absichten, als Sie auf der Farm aufgetaucht sind. Das steht außer Frage. Aber dann hat das Schicksal Ihnen einen Streich gespielt. Sie haben sich in Grace verliebt und ihr den Kopf verdreht. Und jetzt haben Sie verdammt noch mal die Pflicht, das wieder geradezubiegen. Lassen Sie Grace nicht in ihr Unglück rennen. Ich bitte Sie«, flehte Manuka und sah ihn mit großen Augen an.

Manuka hatte recht. Er liebte Grace und vermisste sie. So sehr, dass es fast schmerzte. Er war sicher gewesen, dass er über sie hinwegkommen würde. Aber seine Gefühle zeigten ihm etwas anderes. Seit Tagen tobte die Wut in ihm. Wut auf sich selbst. Wut auf seinen Bruder. Doch er saß in einer Zwickmühle fest. Er war nicht naiv genug, um zu glauben, dass ein paar Worte der Entschuldigung ausreichen, die Liebe wieder aufflammen zu lassen. Er hatte Grace belogen, hintergangen und ihre Liebe aufs Spiel gesetzt. Wie sollte sie ihm da je wieder vertrauen?

»Ich habe Grace sehr wehgetan, das ist nicht zu verzeihen. Ich bin ein Arschloch.«

»Das stimmt. Aber Sie verabscheuen Ihre Taten, habe ich recht?«

»Natürlich, jede verdammte Sekunde«, sagte Clark, ohne zu zögern.

»Das ist es, was zählt. Sie haben aus Ihrem Fehler gelernt!« Manuka lächelte ihn an.

Clark schluckte den Kloß in seiner Kehle herunter. »Es geht nicht, es tut mir leid.«

»Dann wollen Sie die Frau Ihres Lebens also Jeremy überlassen?« Manuka sprach seinen Namen voller Abscheu und Unglauben aus. »Grace ist für mich wie meine eigene Tochter. Ich kann nicht zulassen, dass sie unglücklich wird. Und an Jeremys Seite sind Probleme und Sorgen vorprogrammiert. Sobald er hat, was er will, wird er sie fallen lassen. Eigentlich bedeutet sie ihm nichts. Es ist das Gold. Die Gier, die ihn antreibt.«

Die Nachmittagssonne schien in die Suite. Aber Clark bemerkte es kaum, er war völlig in die Gedanken an Grace versunken. Von einem Gefühl der Leere überwältigt, seufzte Clark, erhob sich und ging zur Zimmerbar hinüber. Er goss sich einen Whisky ein. »Wollen Sie auch einen?«, fragte er Manuka höflich.

»Nein, danke.« Sie erhob sich ebenfalls. »Ich muss jetzt gehen.« Ihr Blick durchbohrte ihn förmlich, dann plötzlich lag ihre Hand auf seinem Arm. »Wenn Ihre Gefühle für Grace immer noch tief und ehrlich sind, dann lassen Sie nicht zu, dass sie diesen windigen Charakter heiratet!«, sagte sie und holte tief Luft. »Grace verdient einen Mann, der sie aus tiefstem Herzen liebt. Einen Mann, der sie beschützen will und sie in den Armen hält, wenn sie traurig ist. Gehen sie zu ihr, Clark. Ich bitte Sie. Kämpfen Sie um Grace!«

Kapitel 22

Da Grace damit beschäftigt war, Timoti von einer Zecke unterhalb seines Ohrs zu befreien, nahm sie den Streit zwischen Manuka und deren Sohn erst wahr, als sie in die Küche trat.

»Bist du von allen guten Geistern verlassen!«, rief Manuka aufgebracht und sah Taonga wütend an. »Hast du dir mal überlegt, was du Grace sagen willst, wenn sie herausbekommt, dass du ...«

»Was ist denn mit euch beiden los?«, fragte Grace verwundert und ging zum Waschbecken rüber, um sich die Hände zu waschen. Manuka und ihr Sohn verstanden sich prima, und es kam so gut wie selten vor, dass sie ihre Stimmen erhoben. Sie nahm ein Handtuch vom Haken und drehte sich zu den beiden um.

»Grace ...«, sagte Manuka überrascht, die Grace nicht hatte kommen hören. Sie schaute verlegen zu Boden und murmelte: »Es tut mir leid, ich wusste nichts davon.«

Grace schaute von einem zum anderen, während sie ihre Hände abtrocknete. »Wovon wusstest du nichts, Manuka? Nun sagt schon, was ist hier los?«, forderte sie.

Schweigend standen sie Sekunden lang so da. Schließlich hob Taonga entschuldigend die Hände. »Ich ... ich habe, ich habe ... die Briefe der Bank unterschlagen«, stotterte er leise.

»Was heißt das?« Misstrauisch sah Grace ihn an.

»Ich weiß, das war ein Fehler, ich hätte nicht auf Jeremy hören sollen. Ich ...«

»Jeremy ...? Was zum Teufel hat der damit zu tun?«, unterbrach Grace ihn aufgeregt. Schlagartig wurde ihr mulmig in der Magengegend.

»Jeremy bat mich, die Briefe von der Bank abzufangen und sie ihm auszuhändigen. Er meinte, er würde sich um die Angelegenheiten kümmern, um dich zu entlasten. Du hättest mit der Mandarinenernte im Moment genug um die Ohren.« Er fuhr sich mit den Fingern durch sein dichtes schwarzes Haar. »Woher hätte ich denn wissen sollen, was er damit vorhat?«

»Heißt das etwa, dass Jeremy dafür verantwortlich ist, dass ich meine Termine bei der Bank versäumt habe«, fragte Grace leise, aber sie kannte die Antwort bereits. Ihr wurde schwindelig.

»Hätte ich gewusst, dass er die Briefe unterschlägt, dann hätte ich natürlich ...« Er stöhnte laut auf. »Es tut mir leid, Grace, ich wusste ja nicht, dass es ihm in Wirklichkeit nur um eine Goldader geht«, sagte Taonga kleinlaut und runzelte betroffen die Stirn.

»Gold ...?«, wiederholte Grace leise und schüttelte den Kopf. »Das darf doch alles nicht wahr sein.« Erschöpft ließ sie sich auf einen Stuhl sinken. Sie war wie betäubt.

»Ja, und wie immer, wenn es um viel Geld geht, steckt eine große Sauerei dahinter«, kritisierte Manuka, während sie auf Grace zukam. »In Wirklichkeit geht um eine Goldader, die angeblich direkt an der Seite des Flusses vorbeiläuft, die an deine Farm grenzt. Sie lässt sich nur von deiner Seite des Grundstücks problemlos erschließen. Ich habe Jeremy gestern bei einem Gespräch mit einem Angestellten der Bank belauscht ...« Sie zögerte und sah Grace aufmerksam an. Offensichtlich wusste sie nicht, ob sie Grace damit belasten sollte.

»Erzähl ruhig weiter«, ermunterte Grace sie, obwohl sie sich am liebsten in ein Mauseloch verkriechen würde.

Schnell klärte Manuka Grace über das auf, was sie im Café erfahren hatte. »Wie dem auch sei«, fügte sie am Ende ihrer Ausführungen hinzu. »Jeremy verfolgt eine ganz bestimmte Absicht mit dieser Heirat. Er will sich den freien Zugang zur Goldader sichern. Den Antrag, die Claims von der Flussseite aus zugänglich zu machen, hat die Naturschutzbehörde nämlich bereits abgewiesen.« Sie suchte Grace' Blick und griff nach ihren Händen. Zärtlich drückte sie diese, aber Grace erwiderte die fürsorgliche Geste nicht.

»Jeremy, der Halunke, wollte sich die ganze Zeit nur die Farm unter den Nagel reißen, der Rest interessiert ihn reichlich wenig«, stellte Taonga fest.

Manuka warf ihrem Sohn einen ärgerlichen Blick zu, woraufhin er entschuldigend mit den Schultern zuckte. »Ist doch wahr.«

»Was willst du denn jetzt tun?«, fragte Manuka besorgt und schaute Grace an.

Grace antwortete nicht darauf. Sie lehnte sich im Stuhl zurück und schloss die Augen. Sie hatte einfach kein Glück mit der Auswahl ihrer Männer. Sie seufzte tief. Eben erst hatte sie Clark, die Liebe ihres Lebens, zum Teufel gejagt, weil er sie hintergangen hatte, und schon stand der nächste Liebhaber zum Abschuss bereit, der es nicht ehrlich mit ihr meinte.

Jeremy hat mich auch hintergangen, dachte sie fassungslos und ballte die Hände zu Fäusten.

Den ganzen Nachmittag hatte Grace sich ausgemalt, was sie Jeremy alles an den Kopf werfen würde, wenn er auftauchte. Doch jetzt, als er lächelnd vor ihr auf der Terrasse stand, spürte sie nur einen dicken Kloß in ihrem Hals, der ihr die Kehle verstopfte. In ihrem Kopf schwirrten die Gedanken durcheinander wie in einem Bienenstock. Sie musterte ihn von oben bis unten und presste die Lippen zusammen. Sie versuchte, sich an den Mann zu erinnern, dessen Heiratsantrag sie erst vor einer Woche angenommen hatte. Sie hatte sich eingebildet, ihn zu kennen, dass er sie liebte und sie ihn.

»Hi Babe«, sagte Jeremy fröhlich und streckte seine Hand aus, um ihre Wange zu streicheln.

Grace wich einen Schritt zurück. Sie sah Jeremy fest in die Augen, entschlossen, ihn zum Teufel zu jagen und sich nicht von ihm umstimmen zu lassen.

»Grace, Schatz, alles in Ordnung?«, misstrauisch sah er sie an, kam erneut einen Schritt auf sie zu.

Grace holte tief Luft, um sich Mut zu machen. »Pack deine Sachen und verschwinde«, sagte sie dann mit zittriger Stimme.

»Ich verstehe nicht ganz.« Jeremy öffnete angespannt den obersten Knopf seines Hemdes, bevor er sie verwundert musterte.

»Du hast mich belogen. Ich weiß Bescheid. Du bist nur an der Goldader interessiert, sonst nichts. Die Heirat mit mir ist nur Mittel zum Zweck«, sagte sie im erstaunlich ruhigen Ton und atmete tief aus, um sich zu beruhigen.

»Grace ... Babe ... ich liebe dich, was redest du denn für einen Unsinn?« Diesmal war er schnell und seine Hand strich ihr zärtlich mit den Fingerknöcheln über die Wange.

»Fass mich nicht an«, zischte sie. Es war reiner Reflex,

dass sie Jeremys Hand ergriff, und diese wegwischte wie eine lästige Fliege. »Ich glaube dir kein Wort.«

Jeremy bemühte sich um ein Lächeln und hob abwehrend die Hände. »Okay, Babe ...«, sagte er gedehnt und legte den Kopf schief. Es schien, als würde er seine nächsten Worte genau abwägen. »Schau, Babe, dir ist da was zu Ohren gekommen, das dich verwirrt, das verstehe ich.« Er blinzelte ihr aufmunternd zu und schien eine Antwort zu erwarten, da sie ihm den Gefallen nicht tat, fügte er hinzu: »Lass es mich dir bitte erklären, ich habe ...«

»Deine Erklärung kannst du dir schenken«, unterbrach Grace ihn steif. »Du hast versucht, mich zu täuschen, das werde ich dir nie verzeihen.«

Überrumpelt blickte er sie an. Dann stieß er einen empörten Seufzer aus, als wäre er sich keiner Schuld bewusst. »Um Himmels willen, Grace ... mach dich mal locker. Es handelt sich hierbei um ein Geschäft wie jedes andere«, erklärte er, noch immer darauf bedacht, seiner Mimik einen unschuldigen Ausdruck zu verleihen. »Das hat nicht das Geringste mit unserer Hochzeit zu tun«, versicherte er eindringlich. Er wirkte gekränkt. »Ich liebe dich, Babe, das musst du mir glauben.«

Grace sah Jeremy an. Das, was er sagte, klang ehrlich, doch seine Augen straften seine Worte Lügen. Egal, was er zu seiner Verteidigung vorbringen würde, sie konnte sich nicht vorstellen, ihm je wieder zu vertrauen. Und wenn sie ehrlich war, spürte sie tief in ihrem Herzen sogar ein Gefühl der Befreiung. Seine Gier nach dem Gold hatte ihr wunderbar in die Karten gespielt. Sie wusste jetzt, dass sie Jeremy nicht liebte. In dieser Ehe wäre sie nie glücklich geworden. Sie senkte den Blick, damit er ihr die Erleichterung nicht vom Gesicht ablesen konnte.

Jeremy seufzte. »Babe, Liebes, ich bitte dich, ich habe doch auch erst vor Kurzem durch Zufall von der Goldader erfahren. Ich bin doch selbst noch ganz überrumpelt.«

»Hör auf zu heucheln«, stieß sie hervor, weil sie seine Lügen satthatte. »Wir wissen beide, dass das nicht stimmt. Du hast die ganze Zeit von der Goldader gewusst. Wann bitte schön wolltest du mir davon erzählen?«

»Es sollte eine Überraschung werden«, sagte er leichthin.

»Eine Überraschung ...«, antworte Grace spitz. »Na, die ist dir gelungen.« Sie schnaubte.

Jeremy zuckte mit den Schultern. »Ich weiß gar nicht, warum du dich so aufregst. Wenn wir erst verheiratet sind, dann gehört dir doch sowieso die Hälfte von meinem Besitz. Schließlich haben wir uns darauf geeinigt, keinen Ehevertrag aufzusetzen. Du bist dann eine reiche Frau«, fügte er hinzu.

Grace rollte genervt mit den Augen. Ihre Gedanken wanderten unwillkürlich zurück zu dem Telefonat, das sie vor wenigen Stunden mit der Naturschutzbehörde geführt hatte.

»Eine reiche Frau ...? Ja, vielleicht ... aber hast du dabei nicht einen wichtigen Punkt vergessen?«, fragte sie und sah ihn herausfordernd an. »Ich habe meine Hausaufgaben gemacht und mich nach den Voraussetzungen für das Goldschürfen erkundigt. Um den Zugang zum Fluss freizulegen und die Claims abzustecken, braucht es sehr viel Platz. Platz, den wir nicht haben. Du müsstest die komplette Mandarinenplantage einstampfen und einen der Teil des Hauses abreißen lassen. Und wenn du dann dieses Grundstück dem Erdboden gleichgemacht hast, ist immer noch nicht sichergestellt, dass die Goldader auch wirklich so ergiebig ist, wie angenommen wird. Es kann Jahre dauern, bis sie den entsprechenden Gewinn abwirft.«

»Ja, das ist wohl wahr«, stimmte er ihr zu. »Das ist Geschäftsrisiko, aber wenn sie etwas abwirft, wovon ich stark ausgehe, wird sie uns zu den reichsten Menschen von ganz Neuseeland machen. Dann haben wir so viel Geld, dass wir uns eine neue Farm bauen können, eine Villa, ach, was sag ich, einen ganzen Palast«, wandte Jeremy ein und seine Augen leuchteten vor Gier. »Grace, du wirst dann meine Königin sein«, fügte er mit einem leisen Lachen hinzu.

Grace sah ihn ungläubig an. »Du verstehst es wirklich nicht, oder?« Sie schüttelte mit dem Kopf. »Ich will keinen Palast. Die Farm ist mein Elternhaus. Hier bin ich geboren und hier sterbe ich.« Wütend sah sie ihn an. »Hörst du, Jeremy? Ich will keine Königin sein. Ich liebe die Arbeit auf der Plantage und die Menschen, die mich umgeben. Aber eins ist mir soeben klar geworden ...«, sagte sie bestimmt. »Eine gemeinsame Zukunft wird es für uns nicht geben.«

Es trat eine unheilvolle Stille ein.

»Grace, ich ...«

»Spar dir deine Erklärungen. Du bist ein Schuft und ich versichere dir, deine Machenschaften sind heute und hier beendet. Die Heirat wird nicht stattfinden. Du bekommst die Farm nicht. Nur über meine Leiche!« Sie atmete tief durch und war froh, dass sie endlich ausgesprochen hatte, was längst überfällig war.

Jeremy kochte vor Wut. Seine Nasenflügel bebten, seine Stimme vibrierte vor Zorn. »Ach ja?«, sagte er gefährlich leise und seine Augen funkelten böse. »Hier geht es nicht nur um dich, Babe. Die Farm ist hoch verschuldet, dir gehört bald nicht mal mehr die Tasse, aus der du deinen Kaffee trinkst. Für dich steht alles auf dem Spiel, und um das zu retten, brauchst du mich«, erklärte er und grinste hämisch.

Grace, die wild entschlossen war, sich nicht provozieren zu lassen, schluckte den Kloß in ihrer Kehle herunter und hielt seinem Blick stand. *Je eher ich das Gespräch beende, desto besser für uns beide*, dachte sie. »Es ist alles gesagt, verschwinde.«

Jeremy biss die Zähne zusammen. »Du meinst also, du könntest mich einfach so loswerden, Grace?«, sagte er aufgebracht und kam drohend auf sie zu. Seine Hände waren zu Fäusten geballt.

Grace sah, dass er nach Beherrschung rang, fühlte seinen Schmerz. Es tat weh, ihn so zu sehen, aber sie bereute nichts.

»Hast du eine Ahnung, wie viel Geld ich bisher in dich investiert habe?«, wollte er wissen und während er das sagte, sah Grace, wie sich seine Muskeln anspannten. »Glaub mir, du willst es gar nicht wissen.« Er lachte hämisch auf.

»Stimmt! Ich will es nicht wissen«, stellte Grace richtig. Sie standen einander jetzt so nah, dass sie die kleinen dunklen Sprenkel um seine Pupillen herum sehen konnte. »Und damit ist alles gesagt. Ich will dich nie wiedersehen.« Sie sah ihn durchdringend an. »Verschwinde von meinem Grund und Boden. Verschwinde aus meinem Leben.« Bei den letzten Worten überschlug sich ihre Stimme. Sie schäumte vor Wut.

Der Wind wehte eine Strähne in Jeremys Gesicht, als seine Finger sich plötzlich um ihr Handgelenk klammerten. »Ach Babe ... du weißt ja nicht, was du da redest. Du bist nicht in der Position, Forderungen zu stellen«, zischte er bösartig. »Die Bank will Scheine sehen. Was glaubst du, wird passieren, wenn sie nicht in zwei Wochen ihr Geld erhält? Richtig. Die Farm wird zwangsversteigert«, gab er sich selbst die Antwort und machte sich nicht mal die Mühe, seine Genugtuung darüber zu verbergen. »Aber bitte ...« Er ließ ihr Handgelenk wieder los und versetzte ihr einen Schubs, dass sie fast nach hinten taumelte.

Erschrocken über seine Brutalität, konnte Grace nichts erwidern, stand nur da wie erstarrt und rieb sich ihr schmerzendes Handgelenk.

»Wie du willst.« Jeremy zuckte mit den Schultern. »Ich werde die Farm bekommen. So oder so, mit oder ohne dich.« Er verzog das Gesicht und spuckte in den Sand. »Glaub mir, Babe, du hast keine Chance, das ist dein Untergang«, drohte er, drehte sich um und ließ sie einfach stehen.

Verstört und erschüttert über den plötzlichen Hass in seinen Worten starrte Grace ihm hinterher. Ihr war speiübel.

Obwohl sie todtraurig war, liefen ihr diesmal keine Tränen die Wange hinunter. Sie fühlte sich einfach nur leer.

Manuka und Taonga standen am Eingang zur Plantage und beobachteten, wie der Mann, der für das neuerliche Chaos in Grace' Leben verantwortlich war, mit quietschenden Reifen vom Hof fuhr.

»Den sehen wir hoffentlich sobald nicht wieder«, meinte Manuka und blickte zur Terrasse hinüber, auf der vor ein paar Minuten noch Grace und Jeremy gestanden und bitterlich gestritten hatten.

»Ja, und ich hoffe sehr, Grace wird mir meine Dummheit nicht ewig nachtragen«, sagte Taonga, den offensichtlich immer noch das schlechte Gewissen plagte, die Briefe an Grace viel zu spät ausgehändigt zu haben. »Das könnte ich nicht aushalten ...«, redete er weiter, doch Manuka hörte ihm nicht mehr zu. Ihr Blick war an Grace hängen geblieben, die sich plötzlich krümmte und mit der Hand an einem Holzbalken abstützte. Offensichtlich ging es ihr nicht gut.

Während Manuka noch abwartend dastand, hörte sie plötzlich einen Aufschrei. Zeitgleich sah sie Grace die Stufen der Veranda hinunterfallen wie ein nasser Sack.

»Um Gottes willen!«, schrie Manuka und lief los. Taonga folgte ihr.

»Ist sie tot?«, fragte Taonga und kniete sich neben Grace, die regungslos am Boden lag und keinen Ton von sich gab.

Vorsichtig drehte Manuka das Gesicht von Grace zu sich. Zuerst öffnete sie ihr die Lider und sah ihr in die Augen. Dann tastete sie am Hals nach ihrem Puls.

»Gott sei Dank«, stieß sie aus. »Sie lebt, aber wir brauchen schnellstens einen Arzt.«

Kapitel 23

Mit einem Gähnen verließ Clark das Gebäude des Ministry of Maori Development und lockerte seine Krawatte. *Zweifellos hat sich das frühe Aufstehen gelohnt,* dachte er müde, aber erleichtert. Sein Plan war aufgegangen und nun würde es nicht nicht mehr lange dauern, bis er die nötigen Papiere zugeschickt bekam, mit denen er seinen Bruder endlich ausschalten konnte.

Er stellte sich das hochrote Gesicht von Larry vor, wenn dieser von seinem aktuellen Deal erfuhr, was die Zukunft der Firma betraf. Und er würde lügen, wenn ihm das nicht die gewünschte Genugtuung versprach, auf die er sehnsüchtig gewartet hatte.

Er hob den Blick zum Himmel. Eine riesige dunkle Nebelwolke verdeckte für einen Moment die intensiven Strahlen der Herbstsonne, bevor sie langsam weiterzog und das Sonnenlicht, auf die vom Morgentau feuchten grünen Gräser fiel und sie wie grün geschliffenes Glas schimmern ließ.

Es roch nach Herbst und in dem verschlafenen Örtchen Featherston erwachte der Tag. Clark horchte dem Zwitschern der Vögel und fragte sich, ob ihr Gesang schon immer so hell und freudig geklungen hatte oder es nur an seiner guten Laune lag, dass er alles so intensiv wahrnahm.

Es war lange her, dass Clark sich so entspannt gefühlt

hatte. Er nahm einen kleinen Umweg und holte sich an einem Coffeeshop einen *flat white*, bevor er zu seinem Wagen zurücklief, den er in einer Seitenstraße des Ministeriums geparkt hatte.

Bevor er die Ortschaft verließ, tankte er den SUV noch mal auf. Er sah auf die Uhr. Gut gelaunt wählte er den Schleichweg über eine Schotterstraße, die mitten durch Felder und Wiesen führte und in eine Küstenstraße mündete. Auf diese Weise wäre er zwar länger als eine Stunde bis Wellington City unterwegs, wo er sich für eine Woche eine Ferienwohnung gemietet hatte, aber die Landschaft rundherum war einfach zu magisch, das wollte er sich nicht entgehen lassen. Außerdem hatte er ja alle Zeit der Welt. Niemand wartete auf ihn.

Er holte tief Luft und dachte an Grace wie so oft in den letzten Tagen, wenn er von der Einsamkeit übermannt wurde. Augenblicklich schob sich ihr schönes Gesicht vor sein inneres Auge und versetzte ihm einen leichten Stich. Ihre großen, dunklen Augen, ihr sinnlicher Mund … ihm wurde klar, dass er sie schon viel zu lange schmerzlich vermisste. Grace zu hintergehen, damit hatte er den größten Fehler seines Lebens begangen. Einen Fehler, den er schnellstens korrigieren musste.

Das Klingeln seines Handys unterbrach seine Gedanken. Erstaunt warf er einen Blick auf die Nummer im Display und nahm das Gespräch an. Sekunden später wendete er und fuhr auf die SH 2 Richtung Gisborne.

Grace drehte ihren Kopf und versuchte, ihre Augen zu öffnen. Mühsam bewegten sich ihre Lider einen Spalt weit, aber ihre Augen sahen alles verschwommen. Das helle Licht blendete sie. Sie sah den Schatten eines Gesichts, dann noch eines. Stimmen drangen an ihr Ohr. Sie kamen wie aus weiter Ferne.

Sie war so qualvoll müde. In ihr war alles leer. Wo war sie? Plötzlich lag eine kalte Hand auf ihrer Stirn. Jemand fasste nach ihrem Handgelenk, fühlte ihren Puls.

»Grace«, flüsterte eine Stimme von ganz weit weg.

Ihr Oberkörper wurde angehoben, etwas Kaltes stieß gegen ihren Mund. Sie öffnete ihn. Dann lief lauwarme, salzige Flüssigkeit ihre Kehle hinunter. Automatisch schluckte sie. Gierig leckte sie ihre Lippen.

Dann war sie wieder da, die weiße Wand, die sich vor ihre Augen schob. Sie verlor das Bewusstsein und sank in tiefe Dunkelheit.

»Clark?«, brachte Grace krächzend hervor, obwohl sie bereits wusste, dass er es war, der neben ihrem Bett auf einem Stuhl saß und leise vor sich hin dämmerte. Der Duft seines würziges Aftershaves war ihr bereits in die Nase gestiegen. So gut roch nur Clark Walker.

Grace schlug die Augen auf und sah sich verwirrt im Raum um, bevor sie den Blick auf Clark richtete. Wieso saß Clark hier an ihrem Bett? *Was ist denn bloß passiert?* Sie fuhr sich mit der Hand übers Gesicht.

Einen Moment betrachtete sie Clark. Er hatte die Augen geschlossen. Die Schatten der Vorhänge, die nur einen Spalt weit geöffnet waren, wanderten über sein bildhübsches Gesicht. Er wirkte abgespannt.

»Clark ...?«, murmelte sie noch mal und musterte ihn eindringlich. Unwillkürlich zog sie die Bettdecke bis zum Kinn hoch.

»Grace?«, flüsterte Clark leise. Er öffnete die Augen, um schon im gleichen Moment vom Stuhl aufzuspringen und sich neben sie auf die Bettkante zu setzen. Vorsichtig nahm er ihre Hand, die eiskalt war, in seine und drückte sie leicht.

Seine Berührung durchzuckte Grace wie ein Blitz. Sie spürte, wie ihre Wangen heiß wurden.

»Du bist wieder wach«, murmelte er und in seiner Stimme schwang Erleichterung mit. »Wie geht es dir?« Ein besorgter Ausdruck lag auf seinem Gesicht.

»Was ... was ist passiert, und warum sitzt du hier an meinem Bett?«, wollte Grace wissen und sah zum Fenster. Durch den Spalt fiel etwas Sonnenlicht herein. Mühsam versuchte sie, einzuschätzen, wie viel Uhr es wohl war. Sie hatte jedes Zeitgefühl verloren.

»Du bist plötzlich ohnmächtig geworden und die Treppe der Veranda runtergefallen. Ganze fünf Tage hast du fast ununterbrochen geschlafen. Du warst immer nur mal kurz wach und hast etwas Brühe getrunken. Manuka hat sich liebevoll um dich gekümmert.«

»Fünf Tage? Oh Gott ...«, sie versuchte, sich aufzusetzen, und unterdrückte einen Schrei. Ein bohrender Schmerz durchzuckte ihren Körper. »Aber wieso denn so lange? Bin ich schwer verletzt?« Ängstlich runzelte sie die Stirn.

Clark drückte sie sanft ins Kissen zurück. »Liegen geblieben«, bestimmte er. »Du hast eine Prellung an den Rippen, zum Glück nichts Ernstes, aber es wird wohl noch eine Weile wehtun.« Er lächelte matt. »Der Arzt ist der Meinung, dass eine posttraumatische Belastungsstörung zu deiner Ohnmacht geführt hat. Du hattest einfach zu viel Stress in letzter Zeit. Dein Körper hat entschieden, eine Auszeit zu nehmen.«

Überrascht sah Grace ihn an, während ihr Gehirn versuchte, Erinnerungsfetzen wieder zusammenzuführen. *Ich habe Jeremy zum Teufel gejagt.*

»Grace, es tut mir leid, dass deine Freundschaft zu Jeremy in die Brüche gegangen ist«, meinte Clark mit sanfter Stimme, als hätte er ihre Gedanken gelesen.

Grace spürte, dass Clark es ehrlich meinte. »Danke, aber das muss es nicht ...«, ihre Unterlippe bebte, als sie sich plötzlich wieder an diesen bestimmten Moment erinnerte. Jeremy ... dieser Fiesling. »Das muss es wirklich nicht«, wiederholte sie und holte tief Luft. »Jeremy ist ein Arschloch.« Sie drehte ihren Kopf zur Seite, weil ihr die Tränen in die Augen stiegen und sie nicht wollte, dass Clark sie so sah.

Aber Clark hatte längst bemerkt, dass Traurigkeit in ihr aufgestiegen war. »Grace ...« Sanft strich er ihr mit der Hand über die Fingerknöchel. »Ich will dich nicht traurig sehen.«

Bei seinen Worten begann ihr Herz wie wild zu klopfen. Alle Gefühle, die sie je für diesen Mann empfunden hatte, flammten mit einem Schlag wieder auf. Sie schluckte schwer und dachte: *Wenn er mich jetzt küsst, bin ich verloren.*

»Wir haben uns solche Sorgen gemacht«, nahm Clark das Gespräch wieder auf, ohne zu wissen, welcher Konflikt gerade in Grace tobte. »Erst die Ohnmacht nach Hawkins Faustschlag, jetzt der Ohnmachtsanfall wegen Erschöpfung. Langsam solltest du diese Disziplin als Sportart bei den Olympischen Spielen anmelden.« Er grinste belustigt.

Sie drehte ihm ihr Gesicht wieder zu und blickte ihn aus ihren müden braunen Augen an. »Hast du die ganze Zeit an meinem Bett gesessen?«, fragte sie mit erstickter Stimme.

»Ja.« Er lächelte. »Als Manuka mich anrief, um mir zu sagen, was passiert ist, bin ich sofort losgefahren.« Zärtlich führte er ihre Hand nach oben und drückte sie an seine Wange. »Grace ... ich habe mich wie der letzte Idiot benommen. Ich habe dich so vermisst, du bedeutest mir alles und ich habe unsere Liebe aufs Spiel gesetzt, ich ...«

»Scht ...«, unterbrach sie ihn, streichelte nun ihrerseits mit der Hand über seine Wange und fühlte seinen stoppeligen Dreitagebart. Dann wanderten ihre Finger zu seinem Mund und fuhren die Konturen seiner sinnlichen Lippen nach. »Ich bin diejenige, die sich entschuldigen muss. Ich hätte dir vertrauen sollen, als du mir gesagt hast, dass du dich von deinem Bruder distanziert hast.« Sie lächelte ihn aufmunternd an und versank in seinen blauen Augen.

Wie hatte sie sich je wünschen können, Clark für immer aus ihrem Leben zu streichen?, fragte Grace sich jetzt, wo seine Berührungen ein Verlangen in ihr weckte, dass nur Clark Walker stillen konnte. Sie spürte ein Kribbeln, das durch ihren ganzen Körper fuhr.

»Ich habe dich auch vermisst.« Sie hob den Kopf und sah ihn herausfordernd an. »Worauf wartest du noch. Küssen Sie mich endlich, Clark Walker«, hörte sie sich zu ihrer eigenen Überraschung sagen, weil sie es einfach nicht mehr aushielt.

»Bist du sicher?«, fragte er überrascht und Begierde loderte in seinen Augen auf.

»Ich sterbe vor Sehnsucht«, gab sie errötend zu. »Und wenn du nicht willst, dass ich auf der Stelle wieder in Ohnmacht falle, dann küsst du mich jetzt.« Sie schloss die Augen und machte einen Kussmund.

»Das dürfen wir natürlich nicht zulassen«, sagte er schmunzelnd und Erleichterung spiegelte sich in seinem Gesicht. Er küsste zärtlich jeden einzelnen ihrer Fingerknöchel, bevor er sich langsam zu ihr runterbeugte und sie sanft an sich zog. Dann endlich lagen seine Lippen auf ihren. Ein Kuss, der immer leidenschaftlicher wurde, zart und süß wie Zuckersirup. Grace hielt die Augen geschlossen und wollte, dass dieser Moment niemals verging. Prickelnde Hitze breitete sich in ihr aus, sie unterdrückte ein Aufstöhnen, erkundete mit der Zunge seinen Mund. Für sie gab es in diesem Augenblick nichts Schöneres, die Zeit schien stillzustehen.

Als Clark sein Gewicht verlagerte und mit seinen Händen ihren Rücken fester an sich drückte, konnte sie einen leisen Schmerzensschrei nicht unterdrücken. Augenblicklich ließ Clark von ihr ab. »Alles okay?«, fragte er besorgt.

Sie verzog das Gesicht. »Ja, es ist nur die Prellung.« Sie hielt sich ihre Hüfte und lächelte schief. »Du warst zu stürmisch.«

»Tut mir leid«, sagte er amüsiert, beugte sich erneut herab und küsste zärtlich ihren Hals. »Dann lasse ich dich jetzt lieber alleine, bevor noch mehr passiert«, sagte er mit einem verführerischen Lächeln.   »Du solltest dich etwas ausruhen.« Clark ging zum Fenster und zog beide Vorhänge ein Stück zur Seite, um etwas mehr Tageslicht in den Raum zu lassen. Ein Vogel, der sich auf der Fensterbank niedergelassen hatte, flog erschrocken auf.

In dem Augenblick, da Grace ihren Kopf zurück auf das weiche Kissen bettete, spürte sie tatsächlich, wie erschöpft sie war, und gleichzeitig verflüchtigte sich ihre gute Laune. Die Bilder vom Streit mit Jeremy schoben sich vor ihr inneres Auge und erinnerten sie unweigerlich an ihren Schuldenberg, den sie nun nicht mehr würde ablösen können, jetzt wo die Heirat nicht stattfand. Unwillkürlich stöhnte sie auf.

»Was ist los? Hast du Schmerzen?« Clark drehte sich besorgt zu ihr herum.

»Ich muss unbedingt telefonieren und mit der Bank

sprechen, die Gläubiger wollen ihr Geld«, sagte Grace, schlug die Bettdecke zur Seite und machte Anstalten, aufzustehen. Aber sie war plötzlich so entsetzlich müde. Alle Glieder taten ihr weh. Sie sank zurück aufs Kissen.

Clark deckte sie sanft wieder zu und küsste sie auf die Stirn. »Zerbrich dir nicht den Kopf darüber, Grace, ich habe alles in deinem Sinne geregelt. Vertrau mir.«

»Man wird mir die Farm wegnehmen«, seufzte sie und kämpfte mit den Tränen.

»Niemand wird dir irgendetwas wegnehmen, Grace! Die Bank nicht, Jeremy nicht und auch ich habe nicht die Absicht. Dafür habe ich gesorgt.« Er lächelte sie gütig an, bevor er weitersprach. »Dein Einverständnis vorausgesetzt habe ich mir erlaubt, das Geld bei der Bank vorzustrecken und deinen Kredit samt Zinsen zu tilgen. Die Farm bleibt weiterhin in deinem Besitz. Niemand wird sich je wieder in deine Angelegenheiten mischen. Nie wieder«, betonte er grimmig und presste die Lippen zusammen.

»Das ist sehr großzügig von dir«, sagte Grace mit leiser Stimme, während sie versuchte, das Gehörte in einen sinnvollen Zusammenhang zu bringen. Was bedeutete das genau für sie? War sie jetzt schuldenfrei? Wohl kaum. Sie hatte doch überhaupt nichts unterschrieben!

Ihr ratloser Blick, mit dem sie Clark bedachte, schien ihm deutlich zu machen, dass sie seinen Worten nicht ganz folgen konnte. Er legte den Kopf schief und verzog belustigt das Gesicht, als er erklärte: »Grace, ich bin auch ein Geschäftsmann und natürlich habe ich mir etwas dabei gedacht, als ich deinen Kredit getilgt habe. Ich liebe dieses Land genauso sehr wie du und ich will nicht, dass diese Farm skrupellosen Unternehmern in die Hände fällt, deren einziges Ziel es ist, dieses schöne Stück Natur dem Erdboden gleichzumachen.« Seine Augen funkelten nachdenklich, bevor er fortfuhr. »Außerdem sehe ich genug Potenzial, deine Plantage wieder in die schwarzen Zahlen zu bringen. Ich gebe dir die Chance für einen Neuanfang.«

»Das ist wirklich total nett von dir, aber ich werde dir natürlich alles zurückzahlen«, sagte Grace, die immer noch nicht wusste, was sie von dieser großzügigen Geste halten sollte.

»Das brauchst du nicht, es ist ein Geschenk.«

»Das kann ich nicht annehmen«, stieß Grace schockiert hervor und sah ihn irritiert an. *Kein Mensch schenkt einem anderen einfach so viel Geld, ohne eine Gegenleistung zu verlangen.*

»Ich habe keine Hintergedanken. Du hast mein Wort. Ich wollte dir nur einen Gefallen tun.« Clark lächelte nachsichtig, um sie zu beruhigen.

»Einen ziemlich teuren Gefallen«, murmelte Grace spitz und schüttelte mit dem Kopf. »Ich kann das auf keinen Fall annehmen.« Sie presste ihre Lippen zusammen, während sie ihm mit großen Augen einen stolzen Blick entgegenwarf.

»Du bist die störrischste Frau, die mir je begegnet ist«, sagte Clark amüsiert und fuhr sich mit der Hand durchs Haar. Dann beugte er sich zu ihr hinunter, nahm ihr Gesicht in beide Hände und zwang sie zu einem Lächeln. »Grace, es ... ist ... ein ... Geschenk. Ich werde nie mehr darüber reden.« Seine Hände ließen wieder von ihr ab.

Sie blinzelte. »Ich verstehe immer noch nicht ... wieso tust du das? Du wusstest doch noch gar nicht, ob ich ... dass wir uns ... na du weißt schon.« Sie stockte und errötete.

»Wieder annähern? Wolltest du das sagen, Grace?« Clark nickte. »Stimmt, das konnte ich nicht wissen. Und dennoch habe ich mich dazu entschieden. Es war mir egal.

Ausnahmsweise konnte ich mal etwas für dich tun. Ein gutes Gefühl.« Er seufzte und auf seinem Gesicht erschien ein jungenhaftes, zufriedenes Lächeln.

Neugierig geworden blickte Grace ihn an. »Ich weiß nicht, was du damit meinst. Was habe ich denn für dich getan?«, wollte sie wissen und ihr Herzschlag beschleunigte sich, denn der zärtliche Blick, mit dem Clark sie nun musterte, war ihr keineswegs entgangen.

»Du solltest dich jetzt ausruhen, wir können morgen weiterreden«, wich Clark ihr aus.

»Das ist nicht die Antwort auf meine Frage.« Ihr Blick ruhte eindringlich auf ihm. *So leicht mach ich es dir nicht, Clark Walker*, dachte sie.

»Was willst du wissen?« Er wirkte angespannt.

»Die Wahrheit.«

Clark setzte sich erneut zu Grace auf die Bettkante, nahm ihre Hand und sah ihr tief in die Augen.

»Deine Mandarinenplantage liegt mir am Herzen. Du, Grace«, betonte er, »du liegst mir am Herzen.« Zärtlich strich er ihr mit der Hand eine Strähne aus dem Gesicht, bevor er fortfuhr. »Grace, ich liebe dich und ich will, dass du glücklich wirst. Egal, für welchen Mann du dich entscheidest. Das meine ich ernst. Die Zeit mit dir, deine Nähe ... deine Liebe ... die schönen Minuten, die wir zusammen verbracht haben, all das hat mir gezeigt, dass mein Leben, das ich bisher an der Seite meines Bruders geführt habe ...« Er holte tief Luft, schloss für einen Moment die Augen und verzog gequält das Gesicht, als würden schmerzhafte Erinnerungen in ihm aufsteigen.

»Sprich weiter.«

Vorsichtig ließ er seine Fingerspitzen durch ihr Haar gleiten. »Ich habe begriffen, dass ich mein Leben so nicht mehr weiterleben kann. Dafür werde ich dir ewig dankbar sein.« Er wirkte nachdenklich. »Grace, ich liebe dich.« Er seufzte traurig und schloss kurz die Augen. »Und wenn du mir noch mal eine Chance gibst, dann verspreche ich dir ... ich verspreche dir, dich nie wieder zu enttäuschen.«

Grace war klar, dass Clark eine Reaktion erwartete, so intensiv wie er sie aus seinen blauen Augen anstarrte. *Wie sehr ich diesen Mann vermisst habe.* Lust und Verlangen keimten in ihr auf. Sie konnte ihn unmöglich noch länger zappeln lassen.

»Ich liebe dich auch«, flüsterte Grace und beugte sich langsam zu ihm vor.

Clark saugte hörbar die Luft ein, als er diese Worte aus ihrem Mund hörte. Seine Augen leuchteten auf.

Zärtlich küssten sie sich, als ihre Lippen sich berührten. Ihre Zungen verschmolzen miteinander, eroberten sich gegenseitig. Keuchend schlang Grace die Arme um seinen Körper, Clarks Hand vergrub sich in ihrem Haar. Grace spürte, wie Clarks Körper auf sie reagierte, und heißes Begehren durchzuckte sie.

Schließlich war es Clark, der sich keuchend aus ihrer Umarmung löste. »Ich würde mich ja gerne zu dir ins Bett legen«, sagte er, wobei er absichtlich einen erotischen Ton in seine Stimme legte. »Aber ich fürchte, du würdest augenblicklich die Flucht ergreifen.« Er grinste schelmisch. »Ich brauche unbedingt eine frische Dusche.« Widerwillig löste er sich von ihr.

»Nicht weggehen.« Enttäuscht stöhnte sie auf. »Wie kannst du so gemein sein. Ich brauche eine Aufmunterung, ich muss wieder gesund werden.«

»Vor allen Dingen musst du dich jetzt ausruhen. Kein Sex während deiner Genesung«, sagte er im gespielt strengen

Tonfall. »Verordnung vom Arzt.« Er grinste diabolisch.

»Das halte ich nicht aus«, stöhnte Grace sehnsüchtig. Alleine bei der Vorstellung, mit Clark zu verschmelzen, stand ihr Körper wie immer in Flammen. »Wer nicht will, der hat schon«, fügte sie fast beleidigt hinzu und machte einen Schmollmund.

Clark schmunzelte belustigt. »Ich werde später nach dir sehen. Jetzt wird geschlafen«, befahl er, ohne auf ihre Bemerkung einzugehen.

»Dem kann ich mich nur anschließen«, sagte Manuka, die lautlos ins Zimmer getreten war und die letzten Worte aufgeschnappt hatte.

»Träum schön.« Mit einem innigen Kuss, der Grace durch den ganzen Körper fuhr, verabschiedete sich Clark und verließ das Zimmer.

Manuka sah im hinterher und wandte sich dann an Grace. Ihre Stimme wurde eine Spur ernster, als sie nüchtern sagte: »Dieser Mann hat tagelang an deinem Bett gewacht und ist nicht von deiner Seite gewichen. Er liebt dich über alles, lass nicht zu, dass er wieder aus deinem Leben verschwindet.« Sie schüttelte die Bettdecke auf und zog die Vorhänge wieder zu.

Grace nickte. »Ja, ich weiß. Ich liebe ihn auch«, murmelte sie leise. Pures Glück durchströmte sie.

Eingekuschelt unter ihrer Decke, schlief sie augenblicklich ein.

Kapitel 24

Starke Westwinde tobten seit Tagen über Gisborne und hatten den Küstenort fest im Griff. Besonders nachts brauste der Wind grollend über das sich aufbäumende Meer und donnerte wie ein wütendes Tier über das Dach des Farmhauses hinweg, wo es die Wände wackeln ließ.

Aber es war nicht das Knarren der Dachbalken, das Grace den Schlaf raubte, es war das durchdringende Bellen eines Hundes, das sie mitten in der Nacht aufschrecken ließ. Grace' Labrador sprang immer wieder aufgeregt an der Seite ihres Bettes hoch und kläffte sich die Kehle aus dem Hals.

Aufgeschreckt schlug Grace die Bettdecke beiseite und setzte sich auf. Augenblicklich rannte der Hund los, schabte mit seinen Krallen gegen die Schlafzimmertür und bettelte, hinausgelassen zu werden.

»Was ist denn los?«, nuschelte Clark schlaftrunken neben ihr und öffnete die Augen.

»Keine Ahnung ... Timoti ist seltsam unruhig. Wahrscheinlich muss er mal.« Grace knipste die Nachttischlampe an, die den Raum in ein gemütliches, warmes Licht tauchte. Sie rieb sich die Lider und stand auf. Barfuß tapste sie über den kalten Dielenboden und sperrte die Tür auf.

Der Hund stürmte in den Flur hinaus, um gleich darauf wieder ins Zimmer zurückzulaufen und sich aufgeregt vor

Grace im Kreis zu drehen. Erneut kläffte er sie an.

»Was ist denn los, Großer?«, fragte Grace und beugte sich zu ihm herab, um ihm durchs Fell zu streicheln, doch Timoti lief erneut zur Tür und deutete an, ihm zu folgen.

Im nächsten Moment sog Grace scharf die Luft ein. Irgendwie roch es nach ... ihre Gedanken überschlugen sich ... nach dem Rauch einer offenen Feuerstelle. Es roch nach verbranntem Holz. Panisch drehte sie sich zu Clark um. »Riechst du das auch?«, fragte sie aufgeregt. Ihr Herz klopfte heftig.

Mittlerweile hatte Clark sich aufgesetzt und seine Miene verfinsterte sich. Er deutete auf das Fenster. »Grace, da … das Licht. Was ist da los?« Er bedachte Grace mit einem besorgten Blick und sprang aus dem Bett.

Sie fuhr herum. Hinter der Gardine flackerte es orangefarben. Der ungewöhnliche Lichtschein kam von draußen.

Eine düstere Ahnung überkam Grace. Sie erstarrte.

Clark rannte zum Fenster und schob die Vorhänge zur Seite. »Feuer«, schrie er. »Die Plantage brennt.«

»Oh, nein, bitte nicht!«, rief Grace, die sich wieder aus ihrer Erstarrung gelöst hatte. Sie lief zum Fenster und schaute hinaus.

Hoch am Himmel hing eine dunkle Rauchwolke, darunter brodelte eine gelbe, leuchtende Kuppel. Feuer! Sprühende Funken knisterten in der Luft.

»Los zieh dir was über, wir dürfen keine Zeit verlieren«, befahl Clark, rannte zum Nachttisch und griff nach dem Handy, um einen Notruf abzusetzen. Dann schlüpfte auch er schnell in Hose und T-Shirt und stürmte in den Flur. Er warf einen schnellen Blick über die Schulter. »Wir müssen Manuka wecken. Es ist zu gefährlich, im Haus zu bleiben.«

Grace nickte. »Ich kümmere mich darum«, rief sie und stürmte bereits in das Zimmer von Manuka.

Nur einen Moment später liefen sie gemeinsam fluchend durchs Haus und folgten Clark die Treppe hinab nach draußen.

Beißender Geruch schlug ihnen entgegen.

»Nein, nein, nein!«, stieß Grace atemlos hervor, die Hand vor dem Mund. Entsetzt starrte sie auf das Bild vor ihr.

Die dunkle Rauchwolke, die sich über dem Dach des Hauses dem Himmel entgegenschob, legte sich wie eine Unwetterfront über das Anwesen.

Manuka, die dicht hinter Grace folgte, gab ein fassungsloses Murmeln von sich. »Heilige Scheiße, das darf doch nicht wahr sein!«, sagte sie außer Atem. Der Rauch trieb Grace die Tränen in die Augen.

Fassungslos blickten alle das Schauspiel an.

Helles gleißendes Licht erleuchtete den nachtschwarzen Himmel.

Die Plantage stand in Flammen. Feurige Zungen leckten an den abgeernteten Mandarinenbäumen. Knisternd zerfielen sie zu Asche. Zweige lösten sich und sanken wie flammende Arme zu Boden. Glühende Hitze schlug ihnen entgegen.

Sämtliche Farbe wich aus ihren Gesichtern. Ihre Mienen bargen Entsetzen, Furcht und Unglaube. Gezeichnet von der Hoffnung, sich lediglich in einem Albtraum zu befinden, der früher oder später vorüberging.

»Es ist alles hinüber!«, brachte Grace kläglich heraus. »Alles verschluckt vom Flammenmeer.«

»Wir brauchen Wasser.« Clark war die Erste, der sich aus der Erstarrung löste, die der Anblick des gigantischen Feuers in ihnen ausgelöst hatte.

Grace' Mund wurde trocken. Eine Hitzewelle übermannte sie. Sie glaubte zu spüren, sich im Auge der Flammen zu befinden.

Der Ohnmacht nahe gaben ihre Beine nach.

Grace stürzte auf die Knie. Die Feuersbrunst malte hektische Schatten in ihr Gesicht. Es war ein Albtraum. Gedankenfetzen tobten durch ihren Kopf. Das letzte Mal, dass sie so eine Angst gefühlt hatte, war, als sie ihren Vater bleich vom Tod in seinem Sessel aufgefunden hatte. Sie rang um Worte, aber brachte keinen Ton heraus. »Es ist alles aus«, war das Einzige, was schließlich über ihre Lippen schlüpfte.

»Manuka, du bleibst bei Grace«, sagte Clark eindringlich.

Er wollte schon losstürmen, als Grace sich wieder auf die Beine kämpfte. »Warte!«, rief sie und hielt Clark am Arm zurück. »Das ist viel zu gefährlich. Ich lass nicht zu, dass dir etwas passiert. Das ist Aufgabe der Feuerwehr.« Sie schluckte. Tränen liefen ihr über die Wangen. »Wir können hier nichts mehr tun, Clark. Die Plantage ist verloren.« Resigniert ließ sie die Schultern sinken.

»Nein.« Entschieden schüttelte Clark den Kopf. »Ich werde nicht tatenlos zusehen, wie das Lebenswerk deines Vaters abfackelt. Was, wenn die Flammen auf das Haus übergehen? Immerhin gehts es um unsere Existenz. Bis die Feuerwehr hier ist, kann ich wenigstens versuchen, etwas zu unternehmen.« Er seufzte tief. »Wo ist der Schlauch, den ihr sonst für das Wässern der Plantage benutzt?«

»Im Schuppen. Rechts neben dem Haus.«

»Gut.« Er nickte. »Ich kümmere mich darum. Du wartest hier und bewegst dich nicht vom Fleck!« Er senkte die Stimme, als wollte er ein Kind besänftigen. »Ich will mich nicht auch noch um dich sorgen müssen«, stellte er kompromisslos klar, bevor er ihr Kinn in die Hand nahm und sie an sich zog. Sein Blick wurde weich. Er küsste sie sanft, drehte sich um und sauste los.

Grace sah ihm hinterher und kämpfte erneut mit den Tränen. Die brennende Plantage war ein Sinnbild ihres Versagens. Die neu angepflanzten Mandarinenbäume sollten wachsen und gedeihen, damit die Ernte in absehbarer Zeit ertragreicher wurde. Nun waren all ihre Hoffnungen für die Zukunft den Flammen zum Opfer gefallen. Das Gefühl der Ohnmacht stieg in ihr auf und drohte sie ins Bodenlose zu reißen.

Okay, Grace, du kannst dich jetzt selbst bemitleiden oder mit anpacken. Letztendlich war es der Gedanke an Clark und der Geschmack seiner Küsse auf ihren Lippen, die Grace dazu veranlassten, sich aus ihrer Verzweiflung zu lösen.

»Dann entscheide ich mich fürs Anpacken«, murmelte sie, wandte sich zu Manuka um und lächelte gequält. »Komm, Manuka, wir helfen ihm.«

Timoti, der inzwischen jaulte wie ein Wolf, blieb zwar dem Feuer fern, dennoch hielt Grace es für das Beste, den Hund in sicherer Entfernung am Geländer der Veranda festzubinden. Dann eilten sie Clark hinterher.

Clark hatte inzwischen den Schlauch abgerollt und näherte sich dem flammenden Inferno.

»Zurücktreten!«, brüllte er, als das Wassers mit voller Wucht aus dem Hochdruckschlauch schoss und er Mühe hatte, den Strahl unter Kontrolle zu bringen.

Das Feuer hatte sich bereits gefährlich nahe an die Hausseite gefressen.

»Sei vorsichtig!«, rief Grace ihm besorgt zu und fügte murmelnd leise hinzu: »Ich liebe dich.«

Nur sein Schatten, der mutig den Flammen entgegentrat, um ihnen den Kampf anzusagen, war in der Nacht auszumachen. Funken flogen in seine Richtung. Er hustete, als der Rauch in seine Lunge eindrang.

Das ist Wahnsinn, dachte Grace ergriffen vor Sorge.

Clark zielte nach unten, sodass der Wasserstrahl den Ursprung der Flammen löschte. Auf nassem Boden konnte sich das Feuer nicht so schnell ausbreiten. Der nächste Strahl tränkte die Hauswand. Wieder hustete Clark, kräftiger als beim ersten Mal. Dennoch kämpfte er unbeirrt weiter gegen die übermächtigen Flammen an.

Sein hartnäckiger Kampf, ihre Existenz zu schützen, traf Grace tief im Innersten und steigerte ihre Liebe zu ihm ins Bedingungslose.

Besorgt und beeindruckt zugleich beobachtete Grace den aussichtslosen Kampf. Es war jener Moment, in dem ihr bewusst wurde, dass sie Clark alles, was in letzter Zeit zwischen ihnen gestanden hatte, für immer verzeihen würde. Dieser Mann hatte sie erneut wachgeküsst. Clark war der Mann, nach dem sie sich Jahre lang gesehnt hatte.

So erschöpft Grace auch war und aller Angst zum Trotz, schlich sich ein Lächeln auf ihr Gesicht.

Clarks viel zu großes T-Shirt flatterte im Wind. Das Feuer knackte und rauchte von allen Seiten. Wie sehr sie diesen Mann liebte.

»Im Schuppen müssten noch ein paar große Eimer stehen. Füllen wir sie mit Wasser und eilen Clark zur Hilfe«, schlug Manuka vor und riss sie aus ihren Gedanken.

Sie rannten zurück ins Haus und füllten mehrere Eimer bis zum Rand mit Wasser. Dann schleppten sie diese, wobei jede der Frauen links und rechts einen Eimer trug, hinüber zu der Stelle des Brandherdes, wo die Flammen nicht mehr weit von der Seitenfront des Hauses loderten. Mehrere Male mussten sie die Prozedur wiederholen, bevor auch nur eins der Mandarinenbäumchen zischend erlosch. Wasser tropfte von den verkohlten Zweigen.

Für einen Moment wünschte Grace sich, ihre Hilfskräfte würden noch auf dem Anwesen übernachten und könnten ihnen nun zur Hilfe eilen. Doch die waren längst weiter gezogen, um mit dem verdienten Geld endlich Neuseeland zu erkunden. Sie waren auf sich allein gestellt.

»Los weiter!«, schrie Grace und wischte sich den Schweiß von der Stirn. Die Eimer schienen von Mal zu Mal schwerer zu werden, die Beine müder. Allmählich ging ihnen die Puste aus. In Wahrheit hatten sie längst den Mut verloren.

Manukas rasselnder Atem verriet ihre Erschöpfung. »Wo bleibt denn nur die Feuerwehr? Ich halte das nicht mehr lange durch«, gestand sie.

»Wir schaffen das!«, wollte Grace antworten, doch ein banger Blick zum Haus ließ ihre Worte verstummen. Die Fassade bestand aus Holz. Wenn das Feuer übergriff, und das konnte jeden Augenblick der Fall sein, würde sich die Farm binnen von Sekunden in einen brennenden Feuerball verwandeln. Ihr geliebtes Zuhause, ihr Leben, ihre Träume, das Einzige, was sie noch mit ihrem Vater verband – einfach geschluckt von den Dämonen des Feuers. Grace wusste, dass sie das nur schwer verwinden würde.

Mutlos ließ sie ihre Blicke über die Plantage schweifen. Es hatte keinen Sinn. Die Feuersbrunst war unbezwingbar. Sie hatten nicht den Hauch einer Chance. Die Plantage brannte lichterloh.

»Was sollen wir ...« Manuka atmete tief durch. »Was sollen wir nur tun?«, keuchte sie.

»Wir können nichts mehr tun!« Resigniert ließ Grace die

leeren Wassereimer in ihrer Hand sinken. »Wir haben den Kampf verloren!« Ihr Herz krampfte sich zusammen.

Im selben Moment explodierte etwas. Splitter sausten wie brennende Pfeile durch die Luft.

Geistesgegenwärtig legten beide Frauen die Arme schützend vors Gesicht.

Dann hörten sie einen Aufschrei. Grace wirbelte herum. Aus den Augenwinkeln sah sie, wie eine Silhouette unvermittelt zu Boden sackte.

»Clark!«, stieß sie angsterstickt hervor und ihre Füße bewegten sich so schnell sie konnten.

Ihre Lippen formten ein stummes Gebet. *Lass ihn nicht tot sein ... Lass ihn nicht tot sein.* Sie brauchte ihn. Sie liebte ihn. Clark zu verlieren, würde ihr das Herz in Stücke reißen.

Clark lag mit dem Rücken auf dem Boden. Er hatte die Augen geschlossen, aber er atmete. Grace suchte seinen Körper nach Verletzungen ab. Auf den ersten Blick sah sie nichts. »Clark, hörst du mich? Bist du okay?« Ihre Stimme zitterte, ihr Gesicht war kreideweiß.

Dann entdeckte sie das Blut an seinem durchnässten Hosenbein. Ein Splitter hatte sich in seinen Oberschenkel gebohrt. Eine kleine Spitze ragte raus. Bei diesem Anblick schloss sich ein imaginärer Eisenring um ihren Brustkorb.

Da Grace nicht wusste, wie tief die Verletzung war, bat sie Manuka, schnell den Verbandskasten aus dem Haus zu holen, und legte einen Druckverband oberhalb und unterhalb des Oberschenkels an, so wie sie es in einem Erste-Hilfe-Kurs gelernt hatte. Danach atmete sie tief aus.

Um sie herum züngelten kleine Flammen und der Wind wirbelte Asche durch die Luft. Sie starrte in die Flammen vor ihr. Clark musste von hier fort.

»Manuka, pack mal mit an.«

Ohne zu überlegen, fassten die Frauen Clark unter die Arme.

»Autsch«, stöhnte er leise, als er in einen sicheren Bereich gezogen wurde. Seine Schuhabsätze hinterließen Schleifspuren auf dem Boden.

Gott sei Dank, er ist bei Bewusstsein, dachte Grace erleichtert. Sie beugte sich über ihn. »Clark, sprich mit mir, hörst du mich, kannst du mich hören, Clark ...?«, flüsterte sie an seinem Ohr.

»Bleib cool, Süße«, murmelte er benommen. »Ich bin okay ...« Ein Hustenanfall schüttelte ihn. »Ich habe nur zu viel Rauch eingeatmet.« Er verzog das Gesicht.

Ein riesiger Felsbrocken der Erleichterung plumpste von ihrer Seele. Glücklich beugte sie sich zu ihm hinab und warf ihre Arme um seinen Hals. Clark wackelte mit dem Finger und zeigte auf seinen Mund. »Ich brauche unbedingt eine Mund-zu-Mund-Beatmung«, sagte er und ein Lächeln spielte um seine Mundwinkel.

Schon presste Grace ihre Lippen auf seine. Gierig küsste sie ihn, eroberte seinen Mund, neckte zärtlich seine Zunge.

Ihre Erlösung, ihre Traurigkeit, ihre ganze Liebe legte Grace in diesen Kuss. Sie küsste ihn so leidenschaftlich, als gäbe es überhaupt kein Morgen mehr. In diesem Moment schien die Welt um sie herum stillzustehen. Prickelnde Schauer jagten durch ihren Körper.

Clark stöhnte, vergrub die Finger in ihrem Haar und erwiderte den Kuss genauso gierig wie sie, so lange, bis er erneut von einem Hustenanfall geschüttelt wurde. Belustigt schob er Grace sanft von sich weg und grinste schief.

»Wenn mich nicht der elende Rauch umbringt, dann ist es dein Kuss, der mich das Leben kosten wird«, sagte er anzüglich grinsend und hustete erneut.

Grace blickte ihn an und sah ihm verliebt in die Augen. »Ich bin so froh, dass dir nichts passiert ist.«

»Ich weiß«, sagte er leise und strich ihr zärtlich mit dem Daumen über die Wange.

»Kannst du aufstehen?«

»Ich denke schon.«

Gerade als Manuka und Grace ihm die Hand hinhielten, um Clark auf die Beine zu helfen, tauchte das blinkende Blaulicht der Feuerwehr am Horizont auf. Gleich darauf dröhnte das Einsatzhorn in ihren Ohren, das gleichmäßig näher kam und von Mal zu Mal ohrenbetäubender schrillte.

»Die Feuerwehr ist da!« Pure Erleichterung sprach aus Grace' Worten.

»Das wurde aber auch Zeit!«, klagte Manuka. Eine rote Schwellung befand sich über ihrer linken Schläfe. Sie sah mitgenommen aus.

Grace vergrub das Gesicht an Clarks Hals. Zum ersten Mal in dieser grauenvollen Nacht wagte sie, zu verschnaufen.

Eine unnatürliche Stille legte sich über das Anwesen, als die ersten Löschfahrzeuge vom Hof fuhren. Da, wo vor Stunden noch ein Feuerinferno gewütet hatte, baute sich eine Wand aus schwarzem Rauch auf. Die Rettungsarbeiten waren abgeschlossen, das Feuer gelöscht, die Bedrohung gebannt.

Die Männer der Feuerwehr hatten geschafft, was Grace kaum zu hoffen gewagt hatte. Die Flammen waren nicht auf das angrenzende Wohnhaus übergegangen. Sie hatten Glück im Unglück gehabt. Ihr Zuhause war gerettet. *Ohne die Hilfe der Feuerwehr hätten wir drei den Kampf heute Nacht verloren*, dachte Grace, als sie mit Clark und

Manuka aus dem Rettungswagen trat, von wo aus die drei den Löscharbeiten aus sicherer Entfernung zugesehen hatten.

Clarks Wunde war zum Glück nicht tief, aber trotzdem hatte sie mit ein paar Stichen genäht werden müssen. Eine kleine Narbe würde zurückbleiben und für immer an die Nacht des Schreckens erinnern.

Eine bleierne Hitze lag über der Farm. Rauchgeschwängerte Luft hing nach wie vor über ihnen wie ein grauer Nebel aus einem Horrorfilm. Es würde noch eine Weile dauern, bis der Wind die letzten Dunstschleier Richtung Meer vertrieben hatte.

»So ... wir haben die Temperatur der Innenwände des Hauses gemessen«, sagte eine tiefe Stimme und ließ Grace aus ihren Gedanken hochschrecken.

Der Mann, der auf sie zukam, hatte eine stabile Figur und trug seinen Schutzhelm lässig auf dem Kopf. In der Hand schwenkte er einen leeren Benzinkanister. »Es besteht keine Gefahr. Sie können darin wohnen, aber dennoch rate ich Ihnen, die nächsten Tage gründlich durchzulüften.« Er hielt ihnen den leeren Kanister vor die Nase. »Da wollte jemand auf Nummer sicher gehen. Wir haben mindestens zehn Stück davon gefunden. Alle leer und an verschieden Stellen verteilt«, erklärte er und musterte sie eindringlich. »Also, wenn Sie mich fragen, dann handelt es sich hierbei um Brandstiftung!«

»Sind Sie sicher?«, wollte Clark wissen und zog zweifelnd die Augenbrauen hoch.

»Ziemlich.« Der Mann nickte. »Genaueres wird die Untersuchung ergeben.«

»Brandstiftung?«, wiederholte Grace fassungslos und riss die Augen auf. Ein Schauer jagte ihr über den Rücken.

»Aber wer tut so was?«

»Das herauszufinden, wird Aufgabe der Polizei sein«, entgegnete der Mann und zuckte mit den Schultern. Bevor er sich wieder entfernte, zeigte er mit dem Finger auf Clarks verbundenes Bein. »Da haben Sie noch mal großes Glück gehabt. Eine Holzkiste ist von der Hitze explodiert und in tausend Stücke gesprungen. Diese Splitter haben die Kraft von Pistolenschüssen. Das hätte böse ins Auge gehen können, wenn sie eine andere Körperstelle getroffen hätten.«

»Ja«, gab Clark ihm recht. »Wir alle haben noch mal Glück gehabt.« Seine Miene verfinsterte sich und Grace sah, dass es hinter seiner Stirn arbeitete.

»Danke für Ihre Hilfe«, wandte sich Clark dem dem Mann zu.

»Gern geschehen. Das ist mein Job«, grinste der Mann. Tippte an seinen Helm und verabschiedete sich mit den Worten: »Alles Gute für Sie.«

Und ich dachte, es wäre jetzt endlich vorbei, bemitleidete sich Grace, als sie dem Mann hinterherblickte. Eine Hiobsbotschaft folgte auf die nächste. Natürlich hatte sie sich auch schon Gedanken darüber gemacht, warum plötzlich ein Feuer ausgebrochen war. Eine Mandarinenplantage geriet nicht von einem Moment auf den nächsten einfach in Brand. Wer oder was steckte dahinter?

Clark drehte sich langsam zu Grace um und sah ihr tief in die Augen. »Das ist alles meine Schuld«, gestand er.

Grace sah ihn fragend an.

»Das Benzin stammt garantiert aus den Transportern, deren Tanks mein Bruder ... abgepumpt hat.« Er ließ die Schultern hängen und rieb sich über die müden Augen. »Jemand hat damit die Plantage angezündet, da bin ich mir sicher. Und ich denke, ich weiß auch schon, wer uns das angetan hat.«

»Du meinst, es war dein Bruder?«, wagte Grace kaum, ihre Vermutung auszusprechen, und schluckte.

Clark nickte. Für ihn stand der Schuldige fest. »Ja, ich bin sicher, dass Larry hinter all dem steckt!« Er biss die Zähne zusammen und seine Kiefer mahlten.

»Dein Bruder?«, wiederholte Grace ungläubig und zog fragend die Augenbrauen hoch. »Aber er kann die Schlacht nicht mehr gewinnen, die Farm steckt dank dir nicht mehr in den roten Zahlen. Außerdem haben die Behörden, deinem Antrag stattgegeben und die Landschaft um die Farm herum als heilige Stätte der Maori anerkannt. Sämtliche Bauvorhaben sind auf Jahre gestoppt. Dein Bruder hat verloren.«

»Ja, und gerade das macht ihn so wütend.« Er seufzte. »Es handelt sich um einen Racheakt. Larry ist sauer auf mich. Anstatt als Verlierer dazustehen, macht er unser gemeinsames Glück dem Erdboden gleich. Frei nach dem Motto: Wenn ich die Farm nicht haben darf, dann darf sie niemand haben!«

Grace verschlug es die Sprache vor so viel Boshaftigkeit. Sie schaute zu ihm auf. Tränen sammelten sich in ihren Augen.

Clark fuhr zärtlich mit dem Finger über ihre Wange und strich Ruß von ihrer Haut. Dann schlang er seinen Arm um ihre Schulter und zog sie zärtlich an sich. »Ich bringe das in Ordnung, das verspreche ich dir«, sagte er mit sanfter Stimme und küsste sie auf den Kopf. »Larry Carthy wird dafür büßen!«

Kapitel 25

Larry Carthy wird büßen!

Es war kein leeres Versprechen. Zu lange schon tyrannisierte Larry seine Gegner. Er war der Teufel in Person. Jemand musste seiner Bösartigkeit Einhalt gebieten.

Dieser Jemand werde ich sein, dachte Clark, als er am nächsten Morgen in die Küche trat. Entgegen seiner Erwartungen hatte er tief und fest geschlafen, dennoch fühlte er sich alles andere als ausgeruht. Augenblicklich rauschte das Adrenalin durch seine Adern, als er an den Brand von heute Nacht dachte. Er ballte die Hände zu Fäusten.

»Möchtest du auch einen Kaffee?« Grace nahm zwei Tassen aus dem Schrank über der Küchentheke.

»Gerne«, sagte Clark. Hinter seiner Stirn pochte es. Er schmiegte sich von hinten an Grace und schlang seine Arme um ihre Taille. Dann hauchte er ihr seitlich einen Kuss auf das Ohr, bevor er sich zu ihrem Hals hinunterarbeitete. »Hast du etwas geschlafen?«

»Nicht wirklich.« Sie drehte sich zu ihm um. »Ein Albtraum hat den nächsten gejagt. Ich bin immer wieder schweißgebadet hochgeschreckt.« Sie lächelte ihn an, aber dennoch entgingen ihm nicht die schwarzen Ringe unter ihren Augen.

»Du musst dich später etwas ausruhen«, sagte er und strich ihr zärtlich mit dem Daumen unter den Augen entlang. *Ich könnte es nicht ertragen, sie noch einmal zu verlieren*, schoss es ihm durch den Kopf. Er zog sie an sich und einen Moment küssten sie sich hingebungsvoll.

Eine sanfte Brise fuhr durch das geöffnete Fenster und wehte mit dem leichten Brandgeruch auch Aschenstaub herein, der wie schwarzes Puder auf die Fensterbank fiel.

Grace ging zum Tisch rüber, setzte sich und schlug die Beine übereinander.

»Ich habe vorhin mit Timoti einen Rundgang über die Plantage gemacht«, erzählte Grace, während sie gedankenverloren beobachtete, wie der Kaffee dampfend aus der Maschine in die Tasse schoss.

»Und?«

Grace seufzte. »Ein Bild der Verwüstung. Auf dem Hof und der Plantage türmen sich Unmengen von Schutt und Asche.« Sie schluckte. Tränen sammelten sich in ihren Augen. »Alles hinüber.«

»Das tut mir leid, dass mein Bruder uns das angetan hat«, murmelte Clark grimmig und obwohl er am liebsten laut geflucht hätte, unterdrückte er seine in sich aufsteigende Wut und fügte stattdessen beruhigend hinzu: »Wir kriegen das wieder hin. Wir werden alles abtragen und neu bepflanzen.« Er nahm eine Aspirin aus dem Arzneischrank, warf sie ein und trank einen Schluck Wasser. Das Medikament hinterließ einen bitteren Geschmack auf seiner Zunge. »Glaub mir, es wird schöner als vorher«, versprach er und lächelte sie gütig an.

»Es ist ja nicht deine Schuld, dass dein Bruder so ein mieser Kerl ist«, entgegnete Grace. »Mir graut einfach vor der vielen Arbeit, die nun auf uns zukommt.« Gedankenversunken schob sie die Dose mit Zucker hin und her, die vor ihr auf dem Tisch stand. »Vielleicht sollte ich doch verkaufen und irgendwo auf der Nordinsel etwas Neues aufbauen. Einen kleinen Laden vielleicht. Ich könnte selbst hergestellte Seife verkaufen, Souvenirs für Touristen.«

Clark schmunzelte. »Klingt aufregend. Aber das bist nicht du!« Er reichte ihr den Kaffee und stellte eine neue Tasse unter die Maschine.

»So, wer bin ich denn?«, wollte sie belustigt wissen und verschränkte die Arme vor der Brust. Sie lächelte dabei herausfordernd.

Da brauchte Clark nicht lange überlegen. *Die begehrenswerteste Frau der Welt*, dachte er und sein Pulsschlag beschleunigte sich, als er sie in dem Korbsessel sitzend betrachtete.

»Tja, das ist eine schwierige Frage, Miss Harper.« Er kam langsam auf Grace zu und sah ihr ins Gesicht. »Grace, du bist mit Leib und Seele Farmerin. Die schönste und begehrenswerteste Farmerin, die ich je getroffen habe«, verbesserte er sich und entlockte ihr damit erneut ein Lächeln. Er legte seine Hand an ihre Wange und sah ihr tief in die Augen. »Du würdest woanders nicht glücklich werden.«

»Weiter«, flüsterte sie, während sie an ihrem Kaffee nippte und ihn über den Rand der Tasse hinweg begierig ansah.

»Diese Farm ist dein Zuhause. Deine Arbeiter respektieren dich. Du wohnst an dem schönsten Fleck der Erde. Denke doch nur an den grandiosen Ausblick. Der ist mit keinem Gold der Welt zu bezahlen.« Er gab ihr einen Kuss auf die Stirn. »Du bist nicht mit Gold zu bezahlen«, betonte er, nahm ihr vorsichtig die Tasse aus der Hand und stellte sie auf den Tisch, ohne sie dabei aus den Augen zu lassen.

»Du bist die Frau, die jeden Mann verrückt macht, die Frau, die jeder Mann besitzen will, die man nie wieder loslassen will«, hauchte er und er spürte, wie sein Atem schwerer wurde.

»Ja«, stöhnte sie gepresst und ihre Augen glänzten, als sie den Kopf in den Nacken warf, die Augen schloss und ihm den Mund zum Küssen bot.

Diese Frau macht mich wahnsinnig. Niemand darf sich mehr zwischen uns stellen, dachte Clark und das erinnerte ihn schmerzlich daran, dass er noch etwas Wichtiges zu erledigen hatte.

Er beugte sich zu ihr hinunter und knabberte an ihrem Ohrläppchen. Der Geruch ihrer Haut ließ ihn erschaudern. Er zog sie an sich und presste ihr keuchend einen Kuss auf die Lippen, bevor er sein Temperament zügelte und sie abrupt wieder freigab. »Grace ... ich ...« Er nahm ihre beiden Hände und küsste sie. »Ich muss erst noch was in Ordnung bringen.« Er sah sie an. »Niemand wird dich je wieder verletzen«, zischte er und fuhr sich durch die Haare. Er holte sich seinen Kaffee, trank ihn in einem Schluck leer und stellte sie auf den Tisch. »Es wird Zeit, dass mein Bruder das endlich begreift«, zischte er grimmig.

»Was hast du vor?«

»Ich stelle Larry zur Rede.«

»Bist du sicher? Das klingt ziemlich ... gefährlich«, gab sie zögernd zu bedenken.

»Er ist mein Bruder«, wehrte Clark ab. »Er wird mir nichts tun.« Er überlegte. »Vielleicht wäre es das Beste, ihn anzuzeigen. Schließlich hat er unsere Existenz aufs Spiel gesetzt. Aber ...« Er zuckte mit den Schultern. »Vermutlich bringt das nicht viel. Seine Anwälte pauken ihn eh raus.«

Grace nickte. »Wahrscheinlich hast du recht. Aber die

Polizei wird auch noch mit uns sprechen wollen. Willst du ihnen von deinem Verdacht erzählen?«

»Erst mal nicht, aber ich werde mir meinen Bruder vorknöpfen. Ein klärendes Gespräch ist längst überfällig. Ich werde dafür sorgen, dass er uns für immer in Ruhe lässt.«

»Hast du einen Plan?«

»Nein«, gestand Clark. »Aber wenn es so weit ist und ich ihm Angesicht zu Angesicht gegenüberstehe, wird mir schon etwas einfallen.« Er beugte sich zu Grace hinunter und küsste sie ein letztes Mal. »Mach dir keine Sorgen. Ich bin in zwei Tagen wieder da.«

Auf dem Weg zu seinem Wagen schrieb Clark eine Nachricht an seinen Bruder. *Ich muss dich treffen! Sofort!*

Schön, dass du dich mal wieder bei mir meldest, kleiner Bruder, kam prompt die Antwort. *Wusste doch, dass du nicht ohne mich existieren kannst. Für dich kann ich immer einen Termin freischaufeln. Sag mir nur wo und wann.*

Clark spürte die Wut in seinen Adern brodeln, bei Larrys Impertinenz und Unverfrorenheit, die in seinen Sätzen mitschwang.

Clark entgegnete: *Deine Floskeln kannst du dir sparen!* Er schlug einen Ort und eine Zeit vor.

Sein Bruder willigte ein. *Freu mich!*

Clark steckte das Mobiltelefon zurück in seine Tasche und startete den Wagen.

Kapitel 26

Clark verband Erinnerungen mit diesem Ort. Die Bay of Islands lag bei Paihia umgeben von grünen Inseln. Als Kinder hatten Larry und er oft durch den weißen Sand getobt. Die Luft war erfüllt von den Gerüchen des Meeres, und auf dem kristallklaren blauen Wasser lagen einige Segelboote und bunte Kajaks vor Anker. In weiter Ferne konnte er einen Katamaran ausmachen, der die Touristen raus zu den Delfinbeobachtungen brachte.

Heute blies ein kräftiger Wind und die Sonne schien warm vom wolkenlosen Himmel. Ein paar Touristen in Windjacken saßen auf Bänken der Restaurantmeile und beobachteten das bunte Treiben der Fähren, die auf die andere Seite der Bucht nach Russell fuhren. Sonnenlicht glitzerte auf den Wellen.

Schon aus der Ferne entdeckte Clark die schwarze Limousine seines Bruders. Der Chauffeur lehnte mit dem Rücken an der Motorhaube und rauchte.

Clark parkte seinen SUV direkt daneben und ging auf den Mann zu.

»Wo ist er?«

Der Chauffeur deutete hinunter zum Strand.

Clark nickte ihm dankend zu und marschierte den Holzsteg hinunter.

Larry stand barfuß am Wasser, die Anzughose hochgekrempelt, sodass die Wellen gegen seine Knöchel schlugen. Die Hände in den Hosentaschen blickte er hinauf aufs Meer. Er trug lediglich ein weißes Hemd, das locker über seine Hose fiel und Falten warf. *Wie ungewöhnlich für Larry*, wunderte sich Clark, der wusste, dass sein Bruder stets Wert auf ein makelloses Erscheinungsbild legte. Er spürte, wie er sich instinktiv verkrampfte, und blieb ein paar Schritte vor ihm stehen. Er wusste, dass Larry sein Näherkommen längst bemerkt hatte. Doch sein Bruder stierte gedankenverloren aufs Wasser.

»Du Mistkerl!«, zischte Clark ihm gefährlich leise zu. Eine Böe fuhr über sie hinweg. Zerrte an seinen Haaren.

»Bist du hergekommen, um mich zu beleidigen?«, fragte Larry amüsiert, ohne sich nach Clark umzudrehen. Sein Blick blieb weiterhin auf das unruhige Meer gerichtet.

Clark machte einen weiteren Schritt auf ihn zu, zog ebenfalls die Schuhe aus, nahm sie in die Hand und stellte sich direkt neben seinen Bruder. Augenblicklich umschlossen die eiskalten Wellen seine Füße. Der intensive Duft eines süßlichen Parfüms umspielte seine Nase. *Widerlich.*

»Spiel jetzt nicht den Unschuldigen. Du weißt, weshalb ich hier bin.« Clarks Stimme zitterte ein wenig und insgeheim ärgerte er sich darüber, dass es ihm nicht gelang, seine Aufregung zu kaschieren.

Larry antwortete nicht, stattdessen zeigte er mit dem Finger in die Weiten des Meeres, das sich im Horizont verlor. »Vor ein paar Minuten habe ich da ein kleines Boot gesehen. Rostrot. Von hier aus erweckte es den Eindruck, als würde es überhaupt nicht von der Stelle kommen, trotzdem wurde es immer kleiner. Auf einmal war es verschwunden. Als hätten die Wellen es verschluckt. Merkwürdig, oder?«

»Was willst du mir damit sagen?«, fragte Clark irritiert.

»Gar nichts«, stellte Larry fest. »Ich wollte damit bloß

zum Ausdruck bringen, wie schnell man von der Bildfläche verschwindet. Von einem Moment auf den nächsten ist man nicht mehr da.«

»Soll das eine Drohung sein?« Seine Bemerkung entlockte Clark ein abfälliges Grinsen.

Larry drehte sich zu ihm um.

Clark spürte kalte Augen auf sich ruhen. »Nein«, sagte sein Bruder. »Keine Drohung, nur eine Feststellung.« Seine Augen wurden schmal. »Alles, was wir aufgebaut haben, haben wir gemeinsam erschaffen. Als Team. Es waren harte Zeiten damals. Uns ist nichts geschenkt worden. Aber wir haben es geschafft. Weil wir zusammengehalten haben.« Er machte eine bedeutungsvolle Pause, bevor er hinzufügte. »Du bist mein Bruder.« Die letzten Worte hatte Larry sehr leise formuliert. Er starrte jetzt wieder aufs Meer, wirkte abwesend und schwieg.

»Ich fürchte, ich verstehe nicht …?«, entgegnete Clark und schüttelte verwirrt mit dem Kopf. Sein Bruder sprach in Rätseln. Irgendetwas an ihm war heute anders. Er wirkte seltsam verletzlich. So kannte Clark ihn gar nicht.

Doch Larry führte seine Gedanken nicht weiter aus. Stattdessen wandte er ihm den Kopf zu und bedachte Clark mit einem forschenden Blick. »Clark. Weshalb wolltest du mich treffen? Raus mit der Sprache!«

Clark ließ die Schultern sinken. Die Anspannung fiel von ihm ab. Er schluckte schwer, bevor er zögernd hervorbrachte: »Du warst das, nicht wahr? Du hast gestern Nacht die Plantage in Brand gesetzt.« Er hielt kurz inne, blickte seinem Bruder tief in die Augen und ertappte sich bei der Frage, wie er reagieren würde, wenn Larry die Tat tatsächlich zugab. Er spürte einen tiefen Schmerz in seiner Brust. Dennoch fuhr er mit seinen Anschuldigungen fort:

»Ich bin mir nicht sicher, ob du dir selbst die Finger schmutzig gemacht hast, aber eins steht fest: Du hältst dabei die Fäden in der Hand.« Er kniff die Augen zusammen. »Diesmal, Larry, bist du zu weit gegangen. Du hast Menschenleben aufs Spiel gesetzt. Uns alle in Gefahr gebracht! Und wieso das Ganze? Nur, weil du nicht ertragen konntest, dass ich mit Grace glücklich bin? Oder bist du einfach nur ein schlechter Verlierer?« Er lachte laut auf. Aber es war ein verbittertes Lachen. Das tief aus seiner Seele kam und in diesem Moment fiel es ihm wie Schuppen von den Augen.

Das ist der Punkt, dachte Clark. Es war nicht Grace oder das entgangene Gold, das seinem Bruder zu solchen Mitteln greifen ließ, sondern seine verletzte Eitelkeit. *Larry Carthy erträgt es nicht, zu verlieren.*

Clark holte tief Luft. »Es ist vorbei, Larry.« Er nickte, während ihn ein Gefühl der Endgültigkeit überkam. »Es ist vorbei«, bekräftigte er. »Ich möchte nichts mehr mit dir zu tun haben.« Jetzt war es raus. Aber anstatt sich erleichtert zu fühlen, wurde Clark von einer tiefen Traurigkeit überwältigt. Er fühlte sich einfach nur leer.

Sein Bruder hatte die ganze Zeit kein Wort gesagt, nur zugehört, ihm dabei in die Augen geschaut. Nun senkte er den Kopf und starrte abermals auf das Wasser vor seinen Füßen, das ungezähmt um seine Zehen spielte. Dann deutete er den Strand hinauf. »Komm«, sagte er. »Lass uns ein bisschen am Meer entlangschlendern.« Er ging voraus und ließ keinen Zweifel daran, dass Clark ihm folgen würde.

Tatsächlich kam Clark ihm nach. Der nasse Schlick unter seinen Füßen fühlte sich kalt und schlammig an und matschte bei jedem Schritt. »Hast du denn gar nichts zu deiner Verteidigung zu sagen? Ich bin dein Bruder, das bist du mir schuldig und ...«, setzte er erneut an, aber Larry unterbrach ihn.

»Ich weiß nicht, was du mir vorwirfst«, erklärte Larry und zuckte mit den Achseln.

»Leugnest du etwa?« Clark blieb abrupt stehen. Ungläubig sah er seinem Bruder hinterher.

Larry, der ebenfalls stehen geblieben war, fuhr zu ihm herum. »Nach all den Jahren scheinst du mich noch immer nicht zu kennen!« Er sprach gelassen, aber man hörte die Anspannung in seiner Stimme.

»Und ob ich dich kenne. Besser als jeder andere«, erwiderte Clark. Er ließ sich nicht täuschen. Erneut keimte Wut in ihm auf.

»Offensichtlich nicht gut genug«, zischte Larry. Wut und Enttäuschung zugleich standen ihm ins Gesicht geschrieben. »Es tut mir leid, dass es bei euch gebrannt hat. Aber ich habe damit nichts zu tun, Clark. Ehrenwort. So etwas mache ich nicht.«

»Wie bitte?« Perplex sah Clark ihn an. »Du willst mir tatsächlich weismachen, nichts mit der ganzen Sache zu tun zu haben?«

»Korrekt.« Larrys Miene entspannte sich. »Zugegeben, ich bin kein Engel und man kann vieles von mir behaupten. Ich bin skrupellos, kaltschnäuzig und gesetzlos. Das sind Eigenschaften, die auf mich zutreffen.« Er schluckte. »Aber auch ich kenne Grenzen. Du bist mein Bruder. Die Familie ist mir heilig.« Er schob die Hände in die Hosentaschen und sah ihm geradewegs ins Gesicht. »Du musst dir einen anderen Schuldigen suchen.«

Clark spürte plötzlich ein Frösteln im Nacken. Er wusste nicht mehr, was er denken sollte. Aber dass Larry die Wahrheit sagte, bezweifelte er nicht eine Sekunde. Sein Bruder war kein Lügner; jedenfalls nicht ihm gegenüber und plötzlich spürte er Erleichterung.

»Wenn du es nicht warst«, sagte Clark zögernd. »Wer war es dann?«

»Es ist deine Aufgabe, das herauszufinden, nicht meine.«

Kreischend flog eine Möwe über ihre Köpfe hinweg. In ihrem Schnabel zappelte ein gefangener Fisch.

Clark fuhr sich über die Stirn. Die Wut auf seinen Bruder wich starken Kopfschmerzen, die schlagartig hinter seinen Schläfen pochten.

»Scheint, als hättest du dich gewaltig getäuscht, kleiner Bruder«, sagte Larry.

»Ja, offensichtlich habe ich dich zu Unrecht beschuldigt«, murmelte Clark kleinlaut und schob, in Gedanken vertieft, ein wenig nassen Sand mit den Füßen hin und her. »Aber die Vermutung war nicht ganz abwegig. Das musst du zugeben«, fügte er zu seiner Verteidigung hinzu und seine Stimme klang jetzt versöhnlich. »Schließlich hast du Timoti in meinem Wagen versteckt, nur um mir eins auszuwischen, und auch sonst hast du vor nichts zurückgeschreckt, um an das Grundstück von Grace zu gelangen. Du hast sogar in Kauf genommen, dass diese Frau für immer ruiniert wäre. Also ...«, sagte er und sah seinen Bruder vielsagend an, »nenn mir einen Grund, weshalb ich daran hätte zweifeln sollen, dass du auch die Plantage abgefackelt hast!«

Larry zuckte die Schultern. »Ich war nicht fair zu dir. Tut mir leid.«

»Es tut dir leid?« Clark sah ungläubig zu ihm auf. Hatte er sich verhört? Er konnte sich nicht entsinnen, wann sein Bruder sich das letzte Mal bei irgendjemandem entschuldigt hatte.

»Ja, es tut mir leid«, wiederholte Larry. Es war mehr ein Hauchen, dennoch zauberte es ein Lächeln auf Clarks

Lippen.

»Wieso plötzlich dieser Sinneswandel?«, wollte er wissen.

Larry atmete tief durch und erklärte: »Du bist mein Bruder. Ich hätte niemals zulassen dürfen, dass ein Keil zwischen uns getrieben wird. Glaub mir, selbst die Aussicht auf Gold ist das nicht wert. Ich habe viel nachgedacht in der letzten Zeit. Über unsere Kindheit, unser gemeinsames Schicksal. Wir hatten immer nur uns. Sonst niemanden.« Er sah wieder aufs Meer hinaus, hatte eine träumerische Miene aufgesetzt. »Das möchte ich nicht verlieren. Niemals.« Er zuckte mit den Schultern. »Ich brauchte eine Weile, um das zu begreifen. Ich hoffe, du verzeihst mir.« Seine Stimme klang fest, als er sich Clark wieder zuwandte. Der Blick war hoffnungsvoll und sanft zugleich.

Clark fuhr sich mit den Fingern durchs Haar. Er war berührt. Er kannte seinen Bruder gut genug, um zu wissen, dass er diese Worte niemals ausgesprochen hätte, wenn er es nicht ernst meinte. Ihn erfassten gemischte Gefühle. In den letzten Wochen war einfach zu viel zwischen ihnen passiert. Aber es war ein Anfang.

»Ich hätte dich nicht verdächtigen dürfen«, murmelte Clark. »Ich muss mich auch entschuldigen.« Er klang ehrlich betrübt.

Sein Bruder lächelte. »Schon in Ordnung.«

Zum ersten Mal in seinem Leben hatte Clark das Gefühl, dass alles, was zwischen ihnen stand, sich wieder einrenken würde.

Sie waren Brüder. Und da war Zusammenhalt, egal zu welcher schweren Stunde, das Allerwichtigste.

Kapitel 27

»Mein Bruder hat nichts damit zu tun«, erklärte Clark, während er die Stufen zur Veranda hinaufstieg.

»Du glaubst ihm doch nicht etwa?« Grace holte tief Luft. In ihren Augen spiegelte sich Unglauben.

»Es mag vielleicht komisch klingen, aber doch, ja, das tue ich.« Clark zuckte mit den Schultern.

Grace raufte sich seufzend die Haare. »Er muss es gewesen sein!«

»Wir haben uns geirrt!« Clark schüttelte bedauernd den Kopf. Er streckte ihr seine Hand entgegen. »Komm, lass mich dich erst mal in den Arm nehmen. Ich habe dich so vermisst.« Er kam auf sie zu und zog sie zärtlich an sich.

Sie schmiegte ihren Kopf an seinen Brustkorb wie ein kleines Kind, das beschützt werden wollte. Sog seinen herben, männlichen Duft ein. »Du riechst gut«, murmelte sie, stellte sich auf die Zehnspitzen und küsste ihn leidenschaftlich.

Nachdem sie sich wieder voneinander gelöst hatten, ließen sie sich auf die Hollywoodschaukel sinken und Clark schüttete sich ein Glas Wasser ein. Hinterm Haus vernahmen sie Timotis aufgeregtes Bellen, der vermutlich einem Tier nachjagte.

»Ich kann das einfach nicht glauben.« Ihre Augen blitzten und man sah ihr an, dass sie angestrengt nachdachte. »Das würde ja bedeuten, dass wir es mit einem anderen

Unbekannten zu tun haben«, mutmaßte sie und stöhnte auf. »Vielleicht ist der Grund wieder die Goldader und man versucht, uns von hier zu vertreiben.«

»Möglich, dass auch andere von der Goldader erfahren haben«, stimmte Clark ihr zu. »So eine Entdeckung spricht sich schnell rum.«

»Aber wer?«

»Ich habe keine Ahnung«, murmelte Clark grimmig, kuschelte sich an sie und gab der Schaukel mit den Beinen Schwung.

»Was, wenn Larry mit Geschäftspartnern darüber gesprochen hat? Geschäftspartner, die ebenso skrupellos sind wie er und vor nichts zurückschrecken«, überlegte Grace.

»Das sieht meinem Bruder nicht ähnlich. Er ist diskret und würde niemals mit der Konkurrenz über Geschäfte sprechen.«

Ein Zittern durchfuhr Grace. Die Vorstellung, der unbekannte Brandstifter könnte erneut zuschlagen, erfüllte sie mit blankem Entsetzen. »Wir müssen dringend herausfinden, wer den Brandanschlag zu verantworten hat«, sagte Grace. »Ich möchte mich wieder sicher fühlen.«

»Keine Angst. Ich beschütze uns«, sagte Clark entschlossen, legte den Arm um Grace und küsste sie auf ihr Haar. Dann erhob er sich. »Ich werde den Schuldigen finden, ehe er abermals zuschlägt.«

»Danke«, hauchte sie und streichelte flüchtig seine Hand, bevor er ins Haus ging. Mit einem warmen Gefühl im Bauch sah Grace ihm hinterher. Sie war erleichtert, diesen Mann, dem sie vertraute, an ihrer Seite zu wissen. Der Brandanschlag hatte die gesamte Plantage vernichtet und ein Neustart würde Jahre dauern. Aber Grace'

Zuversicht, dass sie es schaffen würden, wuchs. Sie musste den steinernen Weg nicht mehr alleine gehen. Clark würde ihre Hand halten und sie vor dem Stolpern auf wackeligem Grund bewahren.

Nachdem er ausgiebig geduscht hatte, machte Clark sich auf den Weg, um die Plantage zu inspizieren. Er wollte ein paar Worte mit den Arbeitern wechseln und sie fragen, ob ihnen in den letzten Tagen etwas Merkwürdiges aufgefallen war. Eine Gestalt, die um die Plantage geschlichen war. Das Blitzen eines Fernglases in der Ferne. Irgendetwas, was darauf schließen ließ, dass der Unbekannte sein Vorhaben, die Plantage in Brand zu setzen, lange im Voraus geplant hatte. *Dieser Mistkerl muss von den Benzinkanistern gewusst haben*, dachte er wütend und hoffte inständig, dass nicht einer der Arbeiter hinter dem Anschlag steckte.

Als er in die Küche kam, um sich vorher noch einen Kaffee zu holen, wurde er bereits von Manuka und Taonga erwartet.

»Wir wollten mit dir reden«, sagte Manuka. Ihre Miene war ernst und bekümmert zugleich. Auch Taonga machte einen angespannten Eindruck. Er fuhr sich nervös durchs Haar, als Clark sie stirnrunzelnd ansah.

»Ja, was gibts denn? Raus mit der Sprache«, forderte er unruhig und spürte plötzlich, wie ihm eine Gänsehaut über den Körper kroch. Wussten die beiden etwas, was er und Grace nicht wussten? Wer den Brandanschlag verübt hatte? Sein Körper war angespannt.

»Ich hätte es euch längst erzählen sollen ...«, begann Manuka zögerlich, »aber ich war mir nicht sicher ... ich hatte keine Beweise, bis heute, ich ...«

»Wir vermuten, dass Jeremy hinter dem Anschlag steckt«,

sprach Taonga für seine Mutter weiter. Er schnalzte wütend mit der Zunge. Seine dunklen Augen blitzten. Er ballte die Hand zur Faust.

»Seid ihr sicher«, wollte Clark wissen und sein Blut begann zu kochen.

»Ganz sicher.« Taonga nickte. Groll schwang in seiner Stimme mit. »Nachdem Grace ihm den Laufpass gegeben hat, ist er völlig durchgedreht und drohte damit, dass es Grace noch leidtun würde, die Heirat platzen zu lassen.«

»Und letzte Woche habe ich Jeremy hinter der Plantage erwischt, wie er an den Benzinkanistern rumgefummelt hat ...«, schluchzte Manuka. »Als ich dazukam, behauptete er, nur ein paar Sachen abzuholen, die ihm gehören. Ich konnte doch nicht ahnen, dass er ... dass er ...«, sie schluchzte erneut und ihre Augen füllten sich mit Tränen, »einen Brandanschlag plant. So böse kann ein Mensch doch nicht sein.« Kläglich sah sie Clark in die Augen, dann senkte sie schuldbewusst den Kopf.

»Schon gut. Beruhige dich, Manuka.« Clark hob besänftigend beide Hände. »Das konnte wirklich keiner ahnen«, sagte er und ihm wurde jetzt einiges klar. Natürlich steckte dieser Möchtegerncowboy dahinter. Dass er nicht schon selber darauf gekommen war. »Ich werde mir diesen Mistkerl vorknöpfen«, stieß er wütend hervor.

Grace stand der Schock ins Gesicht geschrieben.

»Jeremy steckt dahinter? Er hat die Plantage in Brand gesetzt?«, wiederholte sie ungläubig, als könnte sie nicht glauben, was Clark ihr soeben berichtet hatte.

»Er hätte ein eindeutiges Motiv«, führte Clark nickend an. »Ich habe seine Pläne durchkreuzt. Du hast mich ihm vorgezogen. Er muss gebrodelt haben vor Wut. Und er wusste von den Benzinkanistern, woran mein Bruder leider nicht ganz unschuldig ist.« Er senkte betreten den Kopf. Ein schlechtes Gewissen und Schuldgefühle zeichneten sich in seinem Mienenspiel ab.

»Es fällt mir so schwer, das zu glauben. Ich kenne Jeremy schon seit meiner Kindheit. Wir haben uns immer gut verstanden. Der Gedanken, er könnte mir so etwas Entsetzliches antun, zerreißt mich innerlich. Das ist doch ...« Sie verlor sie die Fassung. »Dieser Mistkerl«, brüllte sie aufgebracht. »Dieser miese, abgebrühte Mistkerl!«

»Tut mir leid, Grace«, sagte Clark behutsam und strich ihr sanft mit den Fingerknöchel über die Wange. »Ich weiß, dass es eine Zeit gab, in der du   geglaubt hast, in ihm einen Freund gefunden zu haben. Leider kann man den Menschen nicht in den Kopf gucken.«

Grace nickte. Himmel, wie hatte sie sich bloß so in Jeremy täuschen können? Sie stieß einen frustrierten Seufzer aus. »Diesen Mann hätte ich beinahe geheiratet!«, hauchte sie fassungslos, als könnte sie es selbst kaum glauben. »Das hätte in einer Katastrophe geendet.« Ein dicker Kloß im Hals trieb ihr die Tränen in die Augen.

»Ein Segen, dass es nicht dazu gekommen ist«, sagte Clark, zog sie an sich heran und strich ihr über die Haare. »Und bitte, sei nicht böse auf Manuka, dass sie sich dir nicht eher anvertraut hat. Sie wollte dich nur schützen.«

»Natürlich nicht, wie könnte ich sauer auf Manuka sein? Keiner von uns hat ihm diese Skrupellosigkeit zugetraut«, flüsterte Grace, noch immer ganz mitgenommen von dieser entsetzlichen Nachricht. *Nicht auszudenken, was geschehen wäre, wenn Jeremy seinen Willen bekommen hätte*, dachte sie und ein Schauder lief ihr über den Rücken.

»Wir sollten die Polizei informieren«, sagte Clark. »Soll

die sich um die Sache kümmern.«

»Ja«, sagte Grace, sah zu ihm auf und lächelte gequält. »Aber vorher werde ich ihn zur Rede stellen«, erklärte sie.

»Das ist keine gute Idee«, wandte Clark ein, aber Grace schüttelte mit dem Kopf.

»Nein, ich lasse mich nicht davon abbringen. Ich muss es tun«, erklärte sie. Sie brannte darauf, Jeremy ihre Abscheu und den geballten Zorn entgegenzuschleudern. »Ich komme sonst nicht zur Ruhe.«

Am nächsten Tag versteckten sie Clarks Wagen in der Scheune, gerade rechtzeitig, bevor Jeremy auf den Hof gefahren kam. Grace, Clark und Manuka beobachteten seine Ankunft vom Küchenfenster aus.

»Soll ich nicht doch besser mitkommen?«, bot Clark an. Man konnte in seinem Gesichtsausdruck lesen, dass ihm nicht wohl bei dem Gedanken war, Grace mit diesem Mann nur eine Sekunde alleine zu lassen.

»Keine Sorge, mit dem werde ich schon fertig«, sagte Grace entschlossen.

»Wir sind im Hintergrund, wenn du uns brauchst«, sagte Manuka, während sie nervös ihre Hände rieb.

»Danke.« Grace blickte zu Clark und als die Fahrertür aufschwang und Jeremy aus dem Wagen stieg, machte sie sich mutig auf den Weg.

»Keine Sorge. Ich schaff das schon«, sprach sie sich selbst und den anderen Mut zu. Sie öffnete die Tür und stieg mit festen Schritten die Treppe der Veranda hinab.

Jeremy ließ den Autoschlüssel in seiner Hosentasche verschwinden und kam lässig auf sie zu.

Grace beobachtete ihn genau und plötzlich bemerkte sie seinen Blick, der flüchtig hinüber zur Plantage wanderte, die in Schutt und Asche lag, bevor er mit einem befriedigenden, fast teuflischen Lächeln zu Boden starrte. Grace runzelte unbemerkt die Stirn, angesichts dieses unerwarteten Geschenks, denn es war dieser Blick von ihm, der Grace keinen Zweifel mehr daran ließ, in Jeremy den wahren Brandstifter vor sich zu haben. Kein Anflug von Schuld oder schlechtem Gewissen lag in seiner Miene, sondern nur eine abgrundtiefe, gehässige Zufriedenheit.

Er war es. Grace atmete tief aus. Sie hatte lange darüber nachgedacht, wie sie dieses Gespräch führen sollte, und sich dafür entschieden, Jeremy zu überrumpeln und ihn mit den Waffen der Frau zu schlagen.

»Okay. Das Spiel beginnt«, murmelte sie leise und obwohl es sie Überwindung kostete, ging sie lächelnd auf ihn zu. »Jeremy«, heuchelte sie ihm vor. »Schön, dass du gekommen bist.«

»Du hast mich verlassen, Babe. Du brauchst mir nichts vorzumachen. Also, was wolltest du so Wichtiges mit mir besprechen«, fragte er kühl. »Wieso sollte ich unbedingt kommen? Willst du etwa zu mir zurück, Babe?« Um Jeremys Mundwinkel zuckte ein hämisches Grinsen. Er baute sich breitbeinig vor ihr auf und schob die Daumen in seine Gürteltasche. Das Gefühl, ein King zu sein, spiegelte sich in seinem ganzen Verhalten.

Grace ließ sich nicht anmerken, welche bodentiefe Abneigung sie in diesem Moment für ihn empfand, und trat stattdessen noch ein paar Schritte auf ihn zu. »Nein, ich will nicht zu dir zurück, Jeremy, aber ich möchte, dass wir Freunde bleiben, und deswegen wollte ich ... muss ich dich das fragen«, sagte sie und zuckte mit den Schultern. Ihr Magen zog sich zusammen.

»Okay, Babe, ich bin ganz Ohr. Was willst du wissen?« Er

streckte sein Kinn nach vorne und sah sie offen an.

Die Vorstellung, ihm dieses Schmierentheater vorzuspielen, ließ Panik in ihr aufsteigen, aber da musste sie jetzt durch. »Clark behauptet, du hättest das Feuer gelegt ... aber das glaube ich ihm nicht. Vielleicht will er auch nur einen Keil zwischen uns treiben ...« Sie holte tief Luft und bemerkte, wie Jeremy sie ungläubig anblinzelte. Schnell redete sie weiter, bevor der Mut sie verließ. »Aber du bist mein Freund und ich konnte mich immer auf dich verlassen. Auch wenn wir uns getrennt haben, weiß ich, dass du dazu nicht fähig bist, mir so etwas Entsetzliches anzutun ...« Sie schaute ihn mit ihren dunklen Augen fragend an. »So bist du nicht, Jeremy.«

Unmerklich nahm sie wahr, dass Jeremy sich versteifte. Sein Blick war undurchdringbar, als er sie stirnrunzelnd ansah.

»Ist doch so, oder?«, hakte Grace nach, aber sie fühlte sich plötzlich unwohl in ihrer Haut. Vielleicht war es doch keine so gute Idee gewesen, Jeremy in die Enge zu treiben.

Jeremy räusperte sich. Schließlich knurrte er leise: »Stimmt genau. Ich war es nicht. Vielleicht hat dein feiner Pinkel etwas damit zu tun?« Er zuckte mit den Schultern. »Jeder in der Branche weiß, dass Clarks Bruder Larry Carthy, dieser Großkotz, das Grundstück an sich reißen wollte. Er war es doch auch, der dir das Benzin abgezapft hat. Oder irre ich mich da. Vielleicht stecken die beiden unter einer Decke?« Er lächelte siegessicher und sein Blick strotzte vor Überzeugung. »Ich muss dich enttäuschen, Babe. Ich bin der Falsche.«

Grace starrte ihn ausdruckslos an. Sie konnte es nicht fassen. Jeremy log ihr frech ins Gesicht und überdies versuchte er auch noch, die Schuld jemand anderes in die Schuhe zu schieben. Es kostete sie unendlich viel Überwindung, ihn nicht auf der Stelle anzuschreien. Sie kaute auf der Unterlippe, um sich zu beruhigen und die Fassung zu wahren. Rote, hektische Punkte sprenkelten ihr Gesicht.

»Komm, Babe, gib zu, du hast dich in Clark getäuscht. Komm einfach wieder zu mir zurück.« Jeremy breitete die Arme nach ihr aus. »Lass dich an meine harte Männerbrust drücken und ich werde vergessen, dass du mich gerade der Brandstiftung beschuldigt hast.« Er kam einen Schritt auf sie zu. Sein Lächeln war nicht nur falsch, sondern aggressiv.

Nur noch wenige Meter trennten sie voneinander.

Das ist meine Chance. Grace beschloss, diesen Moment bis auf die letzte Sekunde auszukosten.

Kurz bevor sie in die Umarmung fielen, riss Grace die flache Hand nach oben, holte aus und versetzte ihm mit aller Kraft eine schallende Ohrfeige. »Dass du dich nicht schämst, du elender Lügner«, schrie sie kochend vor Wut.

Jeremys Kopf flog zurück. Ein roter Abdruck bildete sich auf seiner Wange. Perplex blinzelte er Grace an. Seine Lippen bibberten fassungslos. »Grace … du wagst es …«, stammelte er.

In Grace' Augen loderte ihre Empörung. »Wieso hast du das getan?«, fragte sie mit rauer Stimme, aber wenn sie ehrlich war, interessierte es sie gar nicht mehr. Es war gleichgültig, aus welchen Gründen Jeremy die Plantage angezündet hatte. Fest stand, er wollte sie da treffen, wo es wehtat. Und das war ihm gelungen. Sie wollte nur noch, dass er zugab, was er getan hatte. Damit die Polizei etwas in der Hand hatte, um ihn zur Rechenschaft zu ziehen.

Einen Moment sah er sie schweigend an. Hielt seine glühende Wange, als könnte er noch immer nicht begreifen, dass sie ihn geschlagen hatte. »Du wagst es, mich das zu fragen? Du warst es doch, die mich fallen gelassen und die Hochzeit abgeblasen hat«, brüllte er schließlich, als wäre Grace diejenige, die alle Schuld auf ihren Schultern trug. »Und du hast mit Clark geschlafen! Widerlich!« Er spuckte seitlich auf den Boden.

»Du hast uns gesehen?« Grace errötete und es beschämte sie sogar ein wenig, dennoch blieb sie gefasst. »Aber das ist nicht der Grund, weshalb du die Plantage angezündet hast, nein ...« Grace schüttelte mit dem Kopf und zeigte wütend mit dem Finger auf ihn. »Du wolltest mich nie heiraten, Jeremy. Du wolltest mein Anwesen als Durchgang zum Fluss, wo du Gold vermutet hast. Also hast du mir die große Liebe vorgespielt. Das ist so krank. Du bist wirklich zu bemitleiden, ehrlich.« Sie funkelte ihn wütend an.

Eigentlich rechnete Grace nun damit, dass Jeremy weiterhin alles leugnete. Aber es war seine verletzte Eitelkeit, die ihr doch noch den Sieg zuspielte, ihn zu unbedachten Worten verleitete.

»Krank würde ich das nicht nennen, eher berechnend. Ich bin Geschäftsmann.« Er grinste gehässig. »Und wenn man für diesen Geschäftsabschluss die Besitzerin vögeln muss, dann tu ich das. Und wenn diese Frau sich für einen anderen entscheidet, dann muss sie mit den Konsequenzen leben.« In seinen Worten schwang eine erschreckende Kaltblütigkeit mit, die Grace zutiefst erschreckte.

»Ich wollte dein Leben nicht gefährden, ehrlich«, widersprach Jeremy, »aber mir blieb leider keine Wahl. Wenn ich mit dir hier nicht glücklich werden kann, dann soll es auch kein anderer.« Seine Augen funkelten dunkel.

Er hat es endlich zugegeben. Erschöpft schloss Grace für einen Moment die Augen, bevor sie sich ihm wieder

298

zuwandte. Sie spürte weder Erleichterung noch Triumph, sondern fühlte sich einfach nur matt und angeschlagen. »Geh mir aus den Augen, Jeremy, und komm nie wieder.« Mehr hatte sie nicht zu sagen. Ihr Mund war staubtrocken. Sie hatte genug gehört. Es reichte aus, um Jeremy wegen Brandstiftung anzuklagen. Jedes weitere Wort war überflüssig. Da Jeremy nicht einmal einen Anflug von Reue zeigte und seine Tat nicht bedauerte, konnte es ihm gleichgültig sein, ob sie ihn verachtete oder nicht. Sie wollte diesem Mann niemals wiedersehen! Sollte sich die Polizei um ihn kümmern.

Sie wandte sich ab und ließ ihn einfach stehen.

Sie hörte, wie ein Motor ansprang und kurz darauf ein Wagen losfuhr.

Unvermittelt musste Grace lächeln und hob die Hand vor ihr Gesicht. Immer noch spürte sie den Druck auf ihrer Handfläche, mit der sie Jeremy eine Ohrfeige verpasst hatte. Ein gutes Gefühl.

Clark holte sie an der Plantage ein, die sie nebeneinanderstehend betrachteten. Er flüsterte nur drei kurze Worte: »Ich liebe dich«, nahm ihre Hand in seine und küsste sie zärtlich auf den Hals.

Für Grace war es wie eine Erlösung. In diesem Moment begriff sie, dass sie sich auf die Zukunft freuen konnte. Obwohl nach wie vor viel Arbeit auf sie wartete und vieles, was die Plantage betraf, noch geklärt werden musste, fühlte Grace sich mit Clark an ihrer Seite stark wie nie zuvor. Neben ihr stand der Mann, den sie liebte. Die Liebe würde sie begleiten. Was konnte ihr jetzt noch Schlimmes passieren?

Sie zog Clark an sich und flüsterte ihm ins Ohr: »Jetzt möchte ich dich lieben.«

Weitere Bücher von Lella Luca

Im Winter verzaubert

Erhältlich als Ebook und Taschenbuch

Als die chaotische Studentin Sarah, dem charismatischen Geschäftsmann Sam Parker begegnet, weiß sie noch nicht, dass er schon bald ihr komplettes Leben auf den Kopf stellen wird.

Ein bezaubernder Liebesroman mit Humor, die Macht kleiner Glücksmomente und einem Spiel der Emotionen.

„Im Winter verzaubert" ist der erste Band um die heiße Romanze von Sam und Sarah.

Im Frühling entflammt

Erhältlich als Ebook und Taschenbuch

Sam und Sarah. Zwei Charaktere die unterschiedlicher nicht sein können, und doch ziehen sie sich magisch an.

„Im Frühling entflammt" ist der zweite Band um die verlockende Romanze von Sam und Sarah.